당신을
사랑
합니다

1판 1쇄 찍음 2009년 3월 14일
1판 1쇄 펴냄 2009년 3월 17일

지은이 | 최기억
펴낸이 | 정 필
펴낸곳 | 도서출판 **뿔미디어**

기획, 편집 | 김대식, 허경란, 권용범, 권지영, 소성순, 장보라
관리, 영업 | 김기환, 김미영
출력 | 예컴
본문, 표지 인쇄 | 광문인쇄소
제본 | 성보제책사

출판등록 | 2002년 9월 11일 (제1081-1-132호)
주소 | 부천시 원미구 중3동 1058-2 중동프라자 402호 (우)420-023
전화 | 032)651-6513 / 팩스 032)651-6094
E-mail | BBULMEDIA@paran.com

값 9,000원

ISBN 978-89-6359-021-9 03810

당신을 사랑합니다

최기억 지음

Scarlet
스칼렛

프롤로그

—오늘도 바빠?

카랑카랑한 목소리가 스피커를 타고 들려오자, 태준의 미간
이 희미하게 떨렸다.

"이 시간에 어쩐 일이야?"

—으음, 나 지금 병원 근처에 와 있거든. 점심 같이 할래?

웬일로 점심을 같이 하자는 지란의 말에 태준의 굳어져 있
던 얼굴이 단박에 쫙 펴졌다.

"병원 근처? 알겠어. 바로 내려갈 테니까 정문에서 기다려
줄래?"

—알았어.

코맹맹이 소리를 내며 전화를 끊는 지란의 여운을 조금 더
느끼며 폴더를 닫은 태준은 가운을 벗고는 책상을 정리했다.

"이 간호사?"

"네, 선생님."

"나 두 시 오십 분까지 들어올 테니까 그리 알아요."

"점심 드시러 가시는 건가요?"

"맞아요."

"이야, 울 선생님 애인 분이랑 식사하시나 보다. 그렇죠?"

호기심으로 두 눈을 동그랗게 뜨며 묻는 이 간호사를 쳐다본 태준이 빙그레 웃으며 고개를 끄덕였다. 그런 그의 미소에 이 간호사의 얼굴에 살짝 홍조가 드리워졌다.

"좋으시겠다."

"이 간호사는 애인 많잖아요."

태준의 농담에 그녀가 정색을 하며 손을 휘휘 저었다.

"어머, 그런 말은 농담으로도 하지 마세요. 정말 싫어요."

"하하하, 맞나 보다."

"어머머, 선생님!"

어머머를 연발하며 서둘러 진료실을 나가는 이 간호사 때문에 태준의 입가에 얇은 미소가 걸리고 말았다. 재킷을 입기에는 날씨가 더운 것 같아 지갑만 챙겨 주머니에 넣고 병원을 나서는 그를 김 간호사가 아깝다는 듯 입맛을 쩝쩝 다셨다.

"아깝다, 아까워."

"아깝긴 뭐가 아까운데?"

친구인 서 간호사가 혀를 끌끌 차며 타박했지만, 김 간호사

당신을
사랑
합니다

의 눈길은 멀어지는 태준의 등에 꽂혀 있을 뿐이었다.

"쯧쯧, 올라가지 못할 나무는 쳐다보지 말라니까 그러네."

"그러게. 후후후! 우리도 밥 먹으러 가자."

"그래."

시간별로 돌아가며 일을 하기에 점심시간이라 할지라도 모든 간호사들이 일제히 점심을 먹으러 갈 수 있는 건 아니었다. 총 네 개의 소아과 진료실이 있는 영대종합병원은 일반 간호사 외에도 교수 개인별로까지 간호사들이 붙어 보조하는 시스템을 가지고 있었다. 게다가 높은 불임치료 성공률 때문에 환자들이 영대를 찾았고, 그 여파로 소아과까지 환자수가 급증하고 바쁜 나날을 보고 있는 태준이었다.

근 세 달 만에 보는 지란이라서 그런지 태준은 두근거리는 가슴을 겨우 달래며 엘리베이터에 몸을 실었다. 항상 느긋함이 몸에 밴 그이지만 지란을 만날 때만큼은 그 느긋함이 저 멀리 달아나 버리는 것 같았다. 10층에서 1층까지 내려오는 내내 숫자를 몇 번이나 올려다봤는지 모를 정도였다.

'1층입니다.' 라는 소리에 답답한 한숨을 내쉰 태준이 엘리베이터에서 뛰어내리듯 밖으로 나와 정문 앞을 눈으로 훑었다.

"지란아!"

태준의 외침 소리에 문 앞에 서서 지나가는 사람들을 구경하고 있던 지란이 고개를 휙 돌려, 근 세 달 만에 보는 친구에게 환한 미소를 던지며 손을 흔들었다.

"태준아!"

지란의 외침 소리에 놀란 사람들이 태준과 지란을 번갈아 쳐다봤다. 지란은 그들의 시선에도 아랑곳하지 않은 채 폴짝폴짝 뛰어 태준에게로 다가가 덥석 안겼다.

"와, 너무 보고 싶었어."

"보고 싶었단 사람이 전화 한 통 안 해?"

"흐흐흐, 바빴어."

"입술에 침이라도 바르고 거짓말해라."

태준의 밉지 않은 타박에 지란이 배시시 웃으며 그의 어깨를 아프지 않게 툭툭 쳤다.

"에이, 그래서 삐졌어?"

"삐지긴."

그런 말을 하는 그가 얼마나 섭섭해 하고 있는지 안 지란이 환하게 웃으며 그의 어깨를 톡톡 두드리며 눈웃음을 쳤다.

"삐지면 안 돼, 태준아!"

"정말……. 그런데 지금 오는 길이야?"

"응, 공항에 내려서 바로 온 거야. 그러니까 나 밥 사 줘."

"하여튼. 뭐 먹고 싶은데?"

"얼큰한 김치찌개."

"그것만?"

"아니."

"그럼?"

"진짜로 맛있는 밥!"

"어이구, 따라와."

"응."

새끼 고양이처럼 활짝 웃으며 따라오는 지란 때문에 태준의 얼굴에 웃음꽃이 활짝 걸렸다.

"그렇게 맛있어?"

쩝쩝거리며 게걸스럽게 먹어 대는 지란 때문에 태준은 숟가락을 든 채로 물었다.

"으응."

"천천히 먹어."

"아, 너무 맛있어. 정말 맛있어서 죽을 것 같아."

"누가 보면 너 아주 못사는 나라 가서 고생 엄청 하고 온 줄 알겠다."

"큭큭큭, 흉측해?"

"응."

일 초도 생각하지 않고 바로 대답하는 태준을 쓱 째려본 지란이 다시 게걸스럽게 숟가락을 놀리자, 태준이 알아서 그녀의 밥 위에 반찬들을 하나둘씩 올려 주었다.

"고마워."

지란이 입을 오물거리며 맛있게 먹는 걸 가만히 지켜보던 태준이 천천히 젓가락을 내려놓았다.

"성과는 있었어?"

"응."

"얼마나?"

"그쪽 바이어들이 참신하다고 한번에 오케이 했지. 회사 들어가서 디자인대로 제품 만들면 돼."

"잘됐네. 근데 왜 그렇게 오래 걸렸어?"

"하여튼 외국 놈들 아니랄까 봐 어찌나 깐깐하게 구는지, 비위 맞춘다고 아주 죽을 뻔했어."

툴툴거리면서도 입안으로 들어가는 밥의 속도를 늦추지 않는 지란을 물끄러미 보고 있던 태준은 정작 묻고 싶은 건 묻지 않고 빙그레 웃고 말았다.

디자인실장과 함께 간 것으로 아는데 계속 동행했는지 묻고 싶고, 그곳에서 어떤 식으로 접대를 했는지도 알고도 싶었다. 하지만 예민한 질문들은 쉽게 말이 되어 나오지 않았다.

"왜 그런 눈으로 날 쳐다봐?"

눈치 백단인 지란이 태준의 머뭇거림을 놓칠 리가 없었다.

"뭘?"

"왜 그리 요상한 눈길로 날 보냐고."

"내가?"

"묻고 싶은 거 있으면 물어봐. 괜히 눈치 주지 말고."

지란의 말에 힘입어 태준이 입을 열었다.

"음, 이번 출장 그 실장이랑 갔어?"

당신을
사랑
합니다

"응. 왜에?"

"그냥 궁금해서."

"흐흠!"

"왜?"

"아니야."

서로 아니라고 말하며 다시 식사에 집중했다. 두 사람 모두 말없이 숟가락만 놀리고 있었는데 지란이 자세 그대로 고개를 숙인 채 태준의 이름을 불렀다.

"태준아."

"응?"

"나 친구 이상으로는 좋아하지 마."

탁 소리 나게 숟가락을 내려놓은 지란이 오물거리던 입술을 멈추며 말하자, 태준의 안면 근육들이 살짝 굳어졌다가 금방 풀렸다.

"좋아하면 안 돼?"

"응."

"왜?"

"그럼 너랑 친구 할 수 없으니까."

지란은 쓸쓸하게 웃으며 말했다. 태준은 묵묵히 밥만 먹었다.

"태준아."

"알았어."

"미안해."

"그런 소리는 하지 마라."

"휴우, 나 너랑 사귈 수는 있어. 얼마든지 그럴 수는 있지만…… 그 후가 감당이 안 돼. 너랑 사귀다가 헤어지게 되면 그 후는 난 감당 못 해."

솔직한 지란의 말에 한숨을 조용히 내쉰 태준이 어깨를 한 번 으쓱하며 물었다.

"헤어지지 않으면 되잖아?"

"헤어지지 않으면? 평생 연애만 하고 살자고? 그건 말이 되지 않잖아."

"지란아, 난……."

"난 평생 연애하면서 살 수는 있어. 아니, 그렇게 살 거야. 하지만 넌 아니잖아. 넌 예쁜 아기도 낳아야 하고, 대도 이어야 하잖아. 그래서 너랑은 사귈 수가 없어."

"나랑 결혼하면 안 돼?"

그 또한 들고 있던 숟가락을 놓으며 물었다.

"태준아……."

"너, 평생 결혼하지 않고 혼자 살 거야? 외로움을 가장 싫어하는 네가 혼자 살겠다고? 말이 되지 않는 건 너야!"

"혼자 살 거야."

"평생?"

"응."

당신을
사랑
합니다

쓸쓸한 눈빛으로 대답하는 지란을 조용한 눈길로 쳐다보던 태준이 답답한 듯 한숨을 푹 내쉬고 자리에서 일어나며 손을 내밀었다.

"그만 나가자."

"태준아!"

"나가자고."

"휴, 알았어."

지란은 이제 이 친구도 보내야 한다는 생각에 가슴이 먹먹해져 왔다. 올해 나이 서른셋. 서른셋이 된 지금 동성 친구들은 다 결혼을 하고 애가 하나둘씩 딸려 있는지라, 만나는 것이 쉽지가 않았다. 그나마 아직 미혼인데다가 고등학교 1학년 때부터 쭉 함께한 태준이 가장 마음이 편해서 자주 만났었는데…… 이젠 이 친구마저 보내야 한다는 현실에 지란의 눈동자가 새까맣게 변해 버렸다.

'다 떠나네. 후후후!'

어쩔 수 없이 결혼이란 걸 해야 한다면 할 수 있는 그녀였다. 눈 딱 감고, 해 버리면 그만일 것이다. 하지만 그리 살고 싶진 않았다. 엄마처럼, 아버지처럼 그리 살고 싶지 않았다. 남보다 못한 관계로 십 년을 사는 부부를 보면서 지란은 절대로 결혼 같은 건 하지 않겠다, 다짐하고 다짐했었다. 절대로 결혼만큼은 하지 않겠다고. 그리고 자신은 지금 새엄마처럼 엄마 노릇도 잘하지 못할 것 같아 결혼을 더 부정적으로 보고 있었다.

깊게 숨을 들이마신 지란은 즐거운 마음으로 들어온 밥집을 우울한 마음으로 나가며 허름한 곳에 주차되어 있는 자신의 차로 몸을 돌렸다.

"지란아."

"응?"

"그렇게 결혼이 싫어?"

"누구보다 내 사정 네가 잘 알잖아."

"행복하게 사는 부부들도 많아."

"난, 너랑 달라서 세상의 부정적인 면밖에 보지 못했어. 그래서 행복한 부부가 어떤 건지도 몰라."

"회장님이 널 가만히 놔둘까?"

"아마 끝까지 포기하지 않겠지."

"낯선 남자랑 결혼……."

"그만."

그의 말을 자른 지란이 태준과 시선을 맞추며 고개를 저었다.

"회장님과 맞서 싸울 용기는 없지만, 피할 방법들은 많아."

차가운 지란의 눈빛을 빤히 쳐다보던 태준이 떨리는 한숨을 내쉬며 그녀를 와락 품안으로 당겨 안았다.

그가 하는 대로 잠시 안겨 있던 지란이 천천히 입을 열었다.

"오늘로 우리, 친구 그만하자."

당신을 사랑 합니다

태준은 지란을 품에 안은 채 외치듯이 그녀의 이름을 불렀다.

"민지란! 너 정말……."

"미안하지만, 이렇게 감정을 내비치는 네가 이젠 부담스러워."

"꼭 이래야겠어?"

태준의 다그침에 지란은 고개를 옆으로 돌려 버렸다.

"긴 생머리를 날리며 옥상에서 우는 널 봤을 때부터 사랑했어. 열아홉 생일 때 3층에서 뛰어내리는 널 막지 못했을 땐, 얼마나 날 질책했는지 몰라. 밤마다 네가 3층에서 뛰어내리는 꿈을 꿨을 정도였으니까. 그렇게 나도 모르게 내 심장 안으로 네가 들어왔다고. 그래서 친구라는 이름으로 네 곁에 이렇게 머물렀는데……."

서글프게 속삭이는 태준 때문에 지란 또한 가슴이 찢어질 듯이 아팠다. 그런데도 그에게 그가 듣고 싶어 하는 말을 해 줄 수가 없었다. 정말 지란은 평범한 부부들처럼 살 자신이 없었다. 자신 또한 엄마처럼 그렇게 모질어지지 않을까 하는 불안감. 아버지처럼 차가워지지 않을까 하는 두려움. 무엇보다 세월이 흐름으로 인해서 사랑 또한 식어 버릴 수 있다는 걸 잘 알기에 도전이란 걸 할 수가 없었다.

꼭 안고 있는 그의 심장이 요란한 소리를 내며 쿵쿵 뛰는 걸 듣고 있던 지란이 살며시 그의 품안에서 자신을 빼내며 어색하게 웃었다.

"미안. 널 힘들게 해서 정말 미안해."

"나라서 안 되는 거니?"

"아니야, 그런 게 아니야. 무조건 안 돼."

"너 정말……."

"미안해, 태준아."

그에게 등을 보인 지란이 자꾸만 숙여지는 고개를 바로 하며 천천히 다리를 움직였다. 바보 같다고, 저런 친구가 어디 있냐고 매섭게 다그치는 마음을 무시한 채 차에 오른 지란은 양 볼로 흐르는 눈물을 쓱쓱 닦으며 시동을 걸었다.

당신을
사랑
합니다

1장

아련한 상처들이 돋아나다

"아, 너무 덥다."

어떻게 매년 이렇게 온도가 올라가는지. 에어컨 빵빵 나오는 곳만 벗어나면 땀으로 도배가 되는 날씨였다. 얼굴을 톡톡 닦은 지란은 후끈거리는 아스팔트를 쓱 쳐다보고는 서둘러 버튼을 꾹꾹 눌렀다. 삑삑거리는 소리와 함께 시동이 걸리는 소리가 또렷하게 들려오자, 무거운 가방을 한 번 추스르며 빠르게 다리를 움직였다.

"내 애마, 많이 뜨거웠지?"

무당벌레처럼 생긴 차를 사랑스럽게 쳐다본 지란이 능숙하게 운전석 문을 열더니 키를 꽂았다.

"아주 달아올랐구나. 아이고, 불쌍한 내 새끼!"

따끈따끈한 핸들을 톡톡 두드리며 열기가 식기를 기다린 지란은 에어컨이 잘 나오는지 확인하고는 기어를 바꾸고 출발했다.

"이로써 오늘 일은 끝."

생긋 웃으며 조수석에 고이 모셔 놓은 가방을 힐끔 쳐다보는 지란의 입가에 흐뭇한 미소가 걸려 있었다. 러시아워가 아니어서 제법 한산한 도로를 달리던 지란은 경쾌하게 울리는 전화벨 소리에 눈을 깜박거리며 얼른 가변 도로에 차를 세우고 전화를 받았다.

"네, 민지란입니다."

—나다.

"네, 회장님."

—계약했다는 소리 들었다.

"정보 하난 끝내주게 빠르시군요."

—그래야 이 큰 회사를 이끌어 가지. 보고는 언제 할 거냐?

"내일 열 시에 보고서 올리겠습니다."

—알았다. 그리고 오늘 저녁 여덟 시에 로담에서 보자.

"네?"

갑자기 로담에서 보자는 민 회장의 말에 지란의 이마에 핏줄이 살짝 튀어나왔다가 들어갔다.

—두 번 말하게 하지 마라.

"이유를 설명해 주지 않으면 저 나가지 않을 겁니다."

서늘한 지란의 목소리에 잠시 말이 없던 그가 짧게 말했다.

당신을 사랑 합니다

─식구끼리 밥 한 끼 먹기로 했다.

그 짧은 부친의 말에 지란의 입가에 비웃음이 가득 걸렸다.

"저랑 장난하십니까?"

─말하는 품새 하고는. 그리 알고 나와.

"싫습니다."

─그럼 네 엄마 보내마.

"회장님!"

─괜히 고생 시키고 싶지 않으면 나오는 게 좋을 게다.

"알겠습니다."

쓸데없이 말로 힘을 뺄 필요가 없다는 걸 잘 알기에 지란은 아랫입술을 살짝 깨물며 대답했다.

'어디까지 절 몰아붙여야 직성이 풀리십니까? 대체 어디까지요!'

핸들을 쾅쾅 때렸지만 분이 풀리지 않았다. 짜증스럽게 기어를 바꾼 지란은 다시 울리는 벨 소리에 심호흡을 하며 전화를 받았다.

"네, 민지란입니다."

─나야.

"나가 누군데?"

성질이 있는 대로 나 있는 상태라 그런지 쉬이 상대방이 누군지 알아채지 못한 지란이 신경질을 냈고, 그런 신경질에도 상대방은 그저 웃을 뿐이었다.

—어디서 또 터졌나 보지?

그제야 누군지 알아챈 지란이 뻐근한 목덜미를 주물렀다.

"어쩐 일이야?"

—저녁에 동창 모임 있는 거 알지?

"알아."

—올 거야?

"나 저녁에 약속 있어."

어차피 가지 않을 약속이지만, 동창 모임에 나가지 않을 생각에 대충 둘러댔다.

—너 귀국하고 한 번도 모임 안 나왔다고 다들 투덜거리고 있어. 그러니 오늘은 나와라.

"홋, 네가 어쩐 일로 그렇게 열심이야? 세상 참 많이 달라졌다."

—시끄러. 아무튼 아홉 시까지 류쟌으로 와.

"못 가."

—민지란!

"나 오늘 저녁에 정말 선약 있어."

—알았다.

어쩐 일로 질기게 늘어지지 않고 담백하게 끊어버리는 친구 때문에 지란은 고개를 갸웃거렸지만 그것도 잠시였다. 전화를 하기 전에 미리 긴 한숨을 내쉰 지란은 2번을 꾹 눌렀다. 세 번의 신호음 만에 익숙한 음성이 들려왔다.

―네, 민사동입니다.

"엄마, 나."

―아, 지란이구나.

밝은 엄마의 목소리를 듣자, 짜증스러움이 싹 사라지는 것
같았다.

"엄마."

―왜?

"오늘 저녁에 회장님과 식사하기로 하셨어요?"

―저녁에?

"네."

―그런 말씀 없으셨는데…… 이상하네.

"전화도 없었고요?"

―그래. 연락도 없으셨어. 왜, 저녁 먹자고 하셔?

조금 서운한 말투가 묻어 나오는 엄마의 목소리 때문에 얼
른 자기가 잘못 들었나 보다 하고 얼버무린 지란이 이를 바득
갈며 주먹을 꽉 움켜쥐었다.

자신의 예상이 맞았음을 확인한 지란은 바로 부친에게 전화
를 걸었다. 그리고 쏟아내듯이 말했다.

"한번 밀어붙여 보십시오. 제가 어떻게 되나 보는 것도 즐거
우실 겁니다."

―이…….

"회장님의 뜻대로 살지 않겠다고 그리 말했는데도 제 말을

믿지 않으시니 저도 더 이상 물러설 곳이 없어져 버렸습니다."

—민지란!

버럭 소리를 질러 대는 부친의 음성을 듣지 않은 채 지란은 말을 이었다.

"딸자식이 자신 때문에 벼랑 아래로 떨어져 산산이 부서진 꼴을 보는 것도 아주 즐거우실 겁니다, 회장님."

—민…….

툭 전화를 끊어 버린 지란은 거칠게 오르내리는 가슴을 겨우 진정시키며 차를 휙 돌려 버렸다. 이 미칠 것 같은 분노를 다스릴 방법은 술에 취하는 길밖에 없을 것 같았다. 술에 몸을 완전히 의지하지 않으면 정말 리가 돌아 버릴 것 같은 그녀였다. 자주 가는 바로 차를 돌린 지란은 삼십 분도 채 걸리지 않아 바 주차장에 차를 세우고는 성큼성큼 계단을 밟고 내려갔다. 이른 시각이라 그런지 바 안은 썰렁할 정도로 사람들이 없었다.

"지란!"

밝게 웃으며 다가온 손이 망설임 없이 양 팔을 벌려 지란을 얼싸 안았다.

"일주일 만이네."

매일매일 오지 않는다고 섭섭한 속내를 내보이는 손에게 지란이 히죽 웃으며 농담을 던졌다.

"이런 바에 자주 오면 나 재정 파탄 나."

"에이, 그 정도로 약하지 않잖아."

"나 많이 약해."

"자꾸 그러면 내가 자기 회사로 가는 수가 있어. 그래도 돼?"

숀이 만약 회사로 오면? 상상만으로도 어떤 분란이 발생할지 눈에 선해 지란이 얼른 고개를 저으며 두 손을 들어 올리며 항복했다.

"졌다."

"훗, 진작 그럴 것이지."

외국인이면서도 한국인보다 더 한국말을 잘하는 숀 때문에 지란이 픽 웃고 말았다.

"그동안 한국말이 더 늘었는데?"

"그래?"

"응."

"자기 오면 대화 많이 하려고 무지하게 노력했어."

"큭, 그랬어?"

"응."

"근데 이 이른 시간부터 어쩐 일로 출동했어?"

"큭, 당신이 그런 말을 사용하니까 이상하다."

"후훗!"

서른둘의 나이에도 소년 같은 숀이 발랄하게 웃으며 농담을 던져 주자 지란의 뻣뻣했던 안면 근육들이 조금 풀렸다.

"나, 독한 술 좀 줄래?"

"초저녁부터 독한 술 마셔서 어쩔라고?"

가끔 나오는 숀의 사투리에 지란의 입 꼬리가 조금 더 늘어
났다.

"후후후, 부탁해."

"알았어. 진!"

손가락을 까닥거리며 신호를 보내는 숀을 보고 지란이 손등
에 턱을 올려놓으며 자신도 모르게 한숨을 푹 내쉬었다.

"자기 요즘 힘들어?"

착 달라붙으며 자기라고 부르는 숀의 말에 지란이 히죽 웃
었다.

"숀한테 자기라는 소리 들으니까 가슴 설레는데?"

지란의 농담에 숀이 더 바짝 다가왔다.

"지란."

"응."

"나랑 사귈래?"

난데없는 숀의 프러포즈에 지란이 미간을 모았다.

"갑자기 웬 프러포즈?"

"내가 자기 좋아하는 거 알고 있잖아."

외국인이라 그런지 감정을 내보이는 것도 솔직하고 직설적
이었다. 당당한 눈빛으로 쳐다보는 숀을 가만히 바라보고 있던
지란은 바텐더가 놓고 간 술을 털어 넣으며 고개를 저었다.

"싫어?"

"응."

당신을
사랑
합니다

"왜?"

"그냥 편하게 엔조이하는 상대가 좋아."

"외롭잖아."

"견딜 만해."

"나랑 편하게 엔조이해. 그럼 되잖아."

"부담스러워."

솔직한 지란의 말이 싫었는지 숀이 인상을 찡그리며 투덜거렸다.

"이유가 뭔데?"

"숀이랑 서먹해지는 거 싫어."

"사귀다가 헤어져도 친구 하는 사람들 많아. 내 주위에도 많고. 그러니까 무조건 거절하지 말고 한 번 생각해 봐."

부드럽게 타이르듯 말하는 숀에게 매정하게 싫다고 말하지 못한 지란이 빙그레 웃으며 고개를 끄덕였다.

"알았어."

"오케이!"

"오늘은 취하고 싶어."

"속 버려."

"큭큭큭, 숀이 그런 말을 하니까 역시나 이상해."

"뭐가 이상해, 좋기만 하지."

"아하하하!"

우울했던 기분이 조금 풀리는 것 같아 지란은 바쁘게 잔을 채워 주는 손의 잔에 자신도 술을 따라 주었다.

주거니 받거니 하며 서로 잔을 기울이며 술을 마시던 손은 다른 손님이 부르는 소리에 지란의 귓가에 속삭였다.

"나 잠시만 갔다가 올게."

"응."

"너무 많이 마시지 말고."

"알았어, 숀."

"이렇게 말 잘 들을 때가 가장 예쁘다니까."

뺨에 쪽 소리 나게 입을 맞춘 손이 섹시하게 웃으며 다른 테이블로 가자, 지란은 바텐더에게 씩 웃어 보이며 병을 들어 올렸다.

"여기 한 병 더."

나이 서른넷인 지금 마음 편하게 불러낼 친구 하나 없는 그녀였다. 그나마 한 명 남아 있던 태준과는 일 년 전에 결별을 한지라, 이 늦은 시간 거리낌 없이 불러낼 친구가 없었다. 깊게 숨을 들이마신 지란은 얼큰하게 취하는 것 같아 폴더를 탁 열고는 단축번호를 꾹 눌렀다. 몇 번의 신호음 만에 익숙한 목소리가 귓가를 때렸다.

―이 시간에 왜?

퉁명스러운 동생의 목소리에 지란의 입술이 삐죽거리며 움직였다.

당신을
사랑
합니다

"나 취했어, 동생."

―그래서?

"아, 넌 너무 냉정해."

―갈까?

말은 그렇게 해도 속마음은 그렇지 않다는 걸 잘 알기에 지란의 눈동자가 확 붉어졌다.

"그냥 전화할 데가 없더라고. 큭큭큭, 나 헛살았어."

―어디야?

"여기?"

―응.

"앙스."

―지금 갈 테니까 움직이지 말고 있어.

"됐어."

―집에 들어갈 거 아니지?

자신보다 더 자신을 잘 아는 동생이기에 지란의 한쪽 입가가 비틀리고 말았다.

"집에 갈 거야."

―지금 출발할 테니까 기다리고 있어.

완강한 동생의 목소리에도 지란은 그저 킥킥거리며 웃을 뿐 기다리고 있겠단 대답은 하지 않았다. 대답이 없을 때는 움직인다는 말이기에 설아는 한숨을 푹 내쉬며 물었다.

―무슨 일 있어?

"영감이 너한테 아무 말 안 해?"

—무슨 말?

못 들었나 보다.

"못 들었다면 됐다."

—언니!

"그냥 혼자 술 마시니까 기분이 우울해져서 전화한 거야. 마음 쓰지 마."

—그럼 쓸데없이 나한테 전화하지 마.

"계집애, 넌 너무 냉정해!"

—사람 놀라게 하지 마.

"알았다."

—집으로 바로 들어가.

"응."

—언니.

"왜?"

—밖에서 방황하지 말고 집으로 바로 들어가. 엄마한테 확인 전화 해 볼 테니까.

시어머니 저리 가라 할 정도로 냉랭하게 명령을 내리는 동생이었다. 하지만 말과는 달리 자신을 걱정하기 때문이란 걸 알기에 지란은 마음이 뜨거워졌다.

"사랑해, 설아야!"

—닭살 돋으니까 그런 소리 하지 마.

"넌 너무 낭만이 없어."

—한 시간 후에 집으로 전화할 테니까 그리 알아.

정말 바늘 하나 들어갈 구멍조차 용납하지 않는 동생 때문에 지란이 한숨을 푹 내쉬며 솔직하게 말했다.

"나 꽃돌이랑 지금부터 놀 거야."

—시끄러.

"그러니까 집에 전화하지 마. 내가 내일 아침에 전화할게."

—언니!

"설아야, 나 오늘은 정말 외로워서 혼자 못 견디겠어. 그러니까 나한테 너무 뭐라고 그러지 말아 줘. 부탁해."

금방이라도 무너질 듯한 지란의 목소리에 설아는 잠시 침묵했다.

—내가 갈…….

"됐어."

—언니!

"그만 끊자."

자신의 할 말만 하고 폴더를 탁 닫아 버린 지란은 바로 울리는 벨 소리에 피식 웃으며 폴더를 열었다.

—나다.

"아!"

받지 말았어야 했는데…….

—두 시간을 기다렸는데 오지 않다니…… 모든 걸 다 잃고

싶은가 보구나, 민지란!

아버지이면서…… 세상에 둘밖에 없는 혈육에게도 어찌나 차가운지. 오돌돌 돋은 소름들을 쓱쓱 문지르며 위스키를 입안에 털어 넣었다.

"한번 해 보세요, 회장님!"

―민지란!

"지금 가지고 있는 이 직책 가져가 보세요. 제가 가진 재산도 다 빼앗아 가 보세요. 다 가져가 보시라고요!"

―술 취한 게냐?

"네. 회장님 때문에 정말 미칠 것 같아서 한 잔 했어요. 왜요? 짜증나세요? 채신없다고 타박하시게요?"

―내일 얘기하자.

"내일 무슨 얘기요?"

―이번에는 나도 물러서지 않을 게다. 그리 알고 단념해.

모진 민 회장의 말에 지란의 눈가로 맑은 눈물이 맺히고 말았다.

"그렇게 해도 회장님껜 부족한가 봅니다."

탄식하는 지란의 나직한 속삭임에도 그의 목소리에는 한 치의 흔들림도 없었다.

―고집은 그만 부려. 이 이상은 나도 봐주지 않을 게다.

"절 자식으로 생각하시긴 하는 건가요? 꼭 그렇게 도구로 삼으셔야겠어요? 이렇게 싫은데…… 숨이 막힐 것처럼 심장이 조여 오는데…… 꼭 그러셔야겠냐구요!"

—못난 것!

"제 존재는 회장님께 뭐지요? 이용 가치가 떨어지면 저 버리실 거죠? 옜다, 너나 먹어라 그러면서 이상한 놈한테 휙 던져 버리실 거죠? 그렇죠? 아니면 마지막으로 늙은이한테 줄 건가요?"

—끊는다.

"말해 보세요! 말해 보라고요!"

목에 핏대가 설 정도로 소리를 질렀지만, 돌아오는 건 싸늘한 침묵뿐이었다. 뛰는 심장까지 그대로 멈추게 할 정도로 긴 침묵 끝에 지란이 허탈하게 웃었다.

—추태다.

그 말에 간신히 잡고 있던 마지막 이성까지 무너진 지란이 흐르는 눈물을 거칠게 닦으며 속삭였다.

"절 벼랑 끝으로 밀지 마세요."

—끊는다.

뚜뚜거리는 신호음만 들리는 휴대폰을 꽉 움켜잡고 있던 지란이 고개를 푹 숙였다. 그러자 테이블 위로 그녀의 뜨거운 눈물이 툭툭 떨어져 내렸다.

"지란!"

"미안, 숀. 정말 미안한데 나 혼자 있게 해 줘."

"싫어. 이렇게 아파하는 지란을 혼자 둘 수 없어."

"십 분만……. 딱 십 분만."

자신을 걱정해 주는 그의 마음은 고맙지만, 지금은 손도 반갑지가 않았다. 무너진 자신의 초라한 모습을 손에게 보여주고 싶지 않았다.

"잠시만이야. 알았지?"

"응."

손은 홀로 독한 술을 연거푸 들이붓는 그녀가 걱정되어 쉬이 눈길이 떨어지지 않았지만, 그녀가 원하는 대로 해 주고 싶어 겨우 시선을 돌렸다.

"손!"

미적거리는 손을 부르는 단골들에게 가면서도 손은 계속 지란을 곁눈으로 살폈다. 모든 걸 다 갖춘 사람인데…… 세상 사람들이 다 부러워할 정도의 재력과 능력을 갖춘 사람이 그녀인데…….

서글픈 표정을 지으며 앉아 있는 지란 때문에 손의 마음도 서글퍼지고 말았다.

지란은 눈을 연방 깜박거렸지만, 제법 많은 술을 마셨기 때문인지 쉬이 빙글빙글 도는 정신이 돌아오지 않았다. 잔을 내려놓은 지란이 자리에서 일어나자 쭉 지켜보고 있던 손이 냉큼 다가와 팔을 잡아 주며 물었다.

"괜찮아?"

"아, 손!"

당신을
사랑
합니다

"응, 나야. 괜찮은 거야?"

"괜찮아."

"택시 불러 줄까?"

"아니."

"그럼, 대리 불러 줘?"

"혼자 갈 수 있어."

"안 돼. 자기 많이 취했어."

"그럼 숀이 나 좀 블란스까지 데려다 줘."

"블란스는 왜?"

"꽃돌이랑 그곳에서 질펀하게 놀려고."

"지란!"

"그러니까 나 좀 그곳에 데려다 줘. 응?"

"안 돼!"

"그럼 혼자 가지, 뭐."

"지란!"

잡은 팔을 뿌리친 지란이 휘청거리며 입구로 걸어가자, 숀이 대기하고 있던 사내 둘에게 지란을 잡으라고 눈신호를 보냈다. 언제 다가왔는지도 모를 정도로 소리 없이 다가온 두 명의 사내가 능숙하게 지란의 양 팔을 붙잡으며 꼼짝 못하게 했다.

"7층으로."

숀이 짧게 명령했다.

"네, 사장님."

"놔! 놔 줘!"

바둥거리는 지란을 싹 무시한 사내들이 엘리베이터로 움직이자, 숀도 홀에 있는 손님들에게 사과를 하고는 뒤를 따랐다. 몽롱한 정신 속에서도 자신이 누군가에게 끌려가는 걸 느낀 지란이 비명을 내지르며 악다구니를 써 댔다.

사내 중 하나가 능숙하게 버튼을 누르자, 대기하고 있던 엘리베이터 문이 열렸다.

엘리베이터가 7층에 도착하자 과묵한 사내 둘이 가뿐하게 지란을 들어 올렸다. 엘리베이터에서 내리자마자 바로 현관문이 보이자, 숀이 앞장서 현관문 비밀번호를 꾹꾹 누르고는 뒤에 서 있는 그들에게로 몸을 돌렸다.

"이제 됐어."

"괜찮으시겠습니까?"

"그래."

소중한 보물을 다루듯 축 늘어진 지란을 두 팔로 안아든 숀이 안으로 룸 안으로 들어가자, 뒤 따라 두 명의 사내들도 들어왔다. 힘들이지 않고 알코올로 인사불성이 된 지란을 침대에 눕힌 숀은 혹 추울까 봐 이불을 꼼꼼하게 덮어주고는 대기하고 있는 사내들에게 말했다.

"난 조금 있다가 내려갈 테니까 바에 무슨 일 있으면 인터폰해."

"네, 사장님."

당신을
사랑
합니다

꾸벅 인사를 하고 내려가는 두 사내를 뒤로한 채 한참 동안 지란을 내려다보고 있던 숀이 한숨을 푹 내쉬며 그녀의 이마에 붙은 머리카락을 떼어내 주었다.

"이렇게 흔들리는 모습을 보면 나 불안한데…… 그때처럼 많이 아플까 봐 두려운데……. 지란!"

지란을 안 지 올해로 딱 일 년이 되는 그였다. 런던에서 그녀를 처음 봤을 때 숀은 생각했었다. 왜 저리 아파하는 걸까. 낭떠러지 끝에 선 사람처럼 위태로워 보이는 그녀의 표정과 몸짓 때문에 지란에게서 시선을 떼지 못했는지도 모른다. 그래서 그녀가 일 년 후에 한국으로 돌아간다고 했을 때 숀도 따라나섰다.

"아파하지 마, 지란!"

조심스레 그녀의 머리카락을 뒤로 넘겨준 숀이 이마에 입을 살짝 맞추고는 천천히 아래로 입술을 미끄러트렸다. 뜨거운 그의 입술이 지란의 입술을 삼키자, 그녀의 열기가 고스란히 그의 입안으로 파고들어 왔다.

"나한테 와."

달콤한 입맞춤과 함께 숀의 뜨거운 속삭임이 귓가에 울려 퍼지자, 지란은 조금씩 몽롱했던 정신이 돌아오는 것 같았다.

"왜……."

"나한테 와, 지란."

술기운과 그의 키스가 더해져 후끈거리는 입술 위로 손바닥을 댄 지란이 미간을 찡그리며 초점을 맞췄다.

"이렇게 슬퍼하는 모습 내가 다 지워 줄게. 나한테 와."

"손……."

"행복하게 해 줄 수 있을 것 같아."

"손…… 영원히 연애만 하고 살 수 있어?"

"뭐?"

엉뚱한 지란의 질문을 완전히 이해하지 못한 손이 되물었다.

"평생 연애만 할 수 있냐고."

"자기랑?"

"응."

"왜 그래야 하는데?"

"난 결혼이 싫거든. 그래서 엔조이하면서 살아온 거고."

"지란……."

"이런 나라도 괜찮아?"

자기를 거부하기 위해서 그런 말을 하는 건가 싶어 빤히 지란의 눈동자를 쳐다보던 손은 진심 어린 지란의 눈빛에 한숨을 조용히 내쉬고 말았다.

"왜 자기한테 상처를 주지 못해서 안달인데? 자학하지 마, 제발. 이러는 지란 정말 보고 싶지 않아."

손의 진심 어린 말에 지란의 눈꼬리로 눈물이 흘러내리고 말았다.

"이러지 않으면 답답해서 살 수가 없어. 미쳐 버릴 것 같아."

"지란!"

당신을 사랑 합니다

"뭘 어떻게 해야 할지…… 어떤 방법으로 이 분노를 다스려야 할지 정말 모르겠어. 숀, 나 정말 모르겠어."

"나한테 와."

"사귀지 말고 당신이랑 섹스만 하면 안 돼?"

지란의 섹스만 해도 되냐는 말에 숀의 낯빛이 어둡게 변해 버렸다.

"그저 섹스만?"

"응."

"싫다면?"

"그럼 마음 편한 상대를 찾으러 배회하겠지."

덤덤한 표정으로 말하는 지란 때문에 숀의 얼굴이 일그러졌다.

"그렇게 자신을 쓰레기 취급하고 싶어?"

매몰찬 숀의 외침에 지란의 입가가 파르르 떨리고 말았다.

"숀!"

"상처 주고, 그것도 모자라서 스스로를 쓰레기라고 외치는 지란, 바보 같아. 짜증날 정도로 멍청해."

"휴우, 바보 맞아."

"강해져야지. 벗어나지 못할 것 같으면 현실에 부딪쳐야지. 평생 자기 안에 숨어 있는다고 문제들이 해결되는 건 아니라고 난 생각해. 지란이 지금 어떤 상황인지, 무슨 일로 이렇게 자학하는지는 잘 모르겠지만, 이런다고 근본적인 문제들이 해결되진 않아. 오히려 지란만 멍청이가 될 뿐이지."

반박할 수 없는 그의 말에 지란은 씁쓸하게 웃으며 고개를 끄덕였다.

"당신 말이 맞아."

"그럼 용기를 내. 바보처럼 이렇게 자신을 괴롭히지 말고. 지란이 손을 내밀면 그 손을 내가 잡아 줄게. 정 힘들면 내 배경을 이용해도 돼. 자기라면 나, 얼마든지 아버지께 머리를 조아릴 수 있어. 그러니까……."

"그러지 마, 숀."

미안함으로 눈시울을 붉히며 그의 뺨을 매만진 지란이 고개를 저으며 만류했다.

"지란!"

"나한테 너무 잘해 주지 마."

"나한테 와, 지란!"

"그럴 수 없어."

지란의 거절에 숀이 상처를 받은 눈빛으로 물었다.

"왜?"

왜냐고 묻는 그에게 지란은 명쾌한 대답을 해 줄 수가 없었다. 그의 배경이면 민 회장도 더 이상 자신에게 결혼을 강요하지 않을 것이지만, 지란은 그러고 싶지 않았다. 그에겐 친구로서의 마음만 갈 뿐 이성적인 느낌은 느껴지지 않았기 때문이었다. 그런데 자신의 이기심으로 이 순수한 남자의 가슴에 상처를 내고 싶지 않았다. 자신과 달리 진심 어린 마음으로 다가온 그에게.

"지란!"

물러서지 않겠다는 듯 촉촉한 입술을 겹쳐 오는 숀 때문에 지란은 더 이상 머뭇거리지 않고 그의 입술을 피하며 손으로 입을 덮었다.

"감정적으로 다가올 거면 나 더 이상 앙스에 오지 않을 거야."

"지란은 그런 여자야. 자기가 다가설 때는 스스럼없으면서 남이 진심을 가지고 다가서면 바로 겁에 질려서 도망가는 여자. 그런 여자여도 난 지란을 사랑해. 그러니까 나한테 와."

"그럴 수 없어."

"왜?"

자신의 모든 걸 다 내비치며 솔직하게 다가오는 숀에게 지란도 솔직히 이야기를 해야 했다.

"난 숀을 친구로 생각할 뿐이야."

"나랑 섹스할 마음은 있잖아!"

"친구라도 섹스는 할 수 있어. 하지만 사귀는 건 사정이 달라."

"지란!"

화가 났는지 얼굴을 붉히며 숀이 소리를 높였다.

"이러지 마, 숀."

"제발 도망치지 마, 지란!"

"도망치지 않아."

"지금도 도망치고 있잖아. 내게서, 현실에서."

"아니야!"

"맞아. 지란은 겁쟁이야."

손의 겁쟁이야, 라는 말에 지란은 일 년 전 태준이 했던 말이 떠올랐다. 손처럼 태준도 그녀에게 그런 말을 했었다. 바보처럼 도망만 다닌다고. 현실과 맞서 싸울 생각은 눈곱만큼도 하지 않는다고 그녀를 몰아붙였었다. 그런 그의 말들이 주마등처럼 뇌리를 스치고 지나가자, 지란은 침대에서 벌떡 일어났다.

"나, 갈래."

"지란!"

창백한 얼굴로 금방이라도 쓰러질 듯 위태한 걸음걸이로 침실을 나서는 지란을 보면서도 손은 그녀를 잡지 않았다. 다른 방면에서는 냉정하게 사리분별 잘하는 지란이었지만, 유독 사람 간의 감정 선에서는 한없이 허우적거렸다. 그냥 아무 생각 없이 자신이 내민 손을 잡으면 되는데도 그녀는 그러지 않았다. 그런 그녀 때문에 마음이 상한 손은 한숨을 푹 내쉬며 고개를 돌려 버렸다.

당신을
사랑
합니다

2장
자라 보고 놀란 가슴 솥뚜껑 보고 놀란다

몽롱한 정신이 서서히 정상으로 돌아오고, 여기저기 시끌시끌한 사람들의 말소리가 의식 속으로 들어오자, 절로 미간을 찌푸리고 말았다.

'내가 왜…….'

무거운 돌 하나를 눈꺼풀 위에 올려놓은 듯 제 마음대로 눈을 뜨지 못하자 지란의 얼굴이 일그러지고 말았다. 그런 지란의 상태를 관찰하고 있던 간호사가 다급하게 의사를 불렀다.

"의식이 돌아온 것 같은데요."

"그러게."

여기저기 지란을 살피던 의사가 고개를 끄덕이며 어디론가 전화를 걸었고, 얼마 지나지 않아 낯선 사람들의 속삭임이 고막을 따끔거리게 했다.

"의식을 차린 것 같습니다, 선생님."

"그렇군. 다른 이상은 없지?"

"현재로썬 없습니다."

"수고했고. 보호자 들어오라고 해."

"네, 선생님."

웅성거리는 사람들 속에서 낯익은 여인의 울먹거림이 들려왔지만, 지란은 좀체 눈을 뜰 수가 없었다. 자신이 할 수 있는 일이란 손가락을 약하게 꼼지락거리는 일밖에 없었다. 그런 지란의 상태를 확인한 담당의가 애란에게 말했다.

"다행히 환자도 의식을 차렸고, 다른 이상은 발견되지 않았습니다."

"정말 감사합니다, 선생님."

"잡아 놓은 병실로 올라가셔도 될 것 같습니다."

사 일 전만 해도 하늘이 노랗던 애란이었다. 피투성이가 된 채 누워 있는 딸아이의 모습에 애란은 그 자리에 주저앉고 말았다. 어떤 정신으로 수술동의서에 사인을 했는지도 생각이 나지 않을 정도로 정신을 차리지 못한 채 애란은 지란을 수술실로 보내야 했고, 긴긴 사 일을 버텨야 했다. 설아가 곁에 있었다면 힘이 되어 주었겠지만, 지금은 출장 중이라 무리하게 연락을 취할 수도 없었기에 애란의 속은 까맣게 타 버리고 말았다.

애란은 산소 호흡기를 떼고, 여기저기 꽂아 놓은 바늘을 뽑아내는 의사들을 멍하니 쳐다보며 이제야 요동치는 가슴을 진

당신을
사랑
합니다

정시킬 수 있었다.

"이동하겠습니다."

간호사의 말에 퍼뜩 정신을 차린 애란은 이동침대로 옮겨지는 지란과 함께 미리 잡아 놓은 병실로 올라갔다. VIP 병실답게 호화로운 병실을 쭉 둘러본 애란은 능숙하게 지란을 침대에 눕히는 간호사들에게 고개를 숙여 감사 인사를 했다.

"정말 감사합니다."

"아닙니다. 혹시나 환자분이 발작을 하거나 이상 증세를 보이면 바로 연락을 주세요. 수화기를 들고 1번을 누르며 연결됩니다."

"아, 네."

"그럼."

꾸벅 인사를 하고 나가는 무리들을 뒤로한 채 애란은 지란의 손을 꼭 잡아 자신의 뺨으로 갖다 대며 비볐다.

"깨어나 줘서 너무 고마워, 지란아. 정말 고마워."

한참을 그렇게 지란을 어루만지던 애란은 수건을 따뜻한 물로 적셔 얼굴을 정성스레 닦아 주었다. 이대로 죽는 건 아닐까, 라는 생각을 얼마나 많이 했었는지…… 아직도 그 떨림이 고스란히 애란의 심장에 남아 있었다. 갈라진 입술에 젖은 손수건을 올려놓고, 가습기를 풀로 튼 애란은 의자에 앉아 지란의 손을 만지작거렸다.

"우리 지란이 많이 아프지? 엄마가 네 마음을 헤아리지 못해서 정말 미안해. 미리 알았더라면…… 그랬다면 나라도 어떻게 막아 봤을 텐데…… 정말 미안하다, 지란아."

애끓는 엄마의 목소리가 귓전을 울리자, 지란의 미간이 좁혀졌다.

'내가 왜 이렇게 누워…… 아!'

왜 자신이 누워 있는지, 왜 이런 고통이 전신을 휘감는지 그제야 깨달은 지란은 바동거리며 눈꺼풀을 밀어 올리려던 동작을 딱 멈춰 버렸다. 손과 헤어지고 직접 차를 몬 그녀였다. 아무리 술이 깼다 해도 상당량의 알코올이 몸을 지배하고 있었던 탓에 차를 모는 게 쉽지 않았다. 흐릿한 눈동자에 힘을 주며 이리저리 제멋대로 움직이는 차선과 풍경들을 노려보며 달렸지만, 결과는 뻔했다. 앞서 달리던 덤프트럭이 급정거하는 바람에 지란은 급히 브레이크를 밟아야 했다. 하지만 알코올 때문에 감각은 무뎌져 있었다. 눈 깜박할 순간에 트럭 뒤를 박아 버린 지란은 엄청난 충격과 함께 정신을 잃었었다. 천천히 사고 상황이 떠오르자, 지란은 깊은 신음 소리를 흘리고 말았다.

"지, 지란아!"

지란의 신음 소리를 들은 애란은 떨리는 입술을 꼭 깨물며 딸아이의 상처투성이인 뺨을 쓰다듬었다.

"지란아!"

애란의 떨리는 음성에 반응을 보이듯 지란의 천근만근 같았던 눈꺼풀이 천천히 들어 올려졌다.

"아……."

어렵게 입을 열었지만 쩍쩍 걸리진 입술 때문에 바로 비릿한 피 맛이 입안에 맴돌았다.

"다행이야. 정말 다행이야. 얼마나 걱정했는지 몰라."

흐릿했던 초점을 맞추자, 초췌해진 엄마의 얼굴이 동공을 가득 메웠다.

"어, 엄마……."

"말하지 않아도 돼, 지란아."

금방이라도 눈물을 뚝뚝 흘릴 것 같은 엄마의 눈빛에 지란의 턱은 파르르 떨리고 말았다.

"죄, 죄송해요."

"아니야. 아무 걱정하지 말고 푹 쉬어."

"엄마……."

"됐어. 이렇게 깨어난 걸 봤으니 됐어."

말은 그렇게 했지만, 애란은 지란의 손등으로 툭툭 떨어지는 눈물은 감추지 못했다. 벌게진 눈으로 연방 눈물을 참으려고 노력하는 엄마의 애처로운 몸짓에 지란의 눈시울도 붉어지고 말았다.

"엄마……."

"내가 미리 눈치를 챘어야 했는데…… 회장님께서 또 이러실 줄은 나도 몰랐어. 정말 미안하구나, 지란아."

자신의 잘못이 아닌데도 고개를 숙이며 사과하는 엄마 때문에 지란은 마음이 아팠다.

"그러지 마요."

아직은 목소리가 제자리를 찾지 못해 쇳소리가 섞여 나왔다.

"내가 눈치가 이렇게 없다."

"엄마……."

"아, 갑자기 말을 하면 목이 아플 텐데……."

그제야 생각이 났는지 허둥거리며 분산하게 움직인 애란이 미지근한 물을 가지고 와 지란의 입가에 살짝 갖다 대어 주었다.

"마실 수 있겠어?"

"아, 조금만."

까칠한 목을 축이기 위해서 조심스레 물을 마시자 한결 수월해졌다.

"괜찮아?"

"네. 많이 좋아요."

"다행이다. 조금 더 마실래?"

"네."

고개를 조금 들어 올리며 물을 받아 마시는 지란을 사랑스러운 눈길로 쳐다보던 애란이 더 이상 마시지 않겠다고 말하는 지란을 눕히고는 따뜻한 수건으로 얼굴과 손을 닦아 주었다.

"한결 좋아요."

"목소리가 돌아온 것 같아."

"말하기가 편해요."

"그래."

"엄마."

"응?"

"나한테 미안해하지 마요. 엄마가 그럴 이유는 하나도 없어요."

지란의 말에 떨리는 두 손을 맞잡은 애란이 고개를 저으며 속삭였다.

"아니야, 엄마가 미안해. 우리 지란이한테 너무 미안해……."

"엄마……."

"너한테나 설아한테나 짐이 되는 것 같아서 언제나 마음이 무겁다."

"그런 생각 자체가 우리에게 짐이 되는 거예요. 그러지 마요."

"지란아……."

"엄마는 당당해질 권리가 있다고 제가 말했잖아요. 그러니까……."

지란은 갑자기 말을 너무 많이 해서 그런지 목이 답답해져 왔다.

"목이 아프니?"

"조금요."

"무리하지 마."

"엄마가 그런 표정 짓지 않으면 무리하지 않을게요."

"나는……."

"그러지 마요. 제발 죄인처럼 저한테 고개 숙이지 마요. 엄마, 제발……. 이러는 엄마 싫어."

지란의 말에 애란이 얼른 눈가를 닦으며 밝게 웃었다.

"미안. 이젠 그러지 않으마."

"네."

"그리고 한 달 정도 입원해야 한다고 하던데…… 내 생각으로는 더 있어야 할 것 같아."

심각한 표정을 지으며 턱을 문지르는 엄마를 말없이 쳐다보고 있던 지란이 더 이상 무거워지는 분위기가 싫어 밝게 외쳤다.

"휴가 받았다 생각하죠, 뭐."

"하지만……."

"어쩔 수 없잖아요. 이 몸으로 회사에 나갈 수도 없는 일이고."

아프지 않은 척 어깨를 으쓱하는 딸아이가 안쓰러워 애란의 눈빛이 흔들렸다.

"그런데, 엄마."

"으음."

"저, 많이 다쳤어요?"

어느 정도 다쳤는지 대충 짐작을 했지만, 확실하게 듣고 싶었다.

당신을
사랑
합니다

"그래."

"얼마나요?"

"얼굴이 슈렉처럼 되어 버렸어."

농담을 던지는 엄마가 좋아 지란도 받아쳤다.

"이야, 나 슈렉 좋아하는데."

"하여튼."

"한 달 정도 입원하면 된대요?"

"그 정도면 움직이는 건 지장 없을 거라고 하더라."

"보기 싫을 정도로 얼굴이 슈렉처럼 됐어요?"

"그 정도는 아니야. 정 뭐하면 나중에 성형하면 되지."

"성형이라…… 후후후, 얼굴이 완전히 뭉개지지 않은 게 아쉽네요."

자조적인 지란의 속삭임에 놀란 애란이 눈을 동그랗게 뜨며 지란을 타박했다.

"그런 소리 하지 마."

"엄마."

"왜?"

"나 견딜 만한데…… 죽 좀 사 줄래요?"

"죽?"

"죽 먹고 싶어요."

"그래. 의사 선생님께 물어보자."

정신을 잃고 사 일 만에 깨어난 딸아이에게 뭐든 해 주고 싶은 애란은 서둘러 인터폰을 눌렀다. 항상 대기하고 있는 간호사의 목소리가 스피커를 통해서 흘러나왔다.

　—네, 말씀하세요.

　"우리 딸애가 죽이 먹고 싶다고 하는데…… 먹어도 되나요?"

　—죽이요?

　"네."

　—잠시만요. 제가 선생님께 여쭤 보고 바로 연락드릴게요.

　"네."

　"된대요?"

　"잠깐 기다리래. 곧 알려줄 거야."

　애란의 말에 지란이 눈을 감았다.

　"어디 아프면 말해."

　"네에."

　금방이라도 부서질 듯한 창백한 얼굴로 눈을 감고 있는 모습이 안쓰러워 애란은 지란의 얼굴을 부드럽게 어루만져 주었다. 그런 엄마의 애정표현에 지란의 입가가 나른하게 풀렸다.

　뚜뚜—

　인터폰 소리에 지란에게서 시선을 뗀 애란이 수화기를 들자, 간단한 인사와 함께 죽을 먹어도 된다는 의사의 말이 떨어졌다.

　"먹어도 된다고 하는데, 사 줘?"

"네. 이왕이면 야채죽으로."

"전복죽 먹어?"

"비릿해서 싫어요."

"훗, 알았다. 내 얼른 가서 사 올 테니까 좀 쉬고 있어."

"네."

조용히 병실 문이 닫히자, 긴 한숨을 내쉬며 눈동자를 굴렸다.

"불행을 달고 사는 것 같군. 휴우!"

붕대가 감겨져 있는 팔을 살짝 들어 올렸는데도 진통제 효과 때문인지 생각보다 그렇게 아프진 않았다.

"엉망이겠군."

하지만 묵직한 다리는 물론이고 눈에 보이는 곳 여기저기가 멍투성이인지라 또다시 한숨이 터져 나오고 말았다.

"죽는다……."

죽는 게 두렵지 않았었는데…….

치밀어 오르는 분노를 참지 못하고 그 많은 사람들이 있는 열아홉 생일날 3층에서 뛰어내린 적도 있는 그녀였다. 잠깐 허공에서 허우적거릴 때는 무섭지 않았었다. 죽는다는 게 오히려 자유를 얻을 수 있는 길로 착각했었으니까. 하지만 지금은 그 마음이 달라져 있었다. 아무리 취기로 정신이 혼미하다 해도 사고를 당하는 그 순간 두렵다는 느낌, 살고 싶다는 생각을 했었다. 이렇게 죽고 싶지 않다는 본능으로 핸들을 꺾었으니까.

"이젠 두려워졌나 보다. 후후후!"

쓸쓸하게 웃으며 후끈거리는 눈을 연방 깜박거리던 지란은 노크 소리에 미간을 모았다.

"엄마가 올 시간은 아닌데."

다른 이가 올 시간도 아닌지라 천천히 시선을 문 쪽으로 고정시키고는 잠시 기다렸다.

달각거리는 소리와 함께 흰 가운을 입은 의사들이 들어오는 걸 지켜보던 지란은 오른쪽에 서 있는 낯익은 한 사내에게 시선을 고정시켰다.

'태준아⋯⋯.'

친구로 십칠 년을 함께한 남자. 그리고 일 년 전 그의 고백으로 친구의 연을 끊었던 그가 보이자, 예전 감정들이 가슴을 욱신거리게 만들었다.

"몸은 좀 어떠세요?"

나이 지긋한 의사가 편안한 미소를 지으며 다가와 상태를 살피며 묻자 지란이 희미하게 웃으며 대답했다.

"묵직한 거 빼고는 괜찮아요."

"목소리 들어 보니까 좋아 보이네요. 회복력이 빠른 것 같아요. 아주 좋아요."

가슴과 얼굴을 꼼꼼하게 살피던 그가 붕대가 잔뜩 감겨 있는 팔과 깁스된 왼쪽 다리를 살피더니 뒤에 서 있는 의사에게 이것저것 지시를 내렸다.

"내일 한 번 더 검사를 할 예정이니까 그렇게 알고 있고요. 혹시라도 불편한 점이 있으면 언제든지 얘기해요."

"네."

"이 박사님이 계신 병원으로 옮겨 드릴 수도 있는데…… 어떠세요?"

그의 말에 지란이 살짝 고개를 흔들며 거절했다.

"괜찮아요."

"그럼 이곳에서 우리가 성심성의껏 돌봐 드릴게요."

"감사합니다."

살짝 목례를 하고 그가 병실을 나가자, 뒤에 서 있던 의사 한 명이 혈압을 시작으로 이것저것 체크를 했다.

"피를 좀 뽑겠습니다."

"네."

주먹을 쥐락펴락하며 그가 다치지 않은 오른팔에 바늘을 꼽는 걸 가만히 지켜보고 있던 지란은 신경 쓰이는 태준 때문에 얼굴을 굳히고 있었다.

"다됐습니다."

밴드를 하나 붙여 준 그가 태준에게 꾸벅 인사를 하고는 장비들을 챙겨 나가자, 그제야 조금 떨어져서 모든 상황들을 지켜보고 있던 태준이 침대 가까이로 다가왔다.

"오랜만이다."

"그래."

어색한 분위기가 싫어 억지로 미소를 입가에 지은 지란이 그를 쳐다보며 말했다.

"서 있지 말고 앉아."

"왜 그랬어?"

"뭘?"

"왜 이렇게 다쳤냐고!"

다짜고짜 물아붙이는 그가 짜증나 지란이 인상을 쓰며 소리를 높였다.

"사고잖아!"

"그러니까 왜?"

"난들 아니."

"민지란!"

"나한테 소리 지르지 마."

짜증을 내며 고개를 휙 돌리는 지란 때문에 태준은 화가 치미는 걸 겨우 참으며 주먹을 불끈 쥐고 목소리를 낮췄다.

"모임에는 왜 안 나왔어?"

"서태준!"

"왜?"

"지금 네 태도 아주 거슬려."

"네 태도도 아주 거슬려."

"나 피곤하니까 그만 나가 줘."

"대답 들으면 나갈게."

"무슨 대답!"

빽 소리를 지르는 지란을 물끄러미 내려다보고 있던 태준이 한숨을 푹 내쉬며 구석에 놓여져 있는 의자를 들고 와 침대 옆에 놓고는 앉았다.

"정신과 치료 필요해?"

"하!"

정신과 치료가 필요하냐고 묻는 그가 어이가 없어 지란은 허탈하게 웃고 말았다.

"사고 한번 냈다고 정신과 치료까지 받아야 하니?"

지란의 말에 태준이 분노로 새까맣게 변한 눈동자를 깜박거리지도 않고 그녀를 쳐다보며 나직하게 속삭였다.

"죽으려고 박은 거지?"

"뭐, 뭐라고?"

기가 차서 말도 제대로 나오지 않았다. 하지만 태준의 눈빛은 한 치의 흔들림도 없었다.

"그게 아니면 뭐야. 왜 그런 사고가 난 거야."

"그런 거 아니야!"

강하게 부정하는 지란을 빤히 쳐다보던 태준이 긴 한숨을 내쉬며 피곤한 듯 얼굴을 쓸어내렸다.

"정말이야?"

"이런 설명이 왜 필요한지 모르겠지만…… 죽으려고 그런 거 아니야. 그리고 너 이러는 거 거북해."

"지란아······."

"나한테 이럴 이유 없다고 생각하는데?"

냉랭한 지란의 말에 태준은 상처받은 얼굴을 드러내지 않기 위해서 안간힘을 써야 했다.

"친구잖아."

조심스러운 그의 말에 지란의 한쪽 입가에 조소가 매달렸다.

"우리 친구 관계는 일 년 전에 끝났어. 그리고 넌······."

떠났잖아, 라는 말이 튀어나오려고 하자 얼른 입을 다문 지란이 어금니를 꽉 깨물었다.

"지란아······."

"근데 너 미국 간다는 소리 들었는데······ 아니었나 보네."

떨리는 마음을 다스리고 겨우 무심을 가장한 지란은 끊어진 말을 이었다. 그런 지란을 내려다보고 있던 태준이 그녀의 손을 잡으며 속삭였다.

"가지 않았어. 그래서 계속 영대에 있었고."

태준의 말에 지란이 씁쓸하게 웃으며 고개를 끄덕였다.

"그랬구나."

"넌 런던으로 갔다는 소리 들었다. 왜 갔어?"

"좋은 기회였으니까."

"좋은 기회?"

"응, 무진의 후계자가 될 수 있는 좋은 기회였거든."

"아, 후계자."

"응."

그 일 이후 처음 보는 그인데…… 일 년이라는 시간이 흘렀는데도 그는 전혀 변함이 없었다. 나이 서른넷이면서, 소년처럼 매끈한 피부 때문인지 더 젊어 보이고 멋져 보이는 것 같았다.

"넌 살이 많이 빠진 것 같다."

태준의 살가운 말에 지란이 농으로 받아쳤다.

"다이어트 하고 있어."

"훗, 그래?"

"그래."

그 가벼운 말이 시간을 되돌린 듯 예전의 편한 느낌을 가져다주었다. 태준은 예전의 그 부드러운 목소리로 입을 열었다.

"아직도 많이 힘드니? 사귀는 사람은?"

두 가지를 한꺼번에 묻는 그였지만 지란은 하나만 대답을 했다.

"그냥 엔조이하는 사람은 있어."

기껏 대답한다는 게 사귀는 사람은 없다는 말은 하기 싫어 평소 지껄이는 대로 내뱉자, 단박에 태준의 얼굴색이 어둡게 변했다.

"그렇구나."

"그런 건 왜 묻는데?"

자기는 바로 약혼한 주제에, 라는 말로 비아냥거리고 싶었지만, 그러면 자신만 초라해질 것 같아 지란은 속으로 이죽거릴 뿐이었다.

"사고 후 실려 왔을 때 네가 아닌 줄 알았어……. 너란 걸 확인한 순간……."

어두운 안색으로 말을 잇는 태준의 목소리가 잦아들어 갔다.

"네가 또 자살 시도한 건가 싶어서 가슴이 철렁했어. 또다시 그런 건가 싶어서……."

예전 일을 절대로 잊을 수 없다고 말하던 그였다. 일 년 전 헤어질 때도 그렇게 말한 그였기에 지란의 눈동자에도 고통이 가득 차올랐다. 그를 떠나보내고서야 알게 되었다. 그가 얼마나 자기에게 소중한 존재였는지. 가장 상처 주고 싶지 않은 사람이 있다면 아마 태준일 것이다. 자신의 가장 추한 모습을 보이고 싶지 않은 사람도 그였다. 멍하니 아파하는 그를 올려다보던 지란은 쓸쓸하게 웃으며 말했다.

"그런 일 두 번 다시는 없어."

"그래, 그래야지."

"그리고, 태준아."

예전처럼 이름을 다정하게 불러 주는 지란 때문에 태준은 두근거리는 가슴으로 그녀를 쳐다보았다. 촉촉하게 젖은 눈빛을 한 지란을 와락 안고 싶어 온몸이 고통스럽게 꿈틀거렸다.

"왜?"

"그런 눈빛 더 이상 나한테 보이지 말아 줘."

지란은 그에게 더 이상 기대하면 안 된다고 생각했다. 또 멀

어질 그를 생각하면, 또 그를 떠나보내야 할 생각을 하면 견딜
수 없는 지란이었다.

"민지란."

선을 긋는 지란의 모진 말에도 태준은 부드럽게 그녀의 이
름을 불렀다.

"왜?"

"나랑……."

지란을 다시 보게 된 순간 예전의 일은 머릿속에서 싹 지워
져 버렸다. 오로지 그녀를 곁에 두고 싶다는 열망뿐이었다. 그
래서 그녀가 원하는 대로 나랑 그냥 엔조이하자는 말이 하고
싶었지만, 쉬이 그 말이 뱉어지지 않았다.

"너랑 뭐?"

"아니야."

이렇게 다시 다가선다면 예전과 다를 바가 없다. 태준은 힘
없이 고개를 저으며 의자에서 일어났다.

"갈게."

"아, 그래."

더 있으라고, 오랜만에 널 봐서 너무 좋다고 말하고 싶어 입
술이 샐룩거렸지만 지란은 그를 붙잡을 수가 없었다. 아직도
그의 눈은 일 년 전과 다름이 없기에 가슴이 욱신거리며 아파
왔다.

'이 감정이 친구의 선을 넘어선 감정이라 해도 널 받아들일

수는 없어. 미안해, 태준아!'

지란의 병실을 나와 애꿎은 벽만 툭툭 치던 태준은 사람들의 웅성거림에 무슨 일인가 싶어 고개를 들었다. 한 무리의 사람들이 자신이 있는 쪽으로 오는 게 보였다.

"실례합니다."

지란이 머물고 있는 병실로 들어가기 위해서 양해를 구하는 그들을 물끄러미 쳐다보던 태준이 퍼뜩 정신을 차리고는 헛기침을 한번 했다.

"면회는 할 수 없습니다."

그런 태준을 빤히 쳐다보던 나이 지긋한 사내가 앞으로 나오더니 명함 하나를 꺼내 태준에게 건네며 다시 양해를 구했다.

"이게 뭡니까?"

남자는 무진그룹 비서실장이라고 박혀 있는 명함을 받고도 태준의 태도가 냉랭하자 희미하게 웃으며 대답했다.

"회장님께서 실장님의 상태가 어떠하신지 확인하라고 하셨습니다."

"그럼 회장님께서 직접 오시면 되겠군요. 가족 외에는 출입할 수 없습니다."

강경한 태준의 태도에 난감한 표정을 짓던 그가 주머니에 든 휴대폰을 꺼내더니 버튼을 누르려는 순간이었다. 그들에게 다가오는 애란을 발견한 그는 천천히 폴더를 닫았다. 긴 복도를 빠르게 뛰어오는 애란을 발견한 태준 또한 한숨을 조용히 내쉬며 문 앞에서 물러섰다.

"어머, 실장님."

"사모님."

태준은 한발 물러섰지만 밝게 웃으며 알은체를 하는 애란과 비서실장이라는 사람의 대화를 듣기 위해 자리를 떠나지 않았다.

"회장님께서 민 실장님의 상태를 궁금해 하십니다. 좀 어떠십니까?"

"빨리 호전되고 있어요."

"그렇게 보고 올리겠습니다."

"제가 전화할게요."

"하지만……."

"제가 하면 돼요."

"알겠습니다, 사모님."

"어차피 한 달 정도는 입원해야 한다고 하니까 회사에는 병가로 처리 좀 해 주세요."

"그렇게 하겠습니다."

꾸벅 인사를 하고 몸을 돌려 걸어가는 홍명을 눈으로 좇던 애란이 다급하게 그를 불렀다.

"이 실장님!"

애란의 부름에 바로 걸음을 멈춘 홍명이 몸을 틀었다.

"네, 사모님."

"사적인 질문 하나 해도 될까요?"

파리한 안색으로 연방 흐르는 땀을 닦으며 물어 오는 애란의 애처로운 몸짓에 홍명이 다른 두 명의 사람들을 먼저 보내고는 고개를 끄덕였다.

"말씀하십시오."

"이번 혼담은 어디랑 말이 오갔나요?"

"그게 무슨……."

"잘 견디던 저 아이가 갑작스럽게 무너진 이유는 한 가지밖에 없잖아요. 그걸 이 실장님이나 저나 모르는 바도 아니고요. 절 더 이상 바보로 만들지 않을 생각이라면 말씀해 주세요."

"사모님……."

"타의든 자의든 두 번의 죽을 고비를 회장님 때문에 넘긴 아이예요. 전 회장님도 무언가를 깨닫고 포기한 줄 알았는데…… 그래서 마음을 놓고 있었는데, 아니었나 보군요."

모든 걸 다 알고 있는 듯한 애란의 눈빛에 홍명의 눈동자가 가라앉았다.

"휴우, 저 아이 계속 저렇게 몰아붙이면 정말 죽을지도 몰라요. 그걸 누구보다 이 실장님이 가장 잘 아시잖아요."

애란의 약한 타박에 그의 얼굴이 굳어졌다.

"죄송합니다, 사모님."

"회장님 뜻이 그러하시니 이 실장님도 어쩔 수가 없었겠죠.

당신을
사랑
합니다

하지만……. 설마 대성은 아니겠지요?"

예전에도 대성에 혼담을 넣었지만, 이미 장남인 유진호는 결혼할 상대자가 있다는 말에 민 회장은 몇날 며칠을 아까워했었다. 그래서 혹시나 했는데…… 홍명의 눈빛을 보니 대성이 맞는 것 같아 애란이 답답한 듯 가슴을 약하게 두드렸다.

"대성이 자금 때문에 좀 어렵다는 소리를 들었는데……, 사실이군요."

"죄송합니다."

죄인처럼 고개를 숙이며 사죄하는 홍명을 빤히 쳐다보던 애란이 어금니를 꽉 깨물며 웅얼거렸다.

"대성 후계자인 유 이사는 이미 결혼을 했는데…… 그럼 둘째 아들을……."

"회장님께서는 이번 기회가 대성과 손잡을 수 있는 절호의 찬스라고 생각하고 계십니다. 그래서 어떤 일이 있어도 이번에는 물러서지 않을 겁니다."

"물러서지 않으면요?"

차마 하지 못할 말인 줄 알지만, 애란에게도 지금의 심각한 상황을 설명하는 게 좋을 것 같아 홍명은 어렵게 입을 열었다.

"민 실장님이 안 되시면……."

"설마…… 설아를……."

믿을 수 없다는 눈으로 홍명을 쳐다보자, 그도 답답한 듯 한숨을 내쉬며 마지못해 고개를 끄덕였다.

"아마도 그러실 겁니다."

"아아……."

세컨드의 딸이라는 이유 때문에 정략결혼에서만큼은 안전하게 지내 온 설아였다. 자신 때문에 그 긴 세월 고통 속에서 살아온 아이에게 또 다른 아픔을 줘야 하는 상황에 애란의 가슴이 무너지고 말았다. 고통스럽게 일그러지는 애란의 얼굴을 가만히 쳐다보고 있던 홍명이 미안함에 고개를 숙이며 말했다.

"지금까지 좋은 기회를 놓친 적이 없으신 회장님이십니다. 그 기회를 잘 잡으셨기에 지금의 무진이 있는 것이고요. 아마도 마음의 준비를 하시는 게 좋을 듯싶습니다."

"제; 제가 떠나면 될까요? 제가 회장님을 떠나면 설아를 놔줄까요?"

딸아이까지 이 가슴 아픈 굴레 안으로 끌어당기기 싫어 물었지만, 의미 없는 몸짓이란 걸 알고 있었다.

"정말……."

휘청거리며 바닥에 주저앉는 애란을 잡아 주고 싶었지만, 홍명은 그럴 수가 없었다. 가슴 아프지만 현 시점에서 가장 필요한 말을 해 주는 게 그가 할 수 있는 일의 전부였다.

"사모님, 마음을 단단히 하고 계시는 게 좋을 겁니다. 이번 기회가 아니면 무진은 절대로 대성을 등에 업을 수 없습니다. 이 좋은 기회를 잡기 위해서 회장님께서는 무슨 짓이든 하실 겁니다."

홍명의 말에 애란은 가슴이 무너지고 말았다.

'아, 설아야…… 어쩌면 좋니…….'

소리 내서 펑펑 울고 싶었지만, 애란은 그럴 수도 없었다. 다리에 힘을 주며 자리에서 일어난 애란은 바닥에 떨어져 있는 종이가방을 주워 들고는 서둘러 눈물을 닦았다. 자꾸만 꺾이는 무릎 때문에 몸이 휘청거렸지만, 이를 악물며 병실 앞에 선 애란은 자신을 쳐다보는 의사의 시선 때문에 억지로 미소를 입가에 지으며 고개를 들었다.

"우리 지란이랑 아는 사이인가 봐요?"

자신이 왔을 때부터 쭉 관심 어린 시선으로 쳐다보고 있는 그인 걸 알기에 묻자, 태준의 눈썹이 꿈틀거렸다.

"친구인 서태준이라고 합니다. 몇 번 집으로 초대를 받아 간 적도 있었고요."

"그랬군요."

"잠시 저랑 얘기를 좀 할 수 있을까요?"

"우리 지란이 얘긴가요?"

"네."

"지금은 내가 우리 지란이에게 죽을 갖다 줘야 하는데……."

파들파들 떨고 있으면서도 아닌 척하는 애란의 애처로운 모습에 태준의 눈동자가 착 가라앉고 말았다.

"5분이면 됩니다."

강경한 태준의 태도에 애란이 마른 입술을 축이며 고개를 끄덕였다.

"코너를 돌면 휴게실이 있습니다. 그쪽으로 가시겠습니까?"

"그러죠."

바로 앞에 있는 코너를 돌자, 제법 넓은 휴게실이 나왔다.

"커피 한 잔 드릴까요?"

"아니요. 사람들 오기 전에 말해 주세요."

"알겠습니다."

휴게실 문 앞 소파에 앉은 애란이 뼈가 튀어나오도록 주먹을 쥐고 있는 걸 보면서 태준이 입을 열었다.

"아주 오랫동안 지란이와 알고 지냈습니다. 열아홉 그 사건도 제 눈앞에서 펼쳐진 일이라 뇌리 속에 생생하게 남아 있습니다."

열아홉 사건이라고 말하자, 애란의 얼굴이 투명할 정도로 창백해졌다.

"이번 일도 전 지란이가 자신을 포기해서 벌어진 일인 줄 알았습니다. 하지만 지란에게 물어보니 아니라고 하더군요. 그 말이 진심인 것 같았고요. 하지만 어머니……."

잠시 말을 끊은 태준이 애란과 시선을 맞추며 단호하게 말했다.

"계속 이 상태로 가면 지란이는 스스로를 또 자학할 겁니다. 그렇게되면 처음보다 더 극단적인 방법으로 자신을 다룰 거고요. 그러니 어머니께서 허락하시면 정신과 치료를 받을 수 있게 조치를 취해 놓겠습니다."

정신과 치료라는 그의 말에 놀란 애란이 눈을 휘둥그레 뜨며 입술을 파르르 떨었다.

"정, 정신과 치료라니……."

"정신과 치료라고 해서 무조건 나쁜 건 아닙니다. 또한 약물을 투여하거나 약을 먹는 것도 아니고요. 불안한 심리를 안정시키고, 스스로 어떻게 하지 못하는 감정들을 의사에게 말하도록 유도하면서 환자들 스스로 마음을 다스리는 치료가 있습니다. 지란이 같은 경우는 후자의 방법으로 치료를 하는 것이고요. 그러니 무조건 정신과 치료라고 부정적으로 생각하시지 말고 그녀를 위해서 한번 심각하게 고려해 주셨으면 합니다."

"만약 저대로 두면 어떻게 되죠? 나한테 더 이상 그러지 않을 거라고…… 이젠 죽는 게 두렵다고 말했는데…… 그럼 괜찮지 않을까요?"

희망을 품으며 말하는 애란을 쳐다보던 태준이 고개를 저으며 말했다.

"그저 일시적인 감정들일 뿐이고, 두려움일 겁니다. 의사이기 이전에 친구의 입장에서 전 지란이가 치료를 받았으면 좋겠습니다."

"아!"

파르르 떨리는 입을 얼른 손으로 틀어막은 애란이 고개를 푹 숙이며 눈물을 삼켰다.

"지, 지란이한테 이런 말을 하면 뭐라고 할까요?"

"쉽게 받아들이긴 힘들 겁니다."

"맞아요. 정신병자 취급하냐고 펄쩍 뛸 거예요."

"그래서 어머님께 이렇게 말씀드리는 겁니다."

태준의 진중한 음성에 애란은 마음을 추스르고 상황을 정리해 보았다.

"치료를 받게 되면…… 은밀하게 해 줄 수 있나요?"

애란이 무엇을 걱정하는지 안 태준이 고개를 끄덕이며 대답했다.

"그렇게 하겠습니다."

"그럼 내가 지란이를 설득해 볼게요."

"감사합니다."

"오히려 내가 감사 인사를 해야겠죠. 이렇게 신경 써 줘서 정말 고마워요."

"사적인 질문 하나 드려도 될까요?"

사적인 질문 하나 해도 되겠냐는 그의 말에 애란은 떨리는 두 손을 진정시키며 고개를 끄덕였다.

"지란이 당한 사고가 정략결혼과 관계있는 건가요?"

직설적인 그의 말이 비수처럼 애란에게 박혔다. 애란은 입술을 파르르 떨며 고개를 돌렸다.

"솔직하게 말하면…… 그래요. 그래서 지금 지란이가 저렇게 불안해하는 거고요."

당신을
사랑
합니다

"꼭 정략결혼을 해야 하는 건가요? 지란이 정도면 굳이 그러지 않아도 되지 않나요?"

결혼을 누구보다 병적으로 싫어하는 그녀를 잘 알기에 태준이 묻자, 애란이 슬프게 웃으며 고개를 저었다.

"지란이를 알고 지낸 시간이 길다고 하니 말하겠지만, 회장님의 뜻을 꺾을 수는 없어요. 강한 자 앞에서 약한 자는 어쩔 수 없이 머리를 조아려야 하는 게 현실이죠."

슬프게 웃으며 말하는 애란을 바라보는 태준은 심장이 갈라지는 아픔을 느껴야 했다. 자신이 아닌 다른 사내와 지란이가 함께한다는 사실만으로도 심장이 격렬하게 뛰기 시작했다.

"지란이가 어떻게 되어도 말입니까?"

정작 이야기를 들어야 하는 당사자는 자리에 없는데 치솟는 분노를 억누르지 못한 태준은 애란 앞에서 그 말을 쏟아내 버렸다.

애란은 태준의 한 마디 한 마디가 비수처럼 느껴졌고, 자신과 딸아이들의 신세가 서러워 감정이 복받쳤다.

"그게 회장님의 방식이니까요."

애란의 눈가로 눈물이 흘러내렸다. 고개를 숙이며 흐르는 눈물을 감추는 애란이 안쓰러워 태준은 주머니에 넣고 다니는 손수건을 꺼내 건네며 말했다.

"지란이 삶이 힘겨웠다는 건 저도 압니다. 지란이처럼 재벌가 자식은 아니지만, 저 또한 그 무리 속에서 지금까지 쭉 살아왔으니까요. 하지만 지란이처럼 저렇게 극단적인 행동을 하는 사람들은 흔하지 않습니다."

딸아이를 걱정하는 그의 눈빛이 거짓이 아니란 걸 느낀 애란이 남에게 차마 하지 못한 말을 하기 위해서 입을 열었다.

"친엄마한테 사랑이란 걸 받아 보지 못해서 그런 것 같아요. 남들처럼 평범한 부부로 살아온 두 분이 아니셨거든요. 그러는 중에 내가……."

마른 침을 꿀꺽 삼킨 애란이 민망함에 얼굴을 확 붉히자, 태준이 크게 숨을 들이마시며 말했다.

"힘드시면 안 하셔도 됩니다."

"지란이 친구이기도 하지만, 의사이기로 하니까 힘들지만 말하는 거예요."

"네……."

"정말 손가락질 받을 짓이지만, 한눈에 회장님을 사랑해 버렸어요. 그래서 맞아 죽을 죄인 줄 알면서도 그를 가슴에 품어 버렸고, 그 결과 딸아이를 하나 낳게 됐어요. 그러는 중에 사모님이 돌아가시게 됐고, 제가 회장님 댁에 들어가게 됐어요. 정말 잘해 주고 싶었는데…… 친딸보다 더 잘해 주었다고 생각했는데…… 아니었나 봐요. 저 아이가 저렇게 아파하는 걸 보니 아니었나 봐요. 내 딸아이들을 위해서라면 어떤 짓이라도 할 수 있는데…… 이 팔을 자르라면 자를 수도 있는데…… 회장님 뜻을 꺾을 수는 없네요. 아무리 용을 써도 꺾을 수가 없어요."

손수건이 흥건하게 젖을 정도로 눈물을 쏟아내는 애란 때문에 태준 또한 마음이 착잡해져 버렸다.

"우리 지란이랑 친구 이상으로 보이는데…… 내 착각인가요?"

"일 년 전에 프러포즈 했었는데…… 보기 좋게 차였습니다. 그 결과 친구의 연까지 끊긴 상태고요."

"아!"

"하지만 다시 친구로, 그리고 연인으로 다가설 생각입니다. 멍청하게 지란의 내침에 상처받아서 주저앉았지만…… 이젠 그러지 않을 생각입니다."

자신감으로 두 눈을 빛내는 태준을 쳐다본 애란이 고마움과 미안함에 의자에서 일어나 고개를 숙였다.

"우리 딸아이를 부탁해요."

상냥한 이 남자라면…… 이렇듯 자신의 감정에 자신감을 가지고 있는 이 남자라면 지란이를 행복하게 해 주지 않을까, 라는 희망이 생겨났다. 그렇기에 애란은 더 이상 머뭇거리지 않았다.

"어떤 일이 있어도 우리 지란이를 포기하지 말아 줘요. 부탁해요."

"어머님……."

"결혼의 결 자만 나와도 경기하는 아이지만, 속내는 그렇지 않을 거예요. 누구보다 행복한 삶을 살고 싶어 하는 아이고,

따뜻함을 갈구하는 아이거든요."

"알고 있습니다."

태준의 마음이 고마워 애란의 눈가에 또다시 눈물이 가득
맺혔다.

"고마워요."

"아……."

갑자기 울리는 휴대폰 때문에 말을 끝까지 하지 못한 태준
이 얼른 주머니에 넣어둔 휴대폰을 꺼내 받았다.

"왜?"

—지원 군이 다시 발작을 했습니다. 어서 중환자실로 와 주
시기 바랍니다, 선생님.

"알았어."

대답을 하고 전화를 끊은 태준은 급히 애란에게 인사를 전
했다.

"급한 일이 생겨서 가 봐야 할 것 같습니다."

"그래요, 어서 가 봐요."

애란은 꾸벅 인사하고 급하게 사라지는 태준을 하염없이 쳐
다보다 의자에 털썩 주저앉고 말았다.

3장

가랑비에 옷 젖는 줄 모른다

　이 주일이라는 시간이 흘러서 그런지 제법 움직임이 가벼워
졌다. 다친 부위의 통증도 많이 가라앉아 이리저리 몸을 푼 지
란은 천천히 침대에서 내려와 병실을 걸어 다녔다.

　"살 만하네."

　이렇듯 사람처럼 걸어 다니니 정말 살 것 같았다.

　"아, 좋다."

　부서진 뼈와 뼈 사이가 서로 잘 이어지도록 삽입해 놓은 인
공 뼈 때문인지, 아니면 상처가 아직 완전히 아물지 않아서인
지 걸을 때마다 작은 통증이 찾아왔지만 걷는 데 무리는 없었
다. 붕대를 한 한쪽 팔을 쓱 쳐다본 지란이 피식 웃으며 냉장
고에서 시원한 콜라를 꺼내 마셨다.

　"역시 코카콜라가 최고야. 아, 불편해."

한 팔로 모든 걸 해결해야 하는 게 얼마나 불편한지 실감한 지란은 툴툴거리며 VIP 환자들을 위해서 마련해 놓은 테라스로 나갔다. 미니 테이블에 콜라를 올려놓고 의자에 끙끙거리며 앉자, 통유리 너머로 푸른 하늘이 한눈에 들어왔다.

"돈이 좋긴 하다."

하루에 엄청난 돈을 내야 하는 VIP인 만큼 환자를 대하는 간호사의 태도는 아주 극진했다. 흰 붕대 사이로 삐죽 나온 손가락을 꼼지락거리며 콜라를 마시던 지란은 자신을 한심하게 쳐다보는 태준을 발견하고는 콧잔등을 찡그렸다.

"햇살이 좋아."

"아직은 햇살이 따가우니까 들어와."

"싫어."

아이처럼 떼를 쓰는 그녀가 어이없어 태준의 매끈한 미간에 주름이 두 줄 생겼다.

"붕대 갈아 줄게."

"총각 의사가 해줘."

"오늘은 내가 해 준다고 했어."

"한가한가 보네?"

비아냥거리는 지란을 바라보던 태준이 테라스로 나와 지란의 옷깃을 잡아당겨 일으켜 세웠다.

"야야!"

훅 올라가는 환자복 때문에 지란의 허리께가 고스란히 태준

당신을
사랑
합니다

의 시선 안으로 들어왔다.

"이거 놔!"

"일어나."

"에이씨, 아프잖아."

"드레싱 해 줄 테니까 빨리 침대로 가."

"그 잘생긴 총각한테 받고 싶다니까 왜 그래? 그렇게 한가하면 다른 환자들한테 그 정성을 보여 줘. 싫다는 사람한테 이러지 말고."

태준은 귀가 닫힌 사람처럼 대꾸 없이 지란을 병실로 데려가 침대에 앉혔다. 묵묵히 붕대를 풀고, 꿰맨 자국이 선명한 곳곳에 소독을 했다.

"와, 징그럽다."

자신의 상처를 일주일 동안 매일 봐왔지만, 볼 때마다 징그럽게만 느껴졌다.

"징그럽지 않아."

나직한 태준의 속삭임에 지란의 눈 밑이 파르르 떨리고 말았다. 정성스레 소독을 하고 약을 발라 주는 태준의 정수리를 멍하니 내려다보고 있던 지란이 떨리는 목젖을 느끼며 얼른 헛기침을 했다.

"일은 할 만해?"

어색한 분위기가 싫어 가벼운 질문을 하자, 태준이 고개를 끄덕였다.

"좋아서 하는 일이라 행복해."

"넌 항상 그랬어. 사람을 참 따뜻한 눈으로 보거든."

"따뜻한 눈이 뭔데?"

지란과 더 많은 대화를 하고 싶어 태준이 묻자, 지란의 듣기 좋은 웃음소리가 병실 안에 울려 퍼졌다.

"보면 알아. 언제 한번 거울을 봐봐. 그럼 알 수 있을 거야."

"너도 따뜻해."

"그런 거짓말은 하지 말고. 와, 교수라 그런지 그 총각 의사보다 손놀림이 좋은데, 크크크!"

지란의 말에 피식 웃은 태준이 능숙하게 붕대를 감고 마무리를 했다.

"아직은 많이 걷지 마."

"많이 아프지 않아."

"그래도 다리에 무리가 가면 안 돼. 아직은 조심할 때야."

"그럴게."

어쩐 일로 고분고분 대답하는 지란이 신기해 태준이 고개를 들어 지란의 표정을 살폈다.

"왜?"

"오늘따라 틱틱거리지 않으니까 이상해서."

"훗! 너랑 더 이상 싸우고 싶지 않아."

"그럼 친구로 다시 받아 주는 거야?"

"싫어."

당신을
사랑
합니다

"왜?"

"어차피 떠날 거잖아. 그런데 왜 다시 친구로 받아들여서 상처를 받아야 하는데? 무조건 싫어."

장난처럼 말하지만 진심이 담겨 있는 그녀의 말에 태준은 그녀 또한 지난 일 년이 힘들었음을 어느 정도 짐작할 수 있었다.

"이젠 네가 뭐라고 해도 떠나지 않을게. 약속할게."

"어차피 내가 너의 프러포즈를 거절해서 그런 거잖아. 내 잘못이니 네가 사과할 필요는 없어."

"잠시 화가 났을 뿐이었어. 그래서 시간을 갖고 싶었던 것도 사실이고."

그래서 그 여자랑 약혼했니? 라고 묻고 싶어 입이 간질거렸지만, 지란은 꾹꾹 눌러 참으며 조개처럼 입을 다물었다.

"이젠 상관없어."

"지란아."

"정말이야. 이젠 상관없어."

손사래까지 치며 상관없다는 말을 강조하는 지란을 물끄러미 바라보던 태준은 더 이상 그녀를 몰아붙이면 역효과가 날 거라 생각하고 한발 물러섰다.

"알았어."

순순히 물러서는 그의 모습에 실망감으로 가슴이 답답해지는 걸 느낀 지란은 짜증스러움에 아랫입술을 자근자근 씹었다.

"입술 씹지 마."

"……!"

"그리고 너 내일 오후 세 시에 3병동으로 치료 받으러 가. 알았지?"

"3병동?"

"지난번에 말한 치료 말이야."

태준의 그 말에 불끈 화가 치밀어 오른 지란이 소리를 빽 질렀다.

"내가 정신병자니? 왜 치료를 받으러 가야 하는데?"

"어머님께 얘기 들었잖아."

"들었어. 그래서 싫다고 했고."

"네가 생각하는 것과 달라. 쓸데없는 고집 부리지 말고 한번만 가 봐. 그럼 생각이 달라질 거야."

"싫어."

"민지란!"

"싫다고! 내가 왜 정신병자 취급을 받아야 하는데? 싫어. 무조건 싫어."

강하게 거부하는 지란의 양 어깨를 움켜잡은 태준이 그녀와 눈을 맞추며 타이르듯 속삭였다.

"나중을 위해서 좋아. 너 지금도 가끔 화가 나면 주체할 수 없을 정도로 자신을 학대하지? 치솟는 화를 어떻게 다스려야 할지 몰라서 두려운 적 없었어? 회장님 때문에 화나고, 왜 이런 환경에서 살아야 하나 수십 번도 더 고민하고 고민하지 않아? 다가올 미래가 두렵고, 어떻게 헤쳐 나가야 할지 불안하고 무섭지 않아? 그렇기에 심리치료를 받아 보란 말을 하는 거야. 이 모든 불안감과 두려움을 쏟아낼 대상을 찾으란 말이야. 그러니까 무조건적으로 거부만 하지 말고 한 번만, 딱 한 번만이라도 가 봐. 부탁한다, 민지란."

강압적으로 가라고 말하지 않고, 부탁한다며 자신이 오히려 고개를 숙이는 태준 때문에 지란의 가슴은 그에 대한 감정들로 아릿해지고 말았다. 이런 감정 정말 싫은데…… 놓지 못하고 허우적거리는 이런 감정들 정말 싫은데…… 한참을 고개만 숙인 채 말을 하지 않고 있던 지란이 한숨과 함께 힘없이 속삭였다.

"생각을 좀 해 볼게."

"지란아……."

"생각해 본다고."

태준은 성급해지려는 마음을 다잡으며 지란의 선택을 기다리기로 했다. 그런 태준의 표정을 본 지란이 아랫입술을 꾹 깨물며 시선을 돌려 버렸다.

"멍청하다고 욕해도 좋아. 이러는 내 모습 자주 봤었잖아."

"그런 거 아니야."

"한심하다는 표정 지었잖아."

"아니야."

"부정하지 않아도 돼."

답답할 정도로 자신을 비하하는 지란 때문에 태준은 그녀의 어깨를 처음보다 더 꽉 움켜잡고 말았다. 손아귀 힘이 너무 들어가 버렸는지 지란의 입에서 약한 신음이 흘러나왔다.

"아, 미안."

"됐어."

그의 손을 탁 뿌리친 지란이 아픈 어깨를 문지르며 중얼거렸다.

"그만 가 줘."

"지란아……."

"네 말대로 그렇게 할 확률이 많으니까 이쯤 하고 그만 가 주라. 아무리 친구라도 보이고 싶지 않은 부분들이 있는 거야."

어깨를 축 늘어뜨리고 말하는 지란 때문에 태준은 쉬이 발길이 떨어지지 않아 머뭇거렸다. 그 모습을 무시하며 지란은 혼자서 끙끙거리며 침대로 올라가 누워 버렸다. 완전히 시선을 외면하는 지란 때문에 태준은 나직한 한숨과 함께 고개를 끄덕였다.

"세 시야. 잊지 마."

피곤한 듯 축 늘어진 등을 보이며 병실을 나가는 태준을 뚫어져라 쳐다보던 지란이 문 닫히는 소리와 함께 눈을 깜박거리자, 맑은 눈물이 볼을 타고 흘러 내렸다.

"타이밍이라는 게 있는데 그걸 놓치면 이렇게 후회하나 봐. 크큭큭, 나 정말 바보 같다."

그가 붕대 감아 준 팔을 들어 올려 가만히 쳐다본 지란은 씁쓸하게 웃었다.

"역시 네 성격처럼 깔끔하네."

정신이 말짱한 상태에서 한참 동안 병실에만 있자니 그것도 곤욕이었다. 지란은 지루함을 이기지 못해 천천히 몸을 일으켰다.

"휴, 나들이나 나가야겠다."

헐렁한 환자복 차림으로 병실 문을 열고 긴 복도로 나간 지란은 다리에 힘이 실리지 않아 조금 휘청거렸지만, 그것도 잠시일 뿐 여기저기 돌아다니기 시작했다. 어디를 가고자 함은 아니고, 답답한 가슴을 달래고자 목적지 없이 걷던 지란은 심리치료실이라고 적힌 곳을 올려다보며 씁쓸하게 웃고 말았다.

"한번 받아 볼까? 에이, 내가 정신병자도 아니고⋯⋯."

고개를 절레절레 흔들며 얼른 그곳에서 나온 지란은 주머니 안에서 요란하게 울리는 벨 소리에 씩 웃으며 전화를 받았다.

"왜?"

―어디야?

"어디긴 병원이지."

―나 지금 병실이거든?

"아, 하하하. 좀 답답해서 쏘다니고 있어."

―다리 다친 사람이 잘 한다. 빨리 돌아와.

"답답해."

―답답하긴 뭐가 답답해.

답답하다는 말에 불안감이 든 설아는 처음보다 더 냉랭하게 소리쳤다.

"쳇!"

설아와 반대로 지란은 장난스러움을 유지한 채 뾰루퉁하게 반응했다.

―많이 답답해?

일견 냉정하게 들리지만 걱정스러움이 묻어나는 말을 전해 오는 설아였다.

"응. 아주 많이."

―외출할 수도 없잖아?

"많이 걷지만 않으면 된다고 했어."

―그래?

"그럼. 어디 데리고 가 줄 거야? 회사는?"

―하나 끝내서 그리 바쁘지 않아. 어디 가고 싶은 데 있어?

"응."

―어디?

"바다 보고 싶어."

―너무 멀어서 안 돼.

당신을
사랑
합니다

매정하게 안 된다고 자르는 동생 때문에 지란이 입을 삐죽거리며 툴툴거렸다.

"그럼 왜 물은 건데?"

—가까운 데 가자.

"쳇! 그럼 나 방석집."

—아주 망신살 뻗치려고 발악을 하는구나.

신랄한 동생의 말에 지란이 입을 삐죽거리며 투덜거렸다.

"쳇!"

—빨리 병실로 와.

"아, 됐어. 나 그냥 다리가 부서지도록 병원이나 순찰하고 다닐래. 넌 그렇게 기다리다가 집에 가라."

완전히 삐진 척 전화를 확 끊어 버린 지란은 씩 웃으며 휴대폰을 주머니에 넣지 않고 만지작거리며 중얼거렸다.

"큭큭큭, 바로 전화 오겠지."

룰루랄라거리며 이곳저곳 돌아다녔지만, 동생의 전화는 걸려 오지 않았다. 한참을 돌아다닌 탓에 다리가 너무 아파 오자, 더 이상은 무리인 것 같아 서둘러 병실로 발길을 돌리던 지란은 피투성이가 된 여자와 작은 아이가 이동침대에 실려 응급실로 들어오는 걸 발견하고는 놀라 벽에 딱 붙어 서고 말았다.

"아악! 제발 우리 애 먼저 좀…… 제발…… 내 아들 먼저……."

자신도 많이 다친 듯한데 아이를 걱정하는 여자의 모습에 지란의 얼굴이 보기에도 안쓰러울 정도로 일그러졌다. 사고를 당한 건지 온통 피범벅이 된 여자와 아이가 응급실로 들어가는 걸 지켜보던 지란은 무엇에 이끌리듯 그곳으로 걸음을 옮겼다.

"좀 비켜 주세요."

자신을 확 밀치는 손길 때문에 휘청거리며 벽에 어깨를 부딪친 지란은 신음을 내뱉으며 자신을 민 사내를 노려보았지만, 그것도 잠시였다. 온통 피범벅이 된 사내가 거친 숨을 몰아쉬며 쓰러질 듯 응급실로 들어가는 모습에 지란의 눈초리가 가늘어졌다.

"선생님…… 제발 내 아내 좀…… 아들 좀…… 여보! 여보! 제발 정신 좀 차려. 제발……."

침대에 누워서 사경을 헤매는 여자의 손을 움켜잡으며 애원하는 사내의 모습은 처절하기만 했다.

"제발…… 흑흑흑!"

사내의 눈물이 범벅이 된 피 사이로 길을 만들며 흘러내렸고, 그 모습을 조금 떨어진 곳에서 바라보고 있던 지란은 욱신거리는 가슴을 움켜잡았다.

"이 간호사!"

거친 외침과 함께 미친 듯이 달려오는 한 남자 때문에 몸을 돌리던 지란이 다시 벽에 딱 붙으며 동공을 좁혔다.

"바로 3층 수술실로 옮겨."

벌게진 얼굴로 뛰어온 태준이 아이의 상태를 살피더니 빠르게 지시를 내렸다. 그런 그의 옆으로 다른 의사들이 모여들기 시작했다.

　"보호자 분?"

　"네, 제가 보호잡니다!"

　"다치셨습니까?"

　피범벅이 된 사내의 상태를 살피던 태준이 묻자, 사내의 고개가 거칠게 좌우로 움직였다.

　"아, 아닙니다."

　"제가 볼 때는 다친 것 같은데…… 김 간호사!"

　"네, 선생님."

　"이 보호자 분 다쳤는지 확인해 보고, 아니면 샤워실로 안내해 드리도록 해. 깨끗한 환자복도 한 벌 드리고."

　"하지만 선생님……."

　입원한 환자가 아닌 이상 환자복을 주는 건 규칙에 어긋나는 일이라 간호사가 머뭇거리자, 태준이 미간을 모으고 눈에 힘을 주며 말했다.

　"괜찮으니까 주도록 해요. 규칙이다 뭐다 그런 소리 하지 말고."

　칼같이 자르는 태준 때문에 간호사가 민망함에 살짝 얼굴을 붉히며 고개를 끄덕였다.

　"네, 선생님."

"김 선생!"

"네."

"서둘러 검사해."

"네, 선생님."

"자, 다들 빨리 움직여."

태준의 지시에 소아과 전문의들이 빠르게 움직이기 시작했고, 마침 도착한 외과의들도 이미 혼수상태로 빠진 여자를 데려가기 위해서 분주하게 움직였다. 숨 막히는 그들의 모습을 멍하니 바라보고 있던 지란은 자신이 너무 바보같이 느껴졌다. 자신은 언제나 원망하고, 후회하며 그렇게 살아왔는데……. 살기 위해서, 살리기 위해서 고군분투하는 이들의 모습에 지란은 꼭 자신이 죄인처럼 느껴졌다. 자신은 한 번도 저렇게 치열하게 살기 위해서 싸워본 적이 없었으니까.

'아!'

무언가가 자신을 뜨겁게 달구자, 지란의 눈가로 눈물이 주룩 흘러내리고 말았다.

'살기 위해서, 살리기 위해서 저렇게 노력하는구나. 저렇게 죽을힘으로 달리는데 난 죽기 위해서 그렇게 바둥거렸다니……. 저 남자는 자신의 상처 따위는 아랑곳하지 않고 저렇게 절규하는데…… 저렇게 아파하는데…… 난…….'

지란은 그동안 자신이 투정을 부린 건 아닐까, 라는 생각에 떨어뜨리고 있던 고개를 들 수가 없었다.

"잘하는 짓이다."

혹여나 있으면 또 잔소리 들을까 봐 아주 조심하며 문을 열었는데 무슨 투시경이라도 끼고 있는지 설아가 문 바로 앞에 떡 하니 버티고 서 있자, 놀란 지란이 몸을 부르르 떨며 허리를 똑바로 세웠다.

"아하하!"

"어디 갔다가 왔어?"

"그냥 막 돌아다녔어."

"거울 한번 보지?"

"왜?"

동생의 말에 쭈뼛거리며 벽에 걸려 있는 거울 앞에 선 지란은 피죽 한 그릇 먹지 못한 사람처럼 창백한 자신의 얼굴을 확인하고는 피식 웃고 말았다.

"와, 나 얼굴 엄청 뽀얗다."

"정신 나간 거니?"

"넌 언니한테 그 무슨 말버릇이니?"

"언니면 언니답게 처신해."

"내가 어쨌다구, 쳇."

"몸은 좀 어때?"

"아파."

"그러면서 돌아다녀?"

"답답해."

시무룩한 표정으로 절뚝거리며 침대로 다가간 그녀가 끄트머리에 털썩 주저앉자, 그 모습을 주시하던 설아의 입가가 딱딱하게 굳어졌다.

"간호사한테 외출 허락 받았어. 가자."

"정말?"

"응."

"와, 신난다."

좋다고 방방 뛰는 지란을 보며 설아는 누가 언니인지 모르겠다는 표정을 지으며 고개를 설레설레 흔들고 말았다. 환자복 그대로 갈 수 없다며 투덜거리는 지란에게 설아는 들고 온 종이가방을 툭 던지며 말했다.

"도와줄까?"

"아냐, 괜찮아."

"괜찮긴 뭐가 괜찮아."

톡 쏘아대지만, 다가온 설아의 손길은 한없이 부드러웠다. 지란의 깁스한 다리와 붕대가 감긴 팔을 생각했는지 설아가 가져온 옷은 한쪽 다리가 지프로 된 바지와 블라우스였다.

"그 얼굴로 나가면 사람들 시선을 한 몸에 받겠군."

"큭, 그럼 모자라도 쓸까?"

"나가서 반짝이 많이 붙어 있는 거 하나 사 줄게."

자신의 너스레에 맞장구쳐 주는 동생 때문에 입가에 미소가 걸리고 말았다.

"언니."

"응?"

"많이 다치지 않아서 다행이야."

설아의 말에 코끝이 찡해 지란이 씩 웃으며 명랑하게 외쳤다.

"내가 원래 운이 좋잖아."

"다시는 음주 운전하지 마."

"응."

"나중에 상처들 사라지지 않으면 성형해."

"됐어. 이거라도 있어야지 절대로 음주 운전 안 하지."

"하여튼 언니의 정신세계가 궁금하다."

"나도 가끔은 내 뇌가 궁금해."

"다 됐으니 가자."

"으응."

절뚝거리며 새끼 강아지처럼 졸졸 따라가는 것이 안쓰러웠는지 설아가 다치지 않은 오른쪽 겨드랑이로 손을 밀어 넣고 부축하자, 지란이 배시시 웃었다.

"고마워."

"아프면 언제든지 말해. 괜히 무리해서 좋은 건 없으니까."

"응. 근데 어디 갈 거야?"

"이곳에서 얼마 멀지 않은 곳인데 조용하고 좋아."

"카페?"

"응. 라이브 노래도 들을 수 있고, 차 맛이 좋은 곳이야."

"야아, 네가 그런 데도 다 알고 웬일이래?"

"가끔 접대 때문에 그곳에 가거든. 그랬더니 다들 좋아라 하더라고."

"아하, 그랬구나."

참 오랜만에 동생과 시간을 보내는 것 같아 지란의 눈가가 파르르 떨리고 말았다. 이런 모습을 보이면, 동생의 잔소리를 한없이 들어야 한다는 걸 잘 알기에 얼른 고개를 숙이고 말았다.

"왜 그런 짓을 했어?"

"답답해서."

"휴!"

"나 정신과 치료 받으래."

"누가?"

"일전에 너도 한번 본 의사 있잖아, 내 친구라는."

"아, 그 사람."

"응. 걔가 나보고 정신병 있다고 치료 받으라고 하는 거 있지."

"그럼 받아."

참 쉽게도 말하는 동생을 휙 노려본 지란이 아랫입술을 자근자근 씹으며 투덜거렸다.

"말이 쉽지. 혹시나 상담 받았다가 정말로 정신병 있다고 입원하라고 하면 어떻게 해?"

"입원하면 되지."

"쳇, 도움이 안 돼요, 도움이."

투덜거리는 언니를 곁눈으로 쳐다본 설아가 씁쓸하게 웃으며 말했다.

"우리 입장이 돼 보라고 해. 그럼 미치지 않고서는 버티지 못한다는 걸 알게 될 거야."

시린 동생의 말에 지란도 입을 다물고 말았다. 동생 말처럼 정말 자신들의 입장이 되어 본다면 태준은 어떤 말을 할까 궁금하기도 한 지란이었다. 멍하니 빠르게 지나가는 풍경들을 바라보고 있던 지란이 설아에게 불쑥 물었다.

"술 마셔도 돼?"

"안 돼."

"쳇! 넌 너무 고지식해."

입이 오리주둥이처럼 툭 튀어나와 있는 언니를 싹 무시한 채 차를 몬 설아는 목적지에 도착하자, 능숙하게 주차장에 차를 세우고는 먼저 내려 조수석 문을 열어 주었다.

"와, 공주 대접이다."

"아프니까 해 주는 거야."

"알았어요, 동상!"

좋아서 반달 모양으로 접힌 눈으로 코맹맹이 소리를 내는 언니를 부축해 카페 안으로 성큼성큼 들어간 설아는 자신을 알아보며 다가오는 카페 사장을 보았다. 그와 악수를 나눈 설아는 지란과도 인사를 시켰다.

"아, 말로만 듣던 언니?"

"반가워요, 민지란이라고 한답니다."

애교 철철 넘치는 지란의 인사에 사장의 얼굴에 홍조가 확 드리워졌다가 사라졌다.

"와, 정말 미인이시네요. 이렇게 만나서 너무 반가워요."

"호호호, 저도요."

"두 미인이 카페에 오시니 우리 카페가 확 밝아지는데요. 이쪽으로 오세요."

사장을 따라 2층으로 올라간 두 사람은 사장이 마련해 준 가장 좋은 자리에 앉았다.

"와, 정말 예쁘다."

별장처럼 지어진 외양과 달리 내부는 현대식으로 꾸며져 있었다. 소나무로 만든 장식들이 여기저기 예쁜 자태를 뽐내고 있었고, 은은한 결이 살아 있는 나무 테이블과 의자들이 배경과 어우러져 운치를 살려 주고 있었다.

"정말 멋지다."

계속 투명한 유리문 너머 풍경들과 실내를 번갈아 쳐다보며 감탄사를 내뱉는 언니를 조용히 보고 있던 설아가 희미하게 웃으며 입술을 달싹거렸다.

당신을
사랑
합니다

"이런 곳에서 살고 싶지 않아?"

"살고 싶어."

"별장 하나 사."

"사면 네가 인테리어 해 줄 거니?"

"그럴게."

"진짜?"

"성심성의껏 해 줄게."

집을 꾸며 준다고 말하는 동생 때문에 지란이 눈을 동그랗게 뜨며 고개를 갸웃거렸다.

"네가 너무 순하게 나오니까 괜히 두렵다야."

"큭!"

"근데 이른 시간인데 사람들이 제법 있다?"

"노래와 맛있는 차를 즐기기 위해서 그런지 이곳은 항시 사람들이 많은 것 같아."

"아, 그렇구나. 공연은 언제 해?"

"조금 있으면 할 거야."

"정말 좋다."

"언니."

"으응?"

"다시 들어온 거 후회하지 않아?"

심각한 동생의 표정에 지란이 두리번거리던 동작을 멈추고는 눈을 맞추며 말했다.

"후회해."

"근데 왜 돌아왔어?"

"낙오자로 살고 싶진 않았거든."

"그래서 돌아온 거야?"

"응. 무엇보다 회장님이 제시한 후계자란 자리도 탐이 났
고."

솔직한 지란의 말에 설아가 한숨을 조용히 내쉬었다.

"후계자 자리가 탐이 났단 소리는 하지 마. 그딴 거짓말은
나한테 통하지 않으니까."

"후후후, 진짜야."

"갑자기 왜?"

"힘을 가지고 싶어졌거든. 더 이상 이리저리 휘둘리지 않는
힘을 가지고 싶었어. 나만이라도 회장님과 싸울 힘이 있다면
너와 엄마를 지켜 줄 수 있겠단 생각을 했으니까. 그래서 죽을
힘으로 그들이 가르쳐 주는 모든 걸 다 익혔어. 난 어떤 일이
있어도 무진을 가질 거니까."

당찬 언니의 말에 설아는 시큰거리는 콧잔등을 찡그리며 말
했다.

"바보."

"알아."

"자유롭게 살란 소리는 절대로 하지 않아."

"그렇게 살 생각 더 이상 없어."

당신을
사랑
합니다

마음을 단단히 먹고 왔는지 지란의 눈빛에는 예전에 보지 못한 독함이 가득 담겨져 있었다. 그런 언니를 말없이 쳐다보던 설아가 투명한 물을 조금 마시며 입술을 달싹거렸다.

"언니 때문에 잠시 주춤하고 계시지만, 회장님 이번 기회를 절대로 놓치지 않을 분이야. 잘 알고 있지?"

"그래서 걱정이다."

"결혼이 그렇게 싫은 이유가 뭔데?"

"너도 싫어하잖아."

"어차피 한번은 해야 하잖아."

"하고 싶지 않아. 난 그 굴레가 무섭다, 설아야."

"언니……."

"친엄마처럼 살까 봐 두렵고 겁나. 난 죽었다 깨어나도 평범한 부부들처럼 서로 사랑하며 살 수 없다는 걸 잘 아니까 그게 더 무서워."

솔직한 지란의 말에 설아는 아무런 말도 할 수가 없었다. 착잡한 표정을 지으며 시선을 내리깐 설아는 노래를 부르기 위해서 준비하는 사람들을 눈으로 좇으며 슬프게 웃고 말았다.

'우리에게 행복이란 없겠지. 그걸 잘 알면서도 이 쓸쓸함은 뭔지 나도 잘 모르겠어. 혹여나 하는 기대감을 왜 이리도 갖게 되는지도 잘 모르겠고. 이런 마음 버려야 하는데……. 그래야지 상처 받지 않는데…….'

"아, 이 쌉쌀한 맛이 너무 그리웠어."

조금 붉어진 얼굴로 흐뭇하게 웃으며 병을 들이키는 언니를 눈으로 좇던 설아가 쓱 팔을 내뻗으며 지란의 손목을 잡아 저지했다.

"그만."

"딱 한 잔만 더. 응?"

"벌써 세 병 마셨어. 이제 그만 해."

"나 이 정도로 취하지 않는다는 거 잘 알잖아."

"몸에 무리 가면 안 돼."

"괜찮아, 괜찮아."

"이러자고 같이 나온 거 아냐. 이러는 언니 모습 보고 싶지 않아."

지란은 설아의 말을 듣고 있는 것 같지 않았다. 상념에 빠진 듯 먼 곳을 바라보며 지란이 자조적으로 입을 열었다.

"왜 이렇게 가슴이 허한지 모르겠다. 너도 있고, 엄마도 있는데 왜 이럴까. 왜 이리 답답한지 정말 모르겠어. 숨이 막혀 죽을 것 같아. 정말 답답해, 설아야. 나 미칠 정도로 답답해."

"언니……."

"……나 이러다가 정말 미쳐 가는 거 아닌가 모르겠다."

가슴 시린 언니의 절규에 설아의 눈시울이 붉어지고 말았다.

"자학하지 마."

"태준이 말대로 치료를 받아 볼까 봐. 입으로는 싫다고 소리

당신을 사랑 합니다

를 질렀는데…… 조금씩 변해 가는 내 모습이 겁나서 받아 볼까 해."

"그렇게 해."

"후후후, 매스컴 탈까 겁난다."

"회장님께서 막아 주실 거야."

"아니. 회장님은 내가 쓸모없어지면 바로 날 버릴 사람이야. 절대로 믿어선 안 돼."

지란의 말에 대꾸만 하던 설아도 그동안 생각한 바가 있었는지 자신의 마음을 털어놓았다.

"가끔은 왜 날 계집애로 낳아서 이런 고생을 시키는가 싶어 엄마를 참 많이 원망했었어. 차라리 아들로 낳아 주지. 그랬다면 이보다 덜 아플 텐데, 라는 생각을 많이 했었어."

"그러게 말이다. 네가 아들로 태어났다면 회장님도 날 포기했을 텐데…… 참 아쉽다."

병을 들어 올리며 살짝 흔들자, 대기하고 있던 웨이터가 같은 병맥주를 들고 와 지란 앞에 놓고 소리 없이 사라졌다.

"그만 마셔!"

"에이, 괜찮아."

쭉 반이나 마신 지란이 생긋 웃으며 한창 클라이맥스로 달리고 있는 가수를 보다가 눈 꼬리를 접으며 말했다.

"아, 나도 저렇게 자유롭게 살고 싶다."

"우리에겐 꿈같은 얘기일 뿐이지."

"그러게 말이다."

부러운 듯 한참 가수를 쳐다보던 지란이 반 남은 맥주를 바로 비우더니 다시 손을 팔랑팔랑 흔들며 손가락 두 개를 번쩍 들자, 알아서 웨이터가 맥주를 가지고 왔다.

"그만 하라고!"

"한 잔 해."

"운전해야지."

"대리 부르면 되잖아."

"불결해."

"하여튼 너도 어지간하다."

"언니!"

"왜?"

"언니가 하지 않은 그 결혼 내가 할 거야."

설아의 말에 병을 든 채로 가만히 설아를 쳐다본 지란이 슬프게 웃으며 쭉 맥주를 들이켰다.

"역시나."

"피할 수 없는 운명이라면 나 받아들일 생각이야."

"그럴 줄 알았다. 너라면 그럴 줄 알았어."

"이번이 기회가 될 수 있다고 생각해."

"그래서 도살장에 스스로 들어가겠다고?"

"응."

"엄마는?"

"대충 설명은 했지만, 자세한 얘기는 하지 않았어."

"조건은?"

"호적에 올려 주는 거와 현금 10억."

"그깟 호적이 뭐라고…… 젠장!"

지란이 조금 붉어진 뺨을 쓱쓱 매만지며 맥주 한 병을 더 비워 버렸다.

"그만 마셔!"

"빌어먹을."

웨이터가 또다시 가지고 온 맥주를 빠르게 비운 지란은 몽롱한 눈동자로 설아를 쳐다보며 슬프게 웃었다.

"너도 나처럼 미친 척해 버려!"

"내가 그러면 회장님 나 정신병원에 바로 넣어 버릴걸?"

"그러려나?"

"당연하지."

"아, 이 세상 정말 살기 싫다."

허탈하게 웃으며 서서히 창문 너머로 내려앉는 태양을 멍하니 바라보고 있던 지란은 주머니에서 자신의 존재를 알리며 떨어대는 휴대폰을 천천히 꺼내 들었다.

"받기 싫은데……."

낯익은 번호라 한참을 휴대폰만 만지작거리고 있던 지란이 한숨과 함께 폴더를 올리자, 고함 소리가 고막을 아프게 때렸다.

─어디야!

벼락같은 그의 고함에 지란이 미간을 찡그리며 투덜거렸다.

"누군데 이렇게 소리를 지르는 거야?"

지란도 소리를 버럭 지르자, 상대방의 거친 숨소리가 고스란히 스피커를 통해서 귓가에 울려 퍼졌다.

─누가 나가라고 했어!

"소속이나 밝히시고 따지시지. 당신은 누군데?"

─서태준이다.

알고 있으면서 모른 척하자, 태준의 목소리가 더 날카로워졌다.

"아, 서 의사님이시구나. 근데 어쩐 일로 전화를 다 주시고."

─어디야?

"동생이랑 잠시 외출했어. 왜?"

─아직 무리하게 걸으면 안 된다고 했잖아. 사람이 하는 말을 왜 못 알아듣고 그래. 정신이 있어? 없어?

쏘아대는 태준의 말이 잔소리처럼 느껴져 지란이 인상을 찌푸리며 얼른 휴대폰을 귀에서 멀리 떼어내자, 그 모습에 설아가 피식 웃으며 향긋한 내음이 나는 차를 살짝 마셨다.

"그 의사?"

"으응."

스피커를 가리며 고개를 끄덕인 지란은 귀찮아 죽겠단 표정을 짓고 있지만, 설아는 언니의 눈동자에 즐거움이 가득 담긴 걸 관찰하며 눈을 가늘게 떴다.

—설마 너 술 마시고 있는 건 아니겠지?

"미, 미쳤니!"

—술 마셨군. 사람이 사람 말을 알아듣지 못하면 그게 짐승이랑 뭐가 다른데? 제발 말 좀 들어라, 민지란.

어린아이에게 훈계하듯 거침없이 말하는 태준이었다.

—어디야?

그런 태준이 얄미워 지란이 입가를 샐룩거리며 거짓말을 했다.

"동생과 팔팔한 꽃돌이랑 오붓한 시간 보내다가 들어갈 테니까 걱정 붙들어 매고 있으세요, 서 선생님!"

—너 정말…… 의사 말을 안 들으면 어떻게 되는지 알고 싶어?

"목소리 깐다고 내가 겁먹을 줄 알고? 야, 나 든든한 보디가드 있어. 어디서 큰 소리야."

완전히 어린아이가 되어 버린 언니 때문에 설아는 지끈거리는 관자놀이를 꾹꾹 누르며 한숨을 푹 내쉬고 말았다. 어쩔 수 없이 지란이 잡고 있는 휴대폰을 뺏은 설아가 상대방의 말을 끊고는 차분한 목소리로 말했다.

"동생 민설압니다."

—그래서요?

"언니는 걱정하지 않으셔도 됩니다."

—걱정하지 말라는 사람이 술을 먹입니까?

태준은 물러서지 않고 잔뜩 날을 세웠다.

"술 마신다고 죽지 않습니다."

—지금 그걸 말이라고 합니까? 지란이가 먹고 싶다고 해도 정신 올바로 박힌 사람이라면 무조건 말리셨어야죠. 그렇게 마시다가 염증이라도 생기면 동생분이 책임 질 겁니까? 그리고 그렇게 걸으면 안 된다는 거 모르십니까? 혹시라도 다리에 무리가 가서 박아 놓은 뼈가 자리를 잡지 못하면 재수술해야 하는 거 알고 있습니까? 도대체 왜 그렇게 다들 생각들이 없으세요. 지금 거기 어딥니까.

일장 연설을 하는 그의 말을 가만히 다 들은 설아가 나직하게 한숨을 내쉬며 말했다.

"이제 나갈 생각이니 병원으로 데려다 주겠습니다."

—어디냐고 묻잖습니까.

"의사고 친구라는 건 알겠지만, 이렇게 날을 세우는 건 이해할 수 없군요."

차가운 설아의 말에 태준이 주먹을 불끈 쥐며 몸을 부르르 떨고 말았다.

—이해 못하는 동생분이 전 더 이상합니다.

냉랭하게 쏘아대는 그 때문에 설아의 입가가 살짝 비틀렸다.

"아직 회복중인데 술을 마시는 언니를 자제시키지 못한 건 사과하겠습니다. 하지만 골빈 여자 취급하는 발언을 한 건 그쪽이 사과해야겠습니다."

차분하게 조곤조곤 설명하는 설아를 쳐다보고 있던 지란은 태준이 어떤 표정을 짓고 있을지 상상이 돼 웃음이 배시시 나오고 말았다.

"사과하세요."

―지란이가 아무 탈 없는 게 확인되면 그때 사과하지요.

"훗, 그러세요."

이를 바득바득 갈며 전화를 끊은 태준은 치밀어 오르는 화를 삭일 수가 없어 가까이 있는 의자를 발로 힘껏 차 버렸다.

"빌어먹을!"

짜증스럽게 앞머리를 뒤로 넘기던 태준은 꽉 움켜잡고 있던 휴대폰이 울어대자, 꽉 다물고 있던 이를 풀며 폴더를 열었다.

"어쩐 일이야?"

―병원 근처 왔는데…… 차나 한 잔 할래?

"지금 그럴 기분 아닌데……."

―왜 무슨 일 있어?

"그냥. 차는 다음에 하자."

―나 오빠한테 할 말 있는데……. 잠시 시간 좀 내며 안 될까?

"할 말?"

―응. 잠시 좀 봐, 오빠.

"알았다. 그럼 어디서 볼까?"

―잔다르크 어때?

"그래. 거기서 보자."

―응, 오빠.

"끊는다."

굳어진 얼굴로 휴대폰을 내려다보다 태준은 이제 이것도 그만 정리할 때가 온 것 같아 한숨을 푹 내쉬고 말았다. 일 년 전, 서로 합의 하에 한 약속. 수빈도 그도 이젠 연극을 접을 때가 온 것 같았다.

4장

가면놀이를 끝내다

"오빠!"

발랄하게 손을 흔들며 다가오는 수빈을 멍하니 바라보던 태준은 독한 위스키를 쭉 들이키며 잔을 채웠다.

"술 마시고 있었던 거야?"

"응. 너도 한 잔 할래?"

"홋, 좋지."

웨이터에게 잔 하나를 부탁한 태준이 안주도 먹지 않고 연거푸 술을 들이키자, 수빈이 그런 그를 쳐다보며 물었다.

"무슨 일 있어?"

"응."

"그 언니랑 잘 안 된 거야?"

"그래."

"왜?"

어릴 때부터 집안끼리 알고 지낸 사이라 태준의 사소한 것까지 다 알고 있는 그녀였다. 그렇기에 부담 없이 그녀를 만날 수도 있었고, 가슴 속아 담아 둔 얘기를 꺼낼 수도 있었다.

"자긴 결혼하기 싫대."

"왜?"

"자라 온 환경이 그래."

"그럼 결혼하지 않고 계속 사귀면 되잖아."

쉽게 말하는 수빈을 어이가 없는 눈길로 쳐다보던 태준이 소리 나게 잔을 내려놓으며 솔직한 심경을 입 밖으로 내뱉었다.

"그게 말이 된다고 생각해?"

"안 돼?"

"나 욕심 많은 놈이야. 지란이가 다른 놈과 히히덕거리며 술 마시는 모습도 보기 싫고, 나 외에 다른 놈이랑 말 섞는 것도 싫어. 내 여자로 내 곁에 두고 싶어. 내 아내라는 자리에 앉혀 놓고 싶고, 내 아이의 엄마로 살게 하고 싶단 말이야. 나만 보고, 나만 사랑했으면 좋겠다고."

"오빠……."

"처음에는 이런 마음 컨트롤했었는데…… 시간이 흐르면 흐를수록 컨트롤이 안 돼. 그래서 힘들어."

태준의 말을 들으며 웨이터가 건네준 잔에 위스키를 따른 수빈이 쭉 들이켰다.

"아빠가 오빠랑 결혼하래."

"……?"

놀란 태준이 눈을 동그랗게 뜨며 쳐다보자, 수빈이 씁쓸하게 웃으며 같은 말을 반복했다.

"쓸모없는 놈 만나지 말고 오빠랑 결혼하래. 어른들끼리 만나서 날 잡는다고 하던데?"

"그게 무슨 소리야?"

태준의 거친 외침에 놀란 수빈이 눈을 동그랗게 뜨며 물었다.

"몰랐어?"

"그래."

"난 오빠가 아무 말도 없기에 나랑 결혼할 생각인가 보다 했지."

"수빈아, 나는……."

"오빠가 무슨 말 하려는 줄 아니까 말하지 마."

손을 들어 태준의 말을 자른 수빈이 잔을 살짝 흔들어 잔을 채워 달라는 신호를 보내고는 태준과 시선을 맞추며 말했다.

"나도 오빠 사랑하지 않아. 그저 어렸을 때부터 함께 자란 오빠 같은 느낌밖에 없어. 무엇보다 오빠도 내가 누굴 사랑하는지 잘 알고 있고. 그래서 말인데, 오빠……."

잠시 말을 끊은 수빈이 태준에게로 바짝 상체를 숙이며 목소리를 낮췄다.

"나랑 거래 하나 할래?"

"거래?"

"오빠도 시간이 필요하고 나도 시간이 필요해. 그러니까 시간을 벌 수 있는 방법을 찾아보는 거야. 어른들이 막무가내로 결혼을 추진해 버리면 나 아버지 뜻을 꺾을 자신 없어. 그래서 말인데…… 우리 약혼하자. 단, 서로의 시간을 버는 방법으로 사용하기로 하고. 어때?"

"그렇게 한다고 해도 파혼당하면 네가 피해 봐. 잘 알잖아?"

이 바닥에서 파혼이 주는 의미가 어떤 건지 잘 알고 있는 태준이었기에 고개를 저었다.

"난 그걸 바라."

"너……!"

"그냥 약혼 말고 결혼해서 오빠한테 소박맞으면 더 좋겠지만…… 그렇게 되면 정찬 씨가 상처를 많이 받을 거야."

"안 돼."

"오빠, 지금은 비상사태야."

"그래도 그건…….."

"그럼 나랑 결혼이라도 하겠다는 거야?"

다그치는 수빈을 한참 쳐다보던 태준이 피곤한 듯 얼굴을 손바닥으로 쓸어내리며 한숨을 푹 내쉬고 말했다.

"우리 둘이 약혼했다는 것만으로도 정찬이 상처 많이 받을 거다."

"알아."

"이 약혼으로 인해서 정찬이가 널 영원히 떠날 수도 있어."

"잘 알고 있어."

"차라리 도망가라."

"후후, 도망갈 수 있었다면 진작 도망갔어."

서글프게 웃으며 말하는 수빈의 모습 위로 지란의 모습이 겹쳐 보이자, 태준의 얼굴이 확 일그러지고 말았다.

"나 정찬 씨를 많이 사랑해. 내 목숨과 맞바꾸는 한이 있더라도 나 정찬 씨를 포기 못해. 하지만 내가 아버지께 그를 포기하지 못한다고 말하면 아버진 정찬 씨를 부셔 버릴 거야. 나한테 올 수 없도록 만들어 버릴 거야. 그러기 전에 내가 망가지면 돼. 그러니까 오빠, 나 좀 도와줘."

"후우……."

수빈의 계획이 황당하긴 했지만 그녀의 애절한 모습이 태준의 마음을 서서히 움직였다. 그녀의 부탁을 들어주지 않으면 지란처럼 수빈도 무너져 내릴 것 같았다.

지끈거리는 관자놀이를 꾹꾹 누르며 잠시 생각을 한 태준은 고개를 끄덕였다.

"그래. 어른들이 제풀에 지쳐서 나가떨어질 때까지 약혼한 상태로 있자. 그리고…… 나 때문에 파혼당하는 걸로 마무리하자."

"오빠……."

"그게 너한테 좋아."

"아니, 나 다른 생각이 있어. 나 불임이라고…… 그래서 나랑 결혼 못하겠다고 오빠가 어른들께 말해 줘."

얼굴색 하나 변하지 않은 채 불임이라는 단어를 입에 올리는 수빈을 기가 찬 표정으로 쳐다보던 태준이 고개를 저으며 단호하게 말했다.

"그런 말은 함부로 하는 게 아니야."

"나 함부로 말하는 거 아니야. 나 하자있는 몸이어야지 정찬 씨랑 결혼할 수 있어. 영원히 애를 가지지 못해야지 다른 집에서 다시 혼담이 들어오지 않는다고. 그래서 그러는 거니까 오빠한테 정말 미안하지만, 그렇게 해 줘. 부탁해, 오빠!"

절박함이 담긴 수빈의 말에 태준은 어쩔 수 없이 고개를 끄덕였고, 그렇게 두 사람은 약혼이라는 가면을 쓰고 말았다.

그 가면을 쓰고 지낸 지 벌써 일 년이라는 시간이 흘렀지만, 아직도 두 사람은 서로를 위해서 그 가면을 벗지 않고 있었다.

수빈을 기다리며 잠시 예전 생각에 빠져 있던 태준은 따뜻한 커피를 한 모금 마셨다.

그때 딸랑거리는 소리와 함께 문을 열고 들어오는 수빈을 발견할 수 있었다.

"오빠, 많이 기다렸어?"

당신을
사랑
합니다

"아니다. 나도 방금 왔어."

수빈이 자리에 앉으며 태준의 안색을 살폈다.

"피곤해 보여."

"그렇지 뭐. 너 뭐 마셔야지."

"나도 커피."

다가온 어린 종업원에게 환한 미소를 지으며 수빈이 커피를 주문했다. 주문한 커피가 나올 때까지 두 사람은 서로의 안부를 물으며 소소한 이야기를 나누었다. 커피가 나오고 수빈이 한 모금 마실 때였다.

"그런데 할 말이라는 게 뭐야?"

태준의 물음에 수빈이 화사하게 웃어 보였다.

"오빠, 그동안 고마웠어."

짐작되는 바가 있어 태준이 고개를 끄덕거렸다.

"정찬이 수락했구나."

얼굴을 붉힌 수빈도 고개를 끄덕였다.

"응. 다 오빠 덕이야."

"잘됐네. 왠지 그 말을 할 것 같더라."

"그랬어?"

"요 며칠 전에 정찬이 봤는데 아주 혈색이 좋더라고. 그래서 무슨 좋은 일 있냐고 물었더니 내 눈을 쳐다보지 못한 채 죄송하다는 말만 수십 번 하더라."

"훗, 그 사람이 그래."

정찬 얘기만 나오면 수빈의 얼굴빛이 달라지는 걸 일 년 내내 보아온 태준이었다. 두 사람이 얼마나 서로를 생각하는지, 아끼는지 아는 태준은 그들이 기다려 온 시간만큼 행복하기를 진심으로 바랐다. 빈 찻잔 테두리를 매만지고 있는 수빈을 물끄러미 쳐다보던 태준이 목청을 가다듬으며 말했다.

"수빈아."

"으응?"

"파혼 말이야, 꼭 그렇게 해야겠어?"

"그렇게 하지 않으면 아빤 절대로 날 놔주지 않아."

"휴우."

"미안해, 오빠."

"난 상관없지만…… 너한테 갈 파장을 생각하니까 좀 그렇다."

태준의 말에 배시시 웃은 수빈이 테이블 위에 올려져 있는 그의 손을 꼭 잡으며 나직하게 속삭였다.

"난 정찬 씨랑 함께할 수 있으면 어떤 짓이라도 할 수 있어. 그러니 내 걱정은 하지 마."

태준은 자신의 사랑을 위해서 모든 걸 다 버릴 용기가 있는 수빈이 오늘따라 부러웠다. 그런 용기가 있기에 그들은 축복받을 자격이 충분하다고 생각했다.

"그럼 이번 주 안에 어른들께 말씀드릴게. 각오하고 있어."

"고마워, 오빠."

당신을
사랑
합니다

"고맙긴. 나도 너로 인해 내 마음이 무엇을 갈망하는지 확실하게 알았는걸."

"오빠도 그 언니랑 잘되길 바랄게."

"이제부터 노력할 거다."

"홋, 오빠 할 수 있을 거야."

"예전처럼 물러서진 않을 거야."

일 년 전과는 사뭇 다른 태준의 모습에 수빈의 눈가에 잔잔한 주름이 잡혔다. 두 사람에게는 일 년 전과는 다른 여유로움이 가득 채워져 있었다. 따뜻한 눈길로 태준을 바라보던 수빈이 천천히 자리에서 일어나며 속삭였다.

"오빠."

"왜?"

"나 힘내라고 한번만 안아 줄 수 있어?"

"그래."

어깨밖에 오지 않는 작은 키에 마른 체형인 수빈이 태준의 품안으로 쏙 들어오자, 그가 빙그레 웃으며 힘껏 안아 주었다.

"끝까지 내 이기심으로 오빠를 힘들게 해서 미안해."

"괜찮아. 정찬이랑 행복해라."

"응. 꼭 행복할게."

"그래."

다시 한 번 더 힘껏 수빈을 안아 준 태준이 팔을 풀며 웃었다.

"내 약혼녀 흉내 낸다고 고생 많이 했다, 이수빈!"

"훗, 오빠도 내 약혼자 흉내 낸다고 고생 많이 했어. 다음에 만나면 내가 근사한 밥 한번 살게."

"기대하고 있으마."

척 내미는 그녀와 악수를 나눈 태준이 그녀와 함께 카페를 나오자, 기다리고 있었는지 정찬이 벽에 기대고 있던 상체를 바로하고는 고개를 푹 숙였다.

"죄송합니다."

"괜찮아."

"고맙습니다, 선배."

"알면 나한테 잘해."

"네. 앞으로 두고두고 잘할게요."

활짝 웃는 정찬과 힘차게 악수를 한 태준의 얼굴도 환하게 밝아져 있었다. 이젠 그녀를 위해서 달라질 것이다. 일 년 전처럼 물러서지도 않을 것이고, 바보처럼 그녀 뜻대로 하도록 내버려 두지도 않을 것이다. 더 이상 시간을 허비하고 싶지 않은 그였다.

믿을 수 없는 눈길로 멍하니 두 사람의 하는 모양새를 쳐다보고 있던 지란이 창백한 얼굴로 이를 악물며 고개를 휙 돌려 버렸다.

'약혼녀구나.'

당신을
사랑
합니다

얼마 멀지 않은 거리라 그런지 투명한 창문 너머로 두 사람의 얼굴이 뚜렷하게 보였다. 그리고 상대가 누구인지도 확실하게 보이자, 지란의 얼굴이 잔뜩 굳어지고 말았다.

"언니!"

"어……."

한곳을 뚫어져라 노려보는 지란의 시선을 따라 설아도 고개를 들었다. 익숙한 남자와 낯선 여자가 포옹하고 있는 모습을 볼 수 있었다.

'설마…….'

"친구지?"

동생의 말에 그제야 퍼뜩 정신을 차린 지란이 머쓱하게 웃으며 고개를 끄덕였다.

"응."

"흐흠!"

"왜 그렇게 쳐다보는데?"

"아니야. 이제 술이 좀 깨는 것 같아?"

"응. 나 들어갈게."

"데려다 줄게."

"됐어."

"그래도……."

"혼자 가고 싶어."

고집스럽게 혼자 가겠다고 말하는 지란 때문에 한숨을 푹 내쉰 설아가 고개를 끄덕이며 말했다.

"그럼 조심해서 들어가."

"응. 오늘 고마웠어."

"갈게."

"응."

망설임 없이 가 버리는 동생 때문에 지란이 입을 삐죽거리며 병원 안으로 들어갔다. 꽤 늦은 시간이라 그런지 항상 북적북적 시장통 저리 가라 할 정도로 사람들로 시끄럽던 로비가 조용하자, 이상한 느낌이 들어 한참을 두리번거리던 지란은 머리를 긁적거리며 엘리베이터가 있는 곳으로 빠르게 걸었다. 간간이 보이는 간호사를 지나쳐 버튼을 누르자, 1층에 서 있던 엘리베이터 문이 열렸다. 휘청거리며 엘리베이터 안으로 들어간 지란은 자꾸만 뿌옇게 흐려지는 시야 때문에 버튼을 잘 누를 수가 없어 한숨과 함께 차가운 벽에 등을 기대고 말았다.

'이러는 거 바보 같잖아, 민지란.'

이런 기분 싫은데…… 태준을 눈으로 좇는 것도 싫고, 이렇게 분노가 치솟는 것도 싫은데…… 아무리 스스로 감정을 컨트롤하려 해도 쉽지가 않았다. 이미 자신은 일 년 전에 그의 프러포즈를 거절한 사람인데…… 이런 미련은 정말 민지란과 어울리지 않은데 쉬이 털어낼 수가 없었다.

'이러지 말자. 제발…….'

붉어진 눈과 맺힌 눈물을 감추기 위해서 눈을 감은 채 벽에 기대고 있던 지란은 스스로를 채찍질하며 천천히 눈을 떴다.

"어!"

언제 들어왔는지 바짝 눈앞에 와 있는 한 쌍의 눈동자에 놀라 숨을 훅 들이마시고 말았다.

"뭐, 뭐야!"

"많이 마셨군. 그렇지?"

"언, 언제 탄 거야?"

"방금."

"그, 그럼 기척이라도 했어야지."

화를 내는 지란을 무덤덤한 눈길로 내려다보던 태준이 그녀의 턱을 우악스럽게 움켜잡으며 들어 올리자, 지란의 입에서 약한 비명이 터져 나왔다.

"술 마시지 말라고 했는데…… 내 말이 말 같지 않은가 보지?"

"술 마신다고 죽지 않아."

"홋, 동생이랑 똑같은 소리를 하네."

"무엇보다 네가 상관할 일도 아니고."

"어차피 이 병원으로 온 이상 내 상관이 되어 버렸어. 그러니 서로 힘 빼지 말자, 민지란."

잡고 있던 턱을 놓아준 태준이 그녀에게서 한 발자국 물러섰다.

"네가 쓸데없이 내 일에 상관하지만 않으면 힘 뺄 일 없어."

"그래?"

비릿하게 웃으며 한쪽 입 꼬리를 올리는 태준 때문에 지란의 눈가가 살짝 떨렸다. 왠지 모를 불안감이 휙 가슴을 쓸고 지나가자, 지란이 눈살을 찌푸리며 태준의 표정을 살폈다.

"왜 그렇게 쳐다보는데?"

그냥 가만히 있으면 될 것을. 급한 성격 때문에 먼저 파르르 거리며 묻자, 태준이 하얀 이를 드러내며 씩 웃었다.

"그냥."

"그 웃음 진짜 기분 나쁘다?"

"기분 나쁜 건 네 사정이고. 아무튼 술 마시지 말라는 경고를 어겼으니 두고 보자, 민지란."

악당처럼 말하는 태준의 새로운 모습에 쉽게 적응하지 못한 지란이 콧잔등을 찡그리며 툴툴거렸다.

"야!"

"소리 지르지 말지."

"너, 갑자기 왜 그래?"

"내가 뭘?"

"왜 그렇게 능글능글 거리는데?"

"내가 뭘 능글거렸는지 모르겠는걸?"

"지금도 능글거리고 있잖아!"

빽 소리를 지르자, 태준이 검지로 귀를 후비며 중얼거렸다.

"아, 귀 아파."

짜증날 정도로 사람을 약 올리는 그의 행동에 지란이 가슴까지 들썩거리며 씩씩거리자, 그 모습을 곁눈으로 보고 있던 태준의 입가가 즐거움으로 쭉 늘어났다.

"다리는 괜찮아?"

"상관하지 마."

"친구이기 이전에 의사로 묻는 거다. 괜찮아?"

"괜찮아."

차분한 눈길로 내려다보며 묻는 태준 때문에 지란의 가슴이 순간적으로 콩닥거리며 뛰었다. 자신의 요란한 심장 소리를 혹시 그가 들었나 싶어 슬쩍 올려다본 지란은 아무런 변화도 없는 태준의 표정에 한숨을 속으로 삼켰다.

"팔은? 오늘 소독했어?"

"으응."

"거, 짓, 말."

"해, 했어."

"드레싱은 오후 다섯 시에 하거든?"

"아……."

그가 쳐 놓은 낚시에 걸렸다는 걸 깨달은 지란이 얼굴을 확 붉히고 말았다.

"치사하긴."

"잘하는 짓이다."

"내버려 둬."

"올라가는 대로 내가 해 줄게."

다정한 태준의 음성에 울컥 서러움이 밀려 왔지만, 얼른 정신을 차린 지란이 고개를 저으며 투덜거렸다.

"한 번 빼먹는다고 죽지 않아. 피곤하니까 그냥 잘래."

무뚝뚝한 지란의 말에 태준이 미간을 모았고, 뭐라고 그녀에게 잔소리를 하려고 했지만 도착벨 소리와 함께 다른 사람들이 타는 바람에 어쩔 수 없이 입을 다물고 말았다.

"다 왔어."

"아!"

멍하니 있던 지란이 서둘러 엘리베이터에서 내렸고, 뒤를 따라 태준도 내렸다.

"병실에서 기다리고 있어."

"잘 거라니까."

"그럼 깨워서라도 해 줄 테니까 그리 알고 있어."

자기 할 말만 하고 쌩 하니 가 버리는 태준이었지만, 자신을 챙겨 주는 것처럼 느껴져 지란은 혼란스러웠다.

"왜 나한테 신경 쓰는 거야. 에이씨!"

차라리 보지 못했다면…… 그렇게 다정한 눈빛과 손길로 약혼녀를 안는 그를 보지 못했다면 이렇게 가슴이 답답하지도, 그가 불편하지도 않을 텐데. 하지만 보게 되었고, 보았기 때문에 신경이 쓰였다. 왠지 모를 불편함이 지란의 가슴을 꾹꾹 눌러대고 있었다. 더 이상 일 년 전처럼 그를 편하게 대할 수도 없을뿐더러 약혼녀를 위해서라도 그러면 안 되는 것이었다. 지란은 우울한 마음이 되어 고개를 푹 숙이고 말았다.

'이런 병신 짓 하지 말자.'

일 년 전 거절한 사람은 바로 자신이었다. 지란은 가라앉는 마음을 다스리며 병실로 절뚝거리며 걸어갔다. 누군가에게 기대고 싶다는 생각을 버린 지 오래건만 가끔은, 아주 가끔은 평범한 여자들처럼 자신도 누군가에게 기대고 싶을 때가 있었다. 그게 지금이란 게 문제지만.

힘 다 빠진 노인처럼 고개를 푹 숙인 채 병실로 걸어온 지란은 인기척에 흐느적거리며 고개를 들었다.

"어?"

생각지도 않은 방문객에 놀란 지란이 눈을 동그랗게 뜨자, 숀의 환한 얼굴이 바로 코앞까지 내려왔다.

"안녕!"

"숀!"

미안함과 반가움에 와락 그를 껴안자, 숀의 큼지막한 손이 지란의 등을 부드럽게 안아 주었다.

"건강해 보여서 다행이다."

"숀!"

자신 때문에 많이 놀랐을 숀을 생각하니 고개를 들 수가 없었다. 그런 지란의 마음을 알아챘는지 숀이 부드러운 웃음을 흘리며 지란의 턱을 살짝 잡아 고개를 들게 했다.

"그날 지란을 잡지 못한 내 자신이 얼마나 미웠는지 몰라. 미안해, 지란!"

"내가 미안해, 숀. 정말 미안해."

"그래도 이렇게 무사한 모습 봐서 너무 좋다."

"고마워."

"이렇게 걸어도 돼?"

걱정스러운 숀의 말에 지란이 힘차게 고개를 끄덕이며 대답했다.

"내가 또 한 건강 하거든. 괜찮아."

"하하하, 역시 지란이야. 그리고 이거."

양손 가득 선물을 들고 온 그가 자랑스럽게 내밀며 지란의 이마에 뽀뽀를 했다.

"내 선물. 많이 먹고, 예쁜 꽃 많이 보면서 얼른 나아."

"고마워, 숀."

"그럼 나 병실 구경 한번 해도 돼?"

"아, 맞다. 어서 들어가자, 숀."

숀과 함께 병실 안으로 들어간 지란은 오늘 하루 무리했는지 통증이 밀려오는 다리 때문에 그에게 양해를 구하고는 침대에 편안하게 앉았다.

"마실 거라도 줄까?"

"환자한테 무슨 대접을 받는다고. 근데 특실이라서 그런지 엄청 좋아, 지란!"

"큭큭큭, 당신이 그런 말을 하니까 너무 안 어울린다."

"그래?"

"응."

백팔십이 넘는 키와 잘생긴 외모, 거기다가 푸른 빛깔이 멋 들어지게 들어간 눈동자와 갈색 머리카락 때문인지 숀은 어딜 가나 사람들의 시선을 끌었다. 그런 걸 잘 알기에 난 평범한 사람이다, 라고 말하는 숀을 놀릴 수 있는 것이고.

"마시고 싶으면 숀이 좀 내 먹어. 응?"

"괜찮으니까 신경 쓰지 말고 지란 몸이나 신경 써. 알았지?"

"응."

병실을 두리번거리던 숀이 소파에 앉더니 지란의 안색을 살 피며 물었다.

"사고 난 날 잠깐 왔다 갔었는데…… 지란이 수술한다는 소 리를 듣고는 얼마나 겁나던지…….'"

숀이 왔다는 사실을 몰랐기에 지란의 미간이 좁혀졌다.

"엄마한테 당신이 왔다는 말 못 들었는데…… 이상하네."

"아, 내가 말하지 말라고 부탁했었어."

"왜?"

"내 감정에 이성을 잃어서 지란을 잡지도 않았잖아. 그래서 내가 무슨 자격으로 그곳에 있을 수 있을까 싶기도 해서…….'"

풀죽은 숀을 바라보던 지란이 배시시 웃으며 고개를 저었다.

"다 내 잘못인데 당신이 왜 그래? 그러지 마."

"그래도 그날 지란을 무조건 잡았어야 했는데…… 만약 내가 무슨 짓을 해서든 지란을 잡았다면 그 예쁜 얼굴이 상처로 가득해지지 않았을 텐데…… 미안해."

"숀이 자꾸 그러면 나 숀한테 미안해서 얼굴을 들지 못할 것 같아. 그러니까 너무 그러지 마. 응?"

애교를 부리는 지란을 맑은 눈동자로 빤히 쳐다보던 숀이 방긋 웃으며 말했다.

"지란."

"으음."

"그때 내가 한 말 농담이 아니었단 것만 알아줬으면 좋겠어."

"숀!"

"지란에게 향하는 이 감정이 순간적인 것도 아니야. 난 지란만 원하면 한국에서 계속 머무를 수도 있어. 그러니까……."

"숀!"

그의 말을 중간에 자른 지란이 숀의 두 손을 꼭 잡으며 달래듯 말했다.

"숀의 마음은 정말 고마워. 하지만 난 숀의 마음을 받아 줄 수 없어."

"왜? 사랑하는 사람이 있는 것도 아니잖아?"

"숀을 사랑하지 않아."

솔직한 지란의 말에 상처받은 숀이 우울한 얼굴로 물었다.

당신을
사랑
합니다

"나 지금 바 정리하고 있지만, 지란만 내 사랑을 받아 준다면 계속 이곳에서 살 수도 있어. 내 배경으로 지란을 지켜 줄 수도 있고. 그래도 안 돼?"

애잔한 눈길로 묻는 숀에게 지란은 더 이상 빈틈을 보이지 않는 게 좋겠다는 결론을 내리며 천천히 고개를 저었다.

"지란을 위해서 내 모든 걸 다 줄게. 지란을 정말 행복하게 해 줄게. 그래도 안 돼?"

"숀……."

"드레싱 하러 왔어."

벌컥 열리는 문과 함께 또 무슨 일로 기분이 상했는지 잔뜩 인상을 찡그린 태준이 들어오자, 숀도 놀라 의자에서 벌떡 일어났다.

"앉아 있어."

평상시보다 더 강압적인 태준의 말투에 지란이 미간을 모으며 일어나려던 동작을 멈추고는 그대로 앉아 있었다. 숀이 앉아 있던 의자를 휙 잡아 뺀 태준이 털썩 앉더니 능숙하게 붕대를 풀었다. 그런 태준 때문에 어이가 없는 표정을 지은 숀이 어깨를 한번 으쓱하더니 창가에 등을 기댄 채 팔짱을 끼고는 지란을 살폈다.

"많이 부었다."

퉁명스러운 태준의 말에 지란이 입을 쭉 내밀며 투덜거렸다.

"난 모르겠는데?"

"네가 알면 의사 하게."

빠르게 흉부를 소독한 태준이 바늘로 집은 부위가 빨리 아물도록 연고를 발라 주고는 예쁘게 붕대를 감아 주었다.

"다리는 어때?"

깁스한 다리 위를 꼼꼼하게 살피던 태준이 미간을 찡그리며 지란을 노려보았다.

"아프지?"

"조, 조금."

"그럴 줄 알았다. 간호사한테 베개 하나 더 갖다 주라고 할 테니 오늘 잘 때 다리 올리고 자라."

"아, 응."

"다른 아픈 곳은 없고?"

"옆구리가 좀……."

지란의 한마디 한마디에 오만상을 찡그리며 툴툴거리는 그였지만, 그녀의 몸을 살피는 손길만은 한없이 부드러웠다.

"갑자기 많이 움직여서 근육이 당겨서 그래. 내일은 하루 종일 누워 있도록 해."

"온종일?"

"그래."

퉁퉁거리는 그에게 더 이상 반박해 봤자 자신만 손해란 걸 깨달은 지란이 온순한 양처럼 고개를 주억거렸다.

"알았어."

"그리고 한번만 더 외출해서 술 마시면 영영 퇴원 못하게 만들어 줄 테니까 그렇게 알아."

눈을 부라리며 위협하는 태준 때문에 기가 죽은 지란이 얼굴을 찡그리며 고개를 끄덕였다.

"알았다고."

"누구야?"

턱짓으로 창가에 서 있는 숀을 가리키는 태준의 아주 건방진 모습에 지란이 눈살을 찡그리며 타박했다.

"내 친구한테 실례잖아."

"아, 친구?"

"응. 숀, 이쪽은 내 고교 동창생."

지란의 소개에 자세를 바로 한 숀이 입가에 애매모호한 미소를 매단 채 다가와 손을 내밀며 인사를 했다.

"숀 미첼이라고 합니다."

"서태준입니다. 외국 친구가 있는 줄은 몰랐는데?"

"일 년 전에 알게 된 사람이야. 마음도 잘 맞고 해서 친구 먹었지 뭐."

대수롭지 않게 말하는 지란과 달리 두 사내의 눈빛은 살벌하기만 했다. 악수를 한 채 꿈쩍도 하지 않은 두 사람 때문에 지란이 어색하게 웃으며 숀의 팔을 탁탁 때렸다.

"숀?"

"아, 미안."

자신이 힘껏 잡고 있었는지도 깨닫지 못했는지 지란의 손길에 손이 미안한 표정을 지으며 얼른 태준의 손을 놓았지만, 눈빛만은 수그러들지 않았다.

"의사신가 봅니다."

"네."

무뚝뚝한 태준의 대답에 손의 안면근육이 살짝 경련을 일으키듯 떨렸다.

"참 무뚝뚝하시네요."

"제가 쓸데없는 말은 하지 않습니다."

"아, 네."

서로를 바라본 채 으르렁거리는 두 사람 때문에 지란의 이마에 작은 땀들이 송골송골 맺히기 시작했다.

"아, 그, 그만 가 줬으면 좋겠는데…… 오늘따라 왜 이리 피곤한지, 아하하하!"

태준이 의자에서 천천히 엉덩이를 들어 올리며 지란의 왼쪽 뺨을 쓱 만졌다. 그 바람에 지란이 몸을 움찔거렸고, 손의 눈빛도 살벌하게 번뜩였다.

"뭐가 묻었네."

"아, 고, 고마워."

"천만에. 내일 아침 회진 때 보자."

"응. 손도 조심해서 가."

"응. 이제 괜찮은 거 봤으니까 내일도 놀러 올게."

130 당신을
사랑
합니다

"가게 바쁘잖아?"

"자기 보러 오는 건데 가게가 문제겠어. 후후후, 내일 봐."

"아, 응."

숀의 자기라는 말에 태준의 이마에 힘줄이 툭툭 불거졌고, 그런 태준을 곁눈으로 본 숀의 얼굴에 화사한 미소가 피어올랐다.

"그럼 갈게, 자기."

오늘따라 더 느끼하게 자기라고 부르는 숀 때문에 지란이 어색하게 웃고 말았다.

"하하, 응."

"키스해도 돼?"

"뭐, 뭐?"

놀라 눈을 동그랗게 뜨자, 지란만큼이나 놀란 태준이 주먹을 불끈 쥐었다가 펴며 지란을 뚫어지게 쳐다보았다.

"둘이 그런 사이야?"

"뭐, 뭐가?"

"사귀는 사이냐고!"

"숀이랑 나랑?"

"그럼 누구겠어?"

"아니야. 우린⋯⋯."

왜 이렇게 자신이 그에게 변명을 해야 하는지⋯⋯ 바보처럼 왜 이리 당황하는지 순간 의문이 든 지란이 흔들던 고개를 딱 멈추고는 인상을 찌푸리며 물었다.

"내가 왜 너한테 설명을 해야 하는데?"

좀 전과는 사뭇 다른 지란의 눈빛과 말투에 태준이 떨리는
한숨을 내뱉으며 말했다.

"민지란!"

"손, 그만 가 줄래?"

"아, 응."

무거운 두 사람의 분위기와 상처 가득한 지란의 눈빛을 본
손이 조용히 병실을 나갔고, 등 돌린 채 외면하는 지란을 보다
가 태준도 몸을 획 돌려 병실을 나가 버렸다.

5장

열 번 찍어 아니 넘어가는 나무 없다

"잠시 얘기 좀 할 수 있을까요?"

벽에 어깨를 기대고 있는 손을 본 태준이 굳어져 있던 인상을 풀며 고개를 끄덕였다.

"저도 미쳴 씨한테 할 얘기가 있었는데 잘 됐군요."

"시간 되시나요?"

"되지 않아도 만들 생각입니다."

"그럼 저희 바에서 한 잔 하면서 얘기할까요?"

"이곳에서 멉니까?"

"차로 이십 분 정도?"

"그럼 사십 분 후에 바로 가겠습니다. 어딘지 말씀해 주십시오."

"여기 명함."

그가 건네는 명함을 받아 돌려 보니 약도가 그려져 있었다.

"그럼 조금 후에 뵐게요."

여자보다 더 예쁜 미소를 짓는 손을 바라보던 태준은 지란과 친근하게 얘기하던 그의 모습이 다시 생각나 주먹을 부르르 떨고 말았다. 드레싱을 해 주기 위해 지란의 병실 문고리를 잡던 태준은 희미하게 들려오는 그의 고백에 순식간에 몸이 뻣뻣하게 굳어졌었다. 사랑한다는 말, 자신의 배경으로 그녀를 지켜 주겠단 그의 말에 태준의 낯빛이 잿빛으로 변해 버렸다. 그리고 자신도 모르게 그녀가 혹여라도 따라가겠단 대답을 할까봐 문을 벌컥 연 것이었다. 다정한 연인같이, 친구같이 나란히 있는 두 사람을 보고 있자니 속에서 쓴물이 올라왔다. 일 년 전 그녀의 거절에도 낙담하지 말고 그녀의 곁을 쭉 지키고 있었더라면 지란의 옆에 있는 것은 자신이었을 텐데, 다정하게 그녀 곁에 있어야 하는 건 자신인데. 태준은 그 순간의 선택이 너무도 후회스러웠다.

태준은 푸른빛이 도는 와이셔츠 위로 재킷을 걸치고는 밖으로 나왔다. 약도대로 차를 몰고 간 태준은 도로에서 바로 보이는 간판을 눈으로 좇으며 핸들을 돌렸다.

태준은 주차장에 차를 세우고는 한 점 흐트러짐 없는 발걸음으로 바로 들어섰다. 기다렸다는 듯이 손이 그를 맞았다.

"시간 하나는 정확하군요."

병원에서와는 사뭇 다른 느낌으로 다가오는 손을 눈으로 훑은 태준은 이 남자처럼 아름다움을 가지고 있으면서도 남성미가 물씬 풍기는 사내는 그리 많지 않을 거라는 걸 깨닫자, 씁쓸함이 훅 밀려오고 말았다.

"앉으세요."

긴 테이블 가장 구석진 스툴에 앉자, 숀이 테이블 뒤로 넘어가 태준과 마주 보며 섰다.

"내 마음대로 칵테일 한 잔 만들어 주고 싶은데…… 괜찮죠?"

"그러시죠."

늘씬한 팔과 긴 손가락으로 셰이커에 이것저것 넣던 숀이 멋들어진 폼으로 셰이커를 흔들어대자, 바에 있던 손님들의 시선이 일제히 그에게로 쏠렸다. 조각 같은 얼굴에 미소를 더하자, 숀의 얼굴이 수십 배는 더 멋져 보이는 것 같아 태준이 주먹을 꽉 움켜쥐었다.

"바이아라는 건데 이름과는 달리 제법 도수가 있어요. 하지만 혀에 감기는 맛은 최고랍니다."

예쁜 잔에 칵테일을 따른 그가 파인애플과 체리를 위에 장식해서 건네주자, 태준이 한숨을 조용히 삼키며 살짝 맛을 보았다.

"괜찮네요."

"입에 맞다니 다행이네요."

빙그레 웃으며 숀도 같은 칵테일을 잔에 담아 테이블을 돌아 나와 옆에 앉았다.

"지란과는 오랜 친군가 보죠?"

"그렇습니다. 미첼 씨는 지란이와 작년에 만났다고요?"

"네. 그때 만났어요."

태준과 시선을 맞춘 숀이 장난스레 한쪽 입꼬리를 말아 올리더니 씩 웃으며 말했다.

"지란을 좋아하나 보죠?"

"네."

"친구로서?"

"여자로서."

"아하!"

"미첼 씨도 그런 것 같은데요?"

태준의 말에 인정한다는 듯 숀이 웃으며 고개를 끄덕였다.

"네, 저도 지란 많이 좋아해요. 아니, 사랑해요."

당당하게 사랑한다고 말하는 숀 때문에 태준의 얼굴이 딱딱하게 굳어졌다. 여유롭게 웃는 숀과는 달리 태준의 눈빛은 어둡게 가라앉아 있었다.

"닥터 서는 어떨지 모르겠지만, 전 지란을 행복하게 해 줄 자신 있어요. 그래서 고백도 했고요."

그래서 뭐라고 하던가요? 허락을 하던가요? 라고 묻고 싶어 입이 간질거렸지만, 자존심 때문에 태준은 묻지 않고 칵테일을 쭉 들이켰다.

"진, 우리 딤플 좀 줘."

"네, 숀!"

웨이터가 빈 칵테일 잔을 치우고는 다양한 모양이 새겨진 잔에 얼음을 담아 건네주었다.

"술 한 잔 해도 되죠?"

숀의 말에 태준은 그에게 지고 싶지 않아 고개를 끄덕였다.

"어차피 서로 할 말도 많은 것 같으니까…… 편하게 마시면서 하고 싶은 말 하기로 하죠."

부드러운 말 속에 담긴 숀의 단호함을 느꼈기에 태준은 작은 한숨을 조용히 내쉬고 말았다. 이런 남자를 이겨야 한다는 사실에 어깨가 무겁게 내려앉는 것 같았다.

"지란이에 대해서 얼마만큼 아세요?"

태준의 질문에 숀이 목덜미를 긁적거리며 솔직하게 대답했다.

"일 년 동안 함께한 것밖에는 모릅니다."

"숀 미첼! 미첼 가문 사람 맞죠?"

"네."

"혹시나 했는데 역시나 맞군요. 그 대단하신 가문 사람이 왜 이런 바를 운영하시는 겁니까?"

"아무리 대단한 가문이라도 사랑하는 여자를 위해서라면 이런 바를 운영할 수도 있겠죠."

빙글빙글 잔을 돌리던 숀이 동작을 멈추더니 온화한 표정을 거두어들이며 태준에게 나직하게 속삭였다.

"나는 그녀를 따라 한국에 온 거예요. 내 심장이 시키는 대로, 이 눈에서 멀어지게 하고 싶지 않아서. 그래서 따라 왔어요."

"그렇군요."

쭉 술을 들이킨 태준이 알 수 없는 눈빛을 한 채 말이 없자, 숀이 태준의 빈 잔에 술을 따라 주었다.

"지란에게 다가설 용기가 없으면 그 마음 접으라고 말해 주고 싶네요."

상체를 푹 숙인 채 속삭이는 숀의 말을 가만히 듣고 있던 태준이 피식 웃었다.

"십칠 년. 지란의 친구로 곁에 머문 시간이 십칠 년이에요. 더 이상 나도 물러설 곳이 없어요."

단호한 태준의 말과 눈빛에 숀이 숙인 상체를 바로 하고는 눈을 가늘게 떴다.

"그럼 그 시간 동안 왜 지란의 마음을 가지지 않았죠?"

"가지고 싶었지만, 지란이가 거부했거든요."

"거부?"

"지란이는 병적으로 결혼을 싫어하니까. 연애는 하되, 결혼은 싫다고 하는 애가 민지란이거든요."

서글픈 태준의 중얼거림에 숀의 어두운 안색으로 물어 왔다.

"그녀에게 프러포즈한 적 있나요?"

"일 년 전 정식으로 프러포즈했고 거절을 당했습니다. 그리고 바보같이 그녀를 잠시 떠났었죠."

"그런 일이 있었군요……."

혼란스러워하는 손을 가만히 쳐다보던 태준이 지란의 병실에서 두 사람을 목격하고 느꼈던 감정을 솔직하게 이야기했다.

"그렇지 않았다면 이 세상에서 가장 친한 친구로, 가장 가까운 사내로 지금까지 그녀 곁에 머물고 있었을 겁니다."

손이 고개를 흔들었다.

"흘러가는 시간만큼 사람도 변하는 법이에요. 닥터 서도 지란도 그때와는 사정이 다를 겁니다."

손의 그 말에 태준도 희미하게 웃으며 단호하게 말했다.

"일 년이라는 시간 동안 지란이 얼마나 변했는지 나도 알고 싶군요."

태준의 말에 손이 두 눈에 힘을 주었다.

"정확히 무슨 일인지는 모르지만 지란은 일 년 동안 많이 힘들어했어요. 당신은 그 시간에 그녀 곁에 없었고요."

"그녀만큼이나 나도 힘들었다면?"

마주 보는 태준의 상처 가득한 눈동자를 본 손이 벌어지는 입을 다물고는 미간을 모았다. 태준은 힘주어 마저 이야기를 이어 갔다.

"처음 본 순간부터 이 심장에 들어온 사람이에요. 죽을힘을 다해서 빼내려고 했지만, 내 마음대로 빼내지도 못한 사람이에요. 난 지란이를 위해서 십칠 년을 기다렸어요. 자그마치 십칠 년을. 그러니 나한테 마음을 접으라는 말 따위는 하지 마세요.

당신이 그런 말을 할 자격은 없으니까."

탁 소리 나게 잔을 내려놓은 태준이 의자에서 일어나자, 숀이 팔을 뻗어 태준의 팔을 움켜잡았다.

"서로를 심장에 넣는 건 오랜 시간이 걸리는 게 아니에요. 단 일 분이라도 내 사람이다, 라는 느낌이 들면 심장에 담을 수 있는 거예요."

"시간이 그리 중요하지 않다는 것 정돈 나도 알아요."

그 말을 하고 태준이 심호흡을 했다.

"지란이의 행복을 위해서라면 물러설 수도 있어요. 내 사랑보다 지란이의 행복이 더 소중하니까요."

"……."

"지란이가 당신을 선택한다면 이 심장이 산산이 부서지는 한이 있어도 미련 없이 그녀를 놓아줄 거예요. 그게 제 사랑이니까요. 하지만 아니라면…… 아직 나에게 기회가 있다면 이번에는 무슨 일이 있어도 물러서지 않습니다. 후회는 한 번으로 족하니까요."

슬픈 눈으로, 금방이라도 자신의 심장을 꺼내 보여 줄 것 같은 태준의 결의를 본 숀은 잡고 있던 손을 스르륵 풀며 인정했다.

"그렇군요."

"그럼 먼저 일어나겠습니다."

무거운 마음으로 바를 나온 태준은 뻑뻑한 눈을 문지르며 한숨을 내쉬고 말았다.

어제 술을 마신 탓도 있고, 계속 긴장한 탓인지 굳어진 몸이 쉬이 풀리지 않아 태준은 오랜만에 헬스장에 가기 위해서 핸들을 돌렸다.

'숀 미첼이라……'

든든한 배경을 가지고 있을 뿐만 아니라 젊은 나이에 최고의 경영 실력까지 갖춘 그였다. 지란의 마음을 되돌리는 것도 벅찬데, 최고의 신랑감이라고 할 수 있는 그의 등장에 태준의 마음은 급해졌다. 한숨을 조용히 내쉰 태준은 조용한 공간을 뚫고 들리는 벨 소리에 작은 한숨과 함께 버튼을 눌렀다.

"네."

―어디니?

"출근하기 전에 헬스장 가는 중입니다."

―그렇구나. 오늘도 나이트니?

"네. 무슨 일 있으세요?"

―아니다.

아니라고 말하고 있지만, 목소리에 묻어 있는 여운을 알아챈 태준이 미간을 모으며 재차 물었다.

"하실 말씀 있으시면 하세요."

―전화로 얘기할 건 아니고. 내일 시간 어떠냐?

"내일요?"

—그래.

"이번 주는 나이트로 저녁에 따로 시간 내기가 어중간한데요. 무슨 안 좋은 일 있으세요?"

정말 그런 모양인지 평상시와 다르게 어머니의 목소리가 들려오지 않았다.

"어머니?"

—확인하고 싶은 게 있어서 말이다. 전화로 하기엔 좀 그렇다.

시간을 확인한 태준이 미간을 문지르며 말했다.

"그럼 제가 내일 퇴근길에 찾아뵐게요."

—그럴래?

"네. 내일 봬요, 어머니."

—그럼 기다리고 있으마.

"네."

전화를 끊고 헬스장으로 향하는데 요란하게 울리는 호출에 태준의 눈빛이 단박에 변해 버렸다.

"이런!"

가속페달을 힘껏 밟으며 버튼을 누르자, 다급한 김 선생의 목소리가 스피커를 타고 흘러 나왔다.

—선생님 지금 어디세요?

"무슨 일이야?"

—교통사고 환자들이 들어왔는데 사고 당한 환자들에 아이

당신을
사랑
합니다

들이 많아요!

"알았어. 십 분이면 도착할 거야."

—네, 어서 오세요!

다급하게 외치는 김 선생 때문에 속도를 높인 태준은 병원 정문 앞에 대충 차를 세우고는 키를 다가오는 주차요원에게 던지며 외쳤다.

"부탁해요."

서둘러 응급실로 들어가자, 그야말로 아비규환이 따로 없을 정도였다. 여기저기서 들려오는 비명 소리와 고함 소리에 의사들은 물론이고 간호사까지 발을 동동 굴리고 있었고, 보호자들의 거친 언성이 응급실을 들었다 났다 하고 있었다.

"아, 선생님!"

"봉태선 선생님도 호출해요."

"아, 네."

벌게진 얼굴로 이리저리 뛰어다니는 간호사에게 외친 그가 빠르게 재킷을 벗고는 와이셔츠를 둘둘 말아 올렸다.

"내가 보지."

사고로 복부를 다쳤는지 심한 출혈을 보이는 환자를 치료하기 위해서 몸을 돌리던 태준은 언뜻 보이는 지란의 모습에 놀라 미간을 모았다.

'지란이가······.'

병실에 있어야 할 사람이 왜 응급실을 기웃거리는지 궁금했지만, 지금은 그녀를 신경 쓸 여유가 없었다. 계속적으로 발생하는 출혈을 막기 위해 상처 난 곳을 살피던 태준이 눈살을 찌푸리며 옆에서 보조하고 있는 전공의에게 말했다.

"내장파열일 가능성이 크니까 지금 즉시 검사하고 수술 준비해."

"알겠습니다."

내장파열 환자는 빨리 수술하지 않으면 낭패를 볼 수밖에 없다. 여러 환자를 둘러봐야 하는 태준은 겉만 봐서는 진단이 힘든 내장파열 환자를 어떻게 골라낼까 잠시 고민하며 얼굴을 굳혔다. 고통을 호소하며 몸부림치는 환자들을 눈으로 훑으며 고민하고 있을 때 마침 외과의들이 무더기로 들어왔다.

"다행이군."

이제 소아들만 전담하면 될 것 같아 태준이 다른 소아전문의, 전공의들과 함께 소아 응급실로 가기 위해서 몸을 돌릴 때였다. 한 중년의 여인이 산발이 된 머리와 파리한 얼굴로 태준의 옷자락을 잡아당겼다.

"선생님, 우리 애 좀 봐주세요. 괜찮았었는데…… 갑자기……."

눈물과 콧물이 범벅이 된 얼굴로 부들부들 떨며 애원하는 아주머니에게서 이제 겨우 열 살이나 되어 보이는 남자아이를 받아 든 태준은 신속하게 침대에 눕히고는 상태를 살피기 시작했다.

"언제부터 이랬습니까?"

"저녁때부터……."

"그럼 일찍 병원에 오셨어야죠."

질책하는 태준의 외침에 아주머니가 휘청거리며 바닥으로 쓰러졌고, 주위를 배회하고 있던 지란이 절뚝거리며 다가와 그 아주머니를 부축하며 태준을 노려보며 쏘아댔다.

"이렇게 힘들어하는데 너무하잖아."

"쓸데없이 기웃거리지 말고 나가 있어."

"서……."

뭐라고 한마디 하고 싶었지만, 이곳은 그가 일하는 곳이고 주위에는 간호사와 의사들이 많은 걸 깨달은 지란이 어금니를 꽉 깨물며 속삭였다.

"알았어."

"이 선생!"

"네, 선생님."

"이 아이 정밀검사 좀 해 봐."

"지금요?"

"그래."

"하지만……."

외상으로 봤을 때 크게 문제가 없어 보였는지 이 선생이 토를 달자, 태준이 돌아서며 차갑게 타박했다.

"눈으로 보이는 게 다는 아니지. 그딴 식으로 환자 볼 거면 당장에 때려치워."

"죄송합니다."

날카로운 태준의 말에 그가 얼굴을 붉히며 서둘러 아이를 데려갔고, 태준도 바로 3층에 별도로 마련되어져 있는 소아 응급실로 올라갔다. 일반 성인 환자들보다 소아들이 위험한 건 그들은 어른들처럼 아픈 증상들을 세세하게 말로 의사에게 전달하지 못한다는 게 가장 큰 문제였다. 그렇기에 의사의 판단과 조치가 중요했다. 아들을 걱정하고, 딸을 걱정하며 응급실 앞에서 파리하게 서 있는 보호자들을 헤치고 안으로 들어간 태준은 다른 의사들과 함께 의견을 교환하며 빠르게 사태를 수습하기 시작했다.

"휴우!"

몇 시간을 쉬지도 않고 그렇게 환자들을 본 태준은 수술 준비를 하기 위해서 잠시 시간이 비자, 1층에서 기웃거리던 지란이 떠올라 성큼성큼 밑으로 내려갔다. 이 새벽 세 시까지 있을까 싶어 고개를 갸웃거리며 1층 응급실 입구를 쳐다본 태준은 아까 전에 본 그 아주머니와 얘기를 나누는 지란을 볼 수 있었다.

"무슨 심경의 변화라도 생겼나."

남의 일에는 도통 관심을 가지지 않는 그녀였다. 자신의 삶도 힘든데 무슨 에너지로 남을 생각하겠냐, 라며 말하던 그녀가 떠올라 태준이 고개를 저었다. 얘기를 끝냈는지 자리에서 일어나는 지란 앞에 다가서며 태준이 물었다.

"커피 할래?"

지란은 피곤함이 덕지덕지 묻어 있는 그를 보자, 가슴 한구석이 아릿하게 아파 왔다.

"아!"

"싫어?"

"아니. 좋아."

"내가 뽑아 올 테니까 저곳에서 기다리고 있어."

환자들의 편의를 생각해서 엘리베이터 타는 곳 옆에 소파가 놓여져 있는 곳을 가리키는 그였다.

"아, 응."

입구로 가는 그를 뒤로한 채 천천히 걸음을 옮긴 지란은 소파에 조심스레 앉으며 한숨을 조용히 내쉬었다.

"자."

어느새 다녀왔는지 태준이 자판기 커피를 내밀었다.

"고마워."

따뜻한 커피를 두 손으로 감싼 지란이 후후 불어 조금 마시고는 고개를 들었다.

"왜 안 하던 짓 해?"

"그냥."

"심심해서?"

"심심한 건 아니고……."

대답을 회피하며 목덜미를 긁적거리는 지란을 뚫어져라 쳐다보던 태준이 그녀의 손을 움켜잡아 떼어내며 말했다.

"피부 상해."

"아."

"지루해?"

"아니."

"그럼 왜 기웃거렸는지 얘기해 봐."

부드러운 눈길로 쳐다보며 묻는 그의 시선 아래 지란은 더 이상 버틸 수 없음을 깨닫고는 따뜻한 커피를 홀짝거리며 말했다.

"그들을 보고 있으니 내가 얼마나 행복한지 깨달았어. 그리고 이렇게……."

잠시 말을 끊은 지란이 슬프게 웃으며 말했다.

"살아 있는 게 얼마나 행운인지 깨닫고 있어."

"그래?"

"응."

"지란아."

감미롭게 자신을 부르는 그의 음성에 지란은 왼쪽 가슴이 콩닥거리며 뛰고 말았다.

"……응?"

"자신을 홀대하지 마. 자신을 소중하게 여겨. 당당함이 민지란의 최대 무기잖아."

활짝 웃으며 자신의 뺨을 매만지는 태준의 따뜻한 손길 때문에 그녀의 눈 밑이 파르르 떨리고 말았다.

"고, 고마워."

너무 다정한 그 때문에 당황한 지란이 말을 더듬으며 얼굴을 붉히고 말았다.

"태준아."

"왜?"

"너……."

무슨 말을 하고 싶은지 머뭇거리는 지란을 빤히 쳐다보던 태준이 커피를 조금 마셨다.

"무슨 말인데 그래."

지란이 조금 뜸을 들이더니 말을 이었다.

"넌 행복하니?"

"행복이라……."

"행복하지?"

지란의 물음에 바로 대답하지 않은 태준이 한참을 쳐다보고만 있더니 천천히 입을 열었다.

"아니."

그 한마디에 가슴을 졸이고 있던 지란은 왠지 안도감이 가슴에 퍼지는 것 같았다.

"왜 행복하지 않아?"

"아직 이곳이 채워지지 않았거든."

자신의 왼쪽 가슴을 두드리며 채워지지 않았다 말하는 태준 때문에 지란의 눈가가 파르르 떨리고 말았다.

지란은 태준의 말에 한 가닥 희망이 생기는 것 같았다. 떨리는 숨결과 붉어진 눈을 연방 깜박거리며 태준을 쳐다본 지란이 서서히 맺히는 눈물을 털어내지 못한 채 물었다.

"태준아, 혹시……."

태준의 따뜻하고도 깊이 있는 눈이 자신을 향하고 있었다. 한 가지만, 꼭 한 가지만 확인하고 싶었다.

태준은 속으로 애가 탔지만 지란이 말을 할 때까지 꾹 참고 기다렸다. 태준의 모습에 용기를 낸 지란이 크게 숨을 들이마시며 말을 내뱉었다.

"아, 아직도 그, 그 프러포즈 유효하니? 일 년 전 내게 했던 프러포즈 말이야."

어렵게 말을 꺼낸 지란은 차마 그의 눈을 쳐다보지 못해 고개를 푹 숙이고 말았다. 일 년 전 그의 프러포즈를 받았던 그녀였다. 고등학교 때부터 함께한 친구였고, 자신의 속마음을 가장 잘 알고 있는 사람 또한 태준이었다. 그렇기에 그를 좋아하지 않았다면 거짓말일 것이다. 부드럽고 멋진 그를 사랑하지 않았다 말하면 자신의 마음을 속이는 짓일 것이다. 그걸 잘 알고 있는 지란이었지만, 그의 프러포즈는 거절했었다. 사귈 수는 있지만, 결혼을 절대로 하지 않겠다 그리 말했던 자신이었는데……. 조금씩 두려움이 커져만 가고 있었다. 이대로 가면 정말 정신병원에 들어갈 것 같아 무서움도 들었다. 떨리는 두 손을 꼭 움켜잡고 있는 지란을 말없이 쳐다보던 태준이 그녀의 손을 잡았다.

"지란아."

"후후후, 약혼한 사람한테 나 무슨 소릴 한 거니. 미안해."

벌떡 일어나는 지란의 손을 잡아당겨 다시 소파에 앉힌 태준이 떨고 있는 그녀의 뺨을 두 손바닥으로 감싸 자신을 보게 만들었다.

"나, 너 사랑해. 이 사랑하는 마음 세월이 흘러도 변하지 않아."

"태, 태준아."

"일 년 내내 후회했어. 그때 너한테 헤어지잔 말 하지 말걸. 심장이 녹아내려도 묵묵히 네 곁에 머물걸. 네가 싫다고 했을 때 허허 웃으며 농담이라고 받아칠걸. 얼마나 후회했는지 모른다."

그의 고백에 지란의 눈물이 차가운 바닥으로 툭툭 떨어졌다.

"그럼 왜…… 왜 약혼했어?"

정말 묻고 싶었던 말이었다. 어째서 나랑 헤어지고 바로 다음달에 약혼이란 걸 했는지 따지고 싶었지만, 이미 자신은 그럴 수 있는 입장이 아니었었다. 그래서 참고 참았는데…… 그때 병원 앞에서 본 그 여인이 떠오르자, 지란이 아랫입술을 꾹 깨물었다.

"입술 터지니까 깨물지 마."

"네 약혼녀 봤었어."

"언제?"

"일 년 전과 며칠 전에."

"지란아."

"……."

"내 프러포즈가 유효하다면 어쩔 건데?"

"그……."

잔잔한 눈빛을 한 채 쳐다보고 있는 태준 때문에 더 많은 눈물이 눈가에 맺혔다가 아래로 떨어졌다.

"유효하다면……."

말을 살짝 끊은 태준이 그녀의 손등을 부드럽게 쓰다듬으며 속삭였다.

"나한테 올래?"

"난, 난……."

"아무것도 바라지 않을게. 너한테 뭘 해 달라는 요구 하지 않을게. 사랑? 천천히 하면 돼. 하지만 지란아, 난 널 곁에 두고 싶어. 이 못난 욕심을 버려야 하는데…… 아무리 노력해도 버릴 수가 없어. 도저히 그럴 수가 없다."

태준의 고백에 지란의 눈가에서 눈물이 후두둑 떨어져 내렸다. 굵은 눈물이 두 사람의 손등으로 쉴 새 없이 떨어지자, 태준이 희미하게 웃으며 그녀의 눈물을 닦아 주었다.

"겨, 결혼해."

"뭐, 뭐라고?"

잘못 들었는가 싶어 고개를 번쩍 든 태준이 재차 묻자, 지란이 떨리는 한숨을 내쉬며 처음보다 더 큰 목소리로 말했다.

"결혼하자고."

"하지만 넌……."

결혼을 절대 하지 않겠다 말하던 지란이었다. 그런 지란의 입에서 사귀자는 말도 아닌 결혼하자는 말이 나온 것이다.

"나, 결혼해도 행복한 부부들처럼 잘 할 자신은 없지만…… 어차피 벗어나지 못할 거라면 너랑 하고 싶어. 다른 사람이 아닌 너랑 하고 싶어."

지란의 말에 태준은 가슴속에서 뜨거운 것이 올라오는 것 같았다.

"지란아!"

"후회할지도 몰라. 나 같은 여자 만나서 네가 후회할지도 몰라. 그래도 괜찮다면…… 날 받아 줄 수 있다면……."

"절대로 후회하지 않아. 절대로!"

"고, 고마워."

"한번만 안아 봐도 돼?"

감미로운 그의 목소리에 어금니를 꽉 깨물고 있던 지란이 고개를 끄덕이며 말했다.

"키스해도 돼?"

"……응."

탁해진 태준의 목소리와 감격했는지 잔뜩 붉어진 눈을 번갈

아 바라보던 지란이 눈물로 범벅이 된 얼굴로 그의 양 볼을 감
싸며 천천히 입술을 갖다 댔다가 금방 뗐다.

"후회하지 않겠어?"

물어 오는 태준에게 웃어 보인 지란이 고개를 저었다.

"아마 후회하지 않을 것 같아."

"휴우! 이런 꿈같은 일이……."

믿기지 않는지 얼굴을 쓸어내리던 태준이 지란을 와락 안으
며 그녀의 어깨에 얼굴을 묻었다.

"고맙다, 민지란."

"잘 할 자신은 정말 없어. 난……."

"쉿!"

지란의 입술 위로 손가락을 갖다 댄 태준이 빙그레 웃으며
말했다.

"아무 말도 하지 마. 넌 그냥 내가 하자는 대로 따라오면
돼. 그럼 돼."

"우리 회장님…… 원장님이나 너한테 상처 많이 줄 수도 있
어."

미안한 말이고, 드러내고 싶지 않은 흠이라 목소리가 가늘게
떨리고 말았다.

"괜찮아. 내가 알아서 할 테니까 넌 네 몸이나 걱정하면 돼.
알았지?"

"하지만……."

"날 믿어 봐."

태준의 든든한 모습에 지란은 떨리는 입 꼬리를 말아 올리며 활짝 웃었다.

"고마워."

"오히려 내가 고마워. 이렇게 날 받아 줘서."

"미안해."

"그런 말은 하지 마."

"나란 여자랑 살면 너 많이 힘들 거야."

"네 곁에 있을 수 없는 게 힘든 거야."

"난……"

"네가 먼저 잡은 손을 놓지만 않으면 돼. 그럼 돼."

살포시 안아 주는 그의 손길과 따뜻한 품안에 얼굴을 묻은 지란은 긴 한숨을 내쉬고 말았다. 소중한 만큼, 아껴 주고 싶은 마음이 큰 만큼 자신이 머물고 있는 세계로 끌어들이고 싶지 않았다. 하지만 강하게 버티지 못하고 무너지는 자신이 감당이 되지 않았다. 더 이상 그를 향한 마음도 외면하고 싶지 않았다. 병원에서 보여 준 그의 강건함이라면 그도 자신도 구원할 수 있을 것 같은 희망을 보았다.

"이런 날을 얼마나 꿈꿔 왔는지 모를 거다, 넌. 널 그렇게 보내고 얼마나 후회하며 살았는지……. 이 마음, 시간이 지나면 사라질 줄 알았는데…… 오히려 시간이 흐르면 흐를수록 더 커져만 가더라. 잊을 수도 없었고, 널 심장에서 내보낼 수도 없었어."

솔직한 그의 고백에 지란의 온몸이 버드나무처럼 하염없이 떨리고 말았다.

"미안해."

"이제라도 내 곁에 머물러 준다고 하니까 괜찮아. 그것만으로도 난 감사하고 감사해."

흥분으로 잔뜩 붉어진 태준의 얼굴을 바라보던 지란이 마음에 걸리는 걸 풀기 위해서 가만히 그를 불렀다.

"그런데 태준아."

"응?"

"약혼녀는……."

아무리 그의 프러포즈가 유효하다 해도 그는 이미 약혼녀가 있는 몸이었다. 자신 때문에 다른 누군가가 상처를 받을 걸 생각하니 마음이 무거운 그녀였다. 그런데 태준은 여유만만하게 웃기만 하는 게 아닌가.

"걱정하지 않아도 돼."

"하지만……."

"우리 서로 사랑해서 약혼한 사이 아니야."

"그럼?"

놀라 눈을 동그랗게 뜨며 묻자, 태준이 지란의 얼굴을 쓸어내리며 웃었다.

"훗, 그 표정 보기 좋다."

태준이 그러거나 말거나 궁금증만 증폭되는 지란이었다.

"수빈이는 어릴 때부터 집안끼리 아는 친한 동생일 뿐이야. 그 애에게 사정이 생겨서 함께 사람들 눈을 속였던 거고."

"아!"

"일 년 전 그 일이 있고 나서 나도 많이 힘들 때였어. 그때 수빈이 겪고 있는 상황을 보면서 네가 얼마나 힘들었을지 조금이나 이해할 수 있었고. 그래서 그 애가 원하는 일에 협력해 준 거야."

"난 그런 줄도 모르고……."

그 약혼식을 바라보면서 얼마나 아파했는지 그가 알까 싶어 지란이 씁쓸하게 웃고 말았다. 그런 지란의 표정에 태준이 입가에 얇은 미소를 띤 채 물었다.

"질투했어?"

"질투는 무슨."

"그럼?"

"그, 그냥……."

솔직하게 가슴이 많이 아팠다고 말하면 되는데…… 그 말이 쑥스러워서 입 밖으로 나오지 않았다.

"내 약혼식 본 거야?"

"어쩌다 보니……."

"훗, 지란아."

"왜?"

"우리 조금만 더 솔직해지자. 그게 서로를 위해서 좋을 것 같은데?"

"노력할게."

"내일 파혼할 생각이야. 그렇게 서로 얘기도 했고."

"아!"

"그러니 어떤 말이 나와도 넌 흔들리지 마. 너에게 향하는 내 마음은 언제나 한길이니까. 알았지?"

"으응."

"그리고……."

말을 끊은 태준이 턱을 잡아 올리더니 눈빛을 빛냈다.

"키스해도 돼?"

"계속 그렇게 물을 거야?"

"응."

"왜?"

"네 눈빛이 됐다고 할 때까지."

"그게 무슨 말이야?"

"두려워하고 있잖아. 이렇게 내가 널 잡고 있는 이 순간에도 네 눈동자에는 두려움이 가득 차 있는걸. 이 두려움이 사라질 때까지 묻고 또 물을 거야."

"태준아!"

"그러니 항상 대답해 줘. 네가 어떤 생각을 하고 있는지, 얼마나 힘든지, 지금 뭘 하고 싶은지 표현해 줘. 응?"

당신을
사랑
합니다

"고마워."

"그런 말은 하지 말고."

"미안해."

"사과는 더더욱 하지 말고."

"난……."

다른 단어가 떠오르지 않았다. 투둑 눈물을 떨어뜨리자, 태준의 촉촉한 입술이 닿았다.

"사랑해!"

달콤한 초콜릿을 먹은 듯 그 달콤함과 감미로움이 입안에 맴돌다가 천천히 온몸으로 퍼져 나갔다. 그가 말해 준 '사랑해.' 라는 말이 지란의 딱딱하게 굳어져 있는 몸을 녹이기 시작했다. 부드럽게 그녀의 입술을 탐하던 태준이 머뭇거리는 지란의 두 손을 잡아 자신의 목덜미를 감게 했다.

"천천히 네 마음속에 날 집어넣을 테니까 걱정하지 말고 문만 열어 줘. 부탁해!"

사람을 행복하게 만드는 재주를 가진 태준의 말에 지란은 처음으로 아무런 사심 없이 활짝 웃었다.

'너라서 후회하지 않을 것 같아. 너라서…….'

똑똑!

무거운 노크 소리와 함께 안으로 들어간 태준은 관자놀이를
누르고 있는 어머니를 발견하고는 고개를 살짝 숙였다.

"피곤하세요?"

"괜찮다. 커피?"

"주시면 좋고요."

"앉거라."

"네."

태준이 맞은편에 앉자, 윤하가 인터폰을 꾹 누르며 커피 두
잔을 부탁했다.

"퇴근해야 하는데 나 때문에 피곤하겠구나."

"괜찮아요."

"쓸데없이 말 돌려서 할 줄도 모르고 하니 바로 물으마."

"네, 하세요."

"수빈이랑은 어떻게 된 거지?"

수빈이의 말이 나오자 드디어 올 것이 왔다는 걸 깨달은 태준이 자세를 바로 하고는 입을 열었다.

"파혼할 생각입니다."

"왜?"

"시간이 지나도 수빈인 저에게 여자로 다가오지 않습니다. 그리고……."

차마 수빈이가 원하는 방향으로 말을 하기가 어려워 입을 다물자, 윤하의 얼굴이 구겨졌다.

"그리고?"

"어머닌 자식을 간절히 원하시잖아요."

"그런데?"

"수빈이는 그걸 해 줄 수가 없을 것 같아요."

눈을 내리깔며 겨우 말을 내뱉자, 윤하의 눈 꼬리에 수많은 주름이 자리 잡았다.

"그게 무슨 말이지?"

"불임이라는 판정이 나왔어요."

"어디서?"

소파 손잡이를 움켜잡는 어머니를 가만히 쳐다보고 있던 태준이 천천히 고개를 들어 시선을 맞추며 설명했다.

"진성병원에서 일차적으로 확인을 했고, 혹시나 싶어서 이곳에서도 제 참관 아래 한 번 더 해 봤는데…… 결과는 같았습니다."

"그, 그게 사실이니?"

"네."

"혹 네가 수빈이를 두고 다른 여자를 만나서 파혼하는 건 아니고?"

"그게 무슨 말씀이시죠?"

태준만큼이나 매서운 눈매를 가진 윤하가 눈도 하나 깜박하지 않은 채 노려보며 말을 내뱉었다.

"민지란."

지란이의 이름이 튀어나오자, 태준의 얼굴이 눈에 띄게 굳어지고 말았다. 그런 아들을 빤히 쳐다보고 있던 윤하가 손가락으로 소파 손잡이를 탁탁 두드리며 물었다.

"더 이상 친구 사이는 아니지?"

"묻고 싶으신 게 뭐지요?"

"사귀는 거냐?"

"네."

"언제부터?"

"오늘부터요."

오늘부터라는 아들의 말에 윤하의 미간이 좁혀졌다.

"한 점의 거짓도 없겠지?"

"네. 오늘부터 사귀기로 했어요. 그리고 수빈이와 파혼하면 바로 지란이와 결혼할 생각입니다."

윤하의 입장에서 태준의 말은 폭탄 발언이나 다름없었다. 하지만 평소 냉철하다는 평가를 받는 그녀는 흐트러짐 없는 모습으로 아들을 꾸짖었다.

"생각을 바꾸렴."

"어머니!"

"무진그룹의 장녀라 해도 그런 아이를 내 며느리로 받아들일 수는 없다."

윤하의 말에 태준이 이를 질끈 물었다.

"이유는 네가 더 잘 알고 있을 거다."

강경하게 나오는 어머니의 태도에 태준은 긴 한숨을 내쉬며 무조건 밀어붙이는 게 능사는 아니라는 생각이 들었다. 자신이 지란을 얼마나 원하는지, 지란이 자신에게 얼마나 필요한지 어머니에게 이야기를 하는 것이 필요할 것 같았다.

"저 지란이를 얻기 위해서 얼마나 애태우고, 홀로 기다렸는지 모르실 거예요. 가슴앓이하면서 십칠 년을 기다렸어요. 지란이에 대한 내 사랑을 끊어 낼 수가 없어서요. 하지만 어머니도 보시는 것과 같이 이 마음이 수그러들지가 않아요. 아무리 노력해도 잘라 낼 수가 없어요. 그래서 저 지란이가 받아 줄 때 그녀에게 갈 거예요. 어머니가 어떤 반대를 하셔도, 아니 절 내치신대도 어쩔 수 없어요. 그녀만 내 곁에 묶어 둘 수 있다면 어떤 짓이라도 전 할 겁니다. 어머니, 못난 아들 살리신 다 생각하시고 저희 허락해 주세요. 부탁드려요.”

그러면서 태준이 머리를 조아렸다. 삼십사 년 동안 아들을 키우면서 단 한 번도 볼 수 없던 모습이었다. 윤하의 눈동자에 붉은 균열이 가기 시작했다.

“태준아!”

“어머니가 걱정하시는 게 뭔지 잘 알아요. 힘들겠지만 함께 극복하려고 해요. 저희 행복하게 살게요. 지란이 아프지 않게 제가 많이 사랑하고 아껴 줄 겁니다. 제가 옆에서 지켜 주고 싶어요.”

절절히 진심을 말하는 아들을 한참을 말없이 바라보던 윤하 가 자리에서 일어나며 조금 수그러든 목소리로 말했다.

“무조건 안 된다는 게 아니야. 그 애의 내력이 내 아들 아프 게 할까 봐 그게 걱정되는 것이지. 더군다나 넌 우리 집 대를 이어야 하는 장손이고.”

“어머니……..”

“일단, 내가 그 애를 만나 보마.”

“무슨 말씀 하시려고요.”

“집안에 며느리 하나 잘못 들어와 망하는 꼴 나는 못 본다. 그러니 내가 한발 물러서 줄 때 너도 더 이상 토 달지 말고 그 리 해.”

차분한 듯 이런 완강함이 있었기에 지금의 이 큰 병원이 존

당신을 사랑 합니다

재하는 걸 잘 알고 있었다. 태준은 한발 물러서며 고개를 끄덕였다.

"네."

"그리고 수빈이 파혼에 관해서는 당당하게 처신해. 쓸데없는 잡음 생기지 않도록."

"죄송합니다."

"그만 가서 쉬어라."

"죄송해요, 어머니."

피곤한 듯 눈을 스르륵 감는 어머니 때문에 원장실을 나오는 태준의 발걸음은 무겁기만 했다. 긴 한숨과 함께 엘리베이터에 몸을 실은 태준은 지란이 머물고 있는 병실 층수를 누르려다 마음을 고쳐먹고 1층을 눌렀다.

'네가 먼저 다가와 준 것만으로도 나 감사할게.'

"오빠!"

가족들에게 많이 시달렸는지 이틀 사이에 얼굴 살이 쏙 빠진 수빈의 안타까운 모습에 태준은 미소를 지으며 고개를 끄덕였다.

"걱정하지 마."

"미안해."

"괜찮아."

차분한 눈빛으로 어깨를 두드려 주는 태준의 따뜻한 손길에 수빈의 눈가에 눈물이 가득 맺히고 말았다.

"정찬 씨도 오겠다고 했지만…… 내가 말렸어. 미안해."

미안함에 고개조차 들지 못하고 있는 수빈의 어깨를 살짝 잡았다가 놓은 태준이 어깨를 으쓱하며 대수롭지 않게 말했다.

"오지 않는 게 서로에게 좋아. 그리고 수빈아."

"응?"

"나도 너 때문에 많은 걸 깨달았으니까 미안해하진 마라. 그리고 내가 이렇게 용기를 낼 수 있게 만들어 줘서 고맙다."

"오빠."

눈물을 그렁그렁 매단 채 쳐다보던 수빈이 큰 눈을 깜박거리자, 후두둑 맑은 눈물이 볼을 타고 떨어졌다.

"행복해라, 이수빈."

"오빠도."

"자, 그럼 전쟁터로 들어가 볼까?"

"응."

사랑한다 생각만 했지, 정작 용기를 내 본 적이 별로 없었던 그였다. 일 년 전 지란에게 프러포즈한 것이 용기라면 용기였을까. 태준은 고개를 저었다. 스스로 판단하기에 그것은 용기라고 볼 수가 없었다. 용기가 있었다면, 그것이 용기였다면 그때 그렇게 물러서지 말았어야 했다. 그렇게 물러서지 않았다면 분명 다른 결과가 그 앞에 놓여 있었을 것이다. 긴 시간을 돌아서 태준은 뒤늦게 그것을 깨달았다. 지란에게 한 약속, 스스로에게 한 약속을 지키기 위해 용기를 내야 할 때다.

굳은 다짐과 함께 안으로 들어선 태준은 조용한 룸 안으로 들어서며 고개를 깊숙하게 숙였다.

"안녕하셨습니까, 회장님."

"오랜만일세."

"네."

"앉게."

"네."

수빈의 부친이자 경진그룹 수장인 이명세 회장의 맞은편에 앉은 태준이 시선을 들자, 그의 서릿발 같은 차가운 눈빛이 바로 꽂혔다.

"쓸데없는 소린 집어치우고."

"네, 회장님."

"확실한가?"

무엇을 묻고자 함인지 잘 알기에 태준은 고개를 조금 숙이며 대답했다.

"확실합니다. 혹시나 싶어 제가 참관한 상태로 진행했지만…… 결과는 마찬가지였습니다."

조금의 흔들림도 없는 태준의 목소리에 명세의 새하얀 눈썹이 위로 치켜졌다.

"그래서 우리 애랑 파혼하겠다고?"

"수빈이랑 약혼한 이유는 하나뿐이었으니까요."

일 년 전과는 많이 달라진 태준의 분위기와 당참에 명세의 눈매가 매섭게 번뜩였다.

"내가 자네를 쉽게 놓아줄 거라 생각하나?"

"이 일이 세상 밖으로 나가면 회장님과 수빈이 저보다 더 큰 타격을 받을 겁니다."

태준의 눈빛은 한 치의 흔들림도 없었다. 그런 태준을 말없이 노려보던 명세가 헛기침을 한번 하고는 적당하게 식은 차를 들이켰다.

"자네는 날 호구로 보는 건가?"

"무슨 말씀이신지……."

"자네가 내 딸이 아닌 다른 여자를 만나고 있다는 정보를 입수했네. 사실 확인도 했고. 이래도 계속 내 딸이 불임이란 이유 하나만으로 파혼하겠다고 내 앞에서 당당하게 말할 수 있겠나?"

명세의 추궁에도 태준은 전혀 흔들림이 없었다. 담담한 시선으로 명세를 바라보는 태준과 달리 수빈은 무릎에 올려놓은 두 손을 하염없이 떨어댔다.

"수빈이가 불임만 아니면 파혼할 일도 없었을 것이고, 저 또한 쓸데없이 매스컴에 얼굴 나가는 일도 없었을 겁니다. 그리고 여자는 이 일과 무관합니다."

태준의 말에 명세의 얼굴에 노기가 살짝 어렸다가 빠르게 사라졌다.

"여자는 무관하다?"

"사내가 집밖에서 여자 한둘쯤 가질 수 있다고 생각합니다."

수빈과 지란 둘 모두를 보호해야 하기에 태준은 마음과는 다른 말을 했다.

"후후후, 그래서 상관없다?"

"회장님께서 어떤 말씀을 하셔도 제 입장은 변함이 없습니다. 처음부터 제 조건은 대를 이을 수 있는 아이를 낳아주는 것이었고, 그 조건이 충족되지 않을 시에는 이유 불문하고 파혼할 수 있다 명시한 것도 회장님이시니까요."

당돌한 태준의 지적에 명세가 한쪽 입가를 비틀며 말했다.

"일 년 전과는 많이 달라졌군."

"저는 잘 모르겠는데…… 세월 앞에 변하지 않는 사람은 없나 봅니다."

부드러운 미소를 짓고 있지만, 이미 태준의 마음이 돌아선 걸 알았기에 명세의 눈빛은 싸늘하기만 했다.

"나와 척을 지어서 좋을 건 없을 텐데?"

"알고 있습니다. 그래서 이번 파혼의 책임을 제가 다 지도록 하겠습니다."

태준의 말에 의외라는 듯 명세의 눈썹이 위로 올라갔다.

"자네가?"

"네. 수빈이와 알고 지낸 세월이 얼마인데…… 동생과 같은 그녀와 파혼은 하지만, 상처는 주고 싶지 않습니다."

"의외군."

"좋은 사람으로 같이 할 수는 있지만, 내 아이의 엄마로 살 수 없기에 이런 결정을 내린 겁니다. 정말 죄송합니다, 회장님."

태준은 수빈이 아이를 낳을 수 없다는 걸 강조하듯 말하고는 고개를 살짝 숙였다.

"내 딸에게 상처 주고 싶지 않으면 파혼 생각도 하지 말았어야지."

"제가 장손만 아니면 아마 전 수빈이랑 파혼할 생각 자체도 하지 않았을 겁니다. 어머니께서 무엇을 바라는지 잘 알기에 저 또한 이번 문제는 물러설 수가 없습니다. 정말 죄송합니다."

거듭 머리를 조아리며 죄송하다 말하는 태준을 하염없이 바라보고 있던 명세는 아까운 사내를 놓치는 것 같아 짜증이 치솟고 말았다.

"이수빈!"

칼날 같은 부친의 부름에 놀란 수빈이 흔들리는 눈동자를 간신히 멈추며 시선을 들었다.

"네."

"어찌 그리 도움이 안 돼?"

"죄송해요."

"흐흠!"

아주 못마땅한 듯 딸아이를 휙 돌아본 명세가 탐이 나서 죽을 것 같은 표정으로 태준을 한 번 더 쳐다보고는 한숨을 내쉬며 고개를 끄덕였다.

"자네가 다 뒤집어쓰는 걸로 마무리하지."

"네, 회장님."

"쓸데없는 구설수에 오르지 않도록 당분간은 서로 조심했으면 하네. 어렵지 않겠지?"

"네, 회장님."

"그리고……."

잠시 말을 끊은 명세가 이마를 문지르며 부탁을 했다.

"수빈이의 몸 상태는 새어나가기 않도록 철저하게 입단속시켜 주게."

"그렇게 하겠습니다."

"그…… 요즘 그 뭐냐…… 인공수정 이런 걸 해도 가망이 없겠나?"

한 가닥 남은 희망 줄이라도 잡을 모양으로 묻는 명세와 시선을 맞춘 태준이 어금니를 꽉 깨물며 단호하게 말했다.

"양쪽 나팔관이 다 망가진 상태라 가망이 전혀 없습니다. 그리고……."

수빈이 벗어날 확실한 구멍을 만들어 주기 위해서 태준은 가차 없이 말했다.

"조만간 여자로서의 생명도 끝날 것 같습니다."

생명이 끝난다는 말에 명세가 놀라 눈을 커다랗게 뜨며 물었다.

"그게 무슨 소린가?"

"아기를 가질 수 있는 건 한 달에 한 번 생리를 하기 때문입니다. 그게 사라지면……"

여운을 살짝 주며 불쌍한 눈길로 수빈을 쳐다본 태준이 다시 명세에게로 고개를 돌렸다. 그의 얼굴이 당혹감에 잔뜩 구겨져 있었다.

"이런."

"예전에는 정밀하지 않은 기계로 인하여 오류가 많이 발생했지만, 이젠 아닙니다. 검사 결과는 95%로 정확하다고 보시면 될 겁니다."

95%라는 단어에 힘을 싣자, 명세의 얼굴이 경련을 일으키듯 부르르 떨렸다.

"아!"

"억측이 난무하지 않도록 내일 제가 아는 기자와 인터뷰를 할 생각입니다. 그래도 되겠습니까?"

"그렇게 하게. 어차피 이렇게 된 일 서로 좋게 끝내세."

"감사합니다."

공손하게 자리에서 일어나 허리를 숙이며 감사를 전한 태준이 수빈을 바라보며 입을 열었다.

"잠시 나랑 얘기 좀 할까?"

"어, 하지만……."

남으라는 듯 노려보는 부친 때문에 잠시 머뭇거린 수빈이 마른침을 꿀꺽 삼키며 고개를 끄덕였다.

"아버지, 잠시만 나갔다가 올게요."

"더 이상 이곳에 있을 이유가 없다. 파혼 얘기는 네가 직접 하고."

"네에."

"쓸데없이 나돌아 다니지 말고."

"네."

"흐흠!"

못마땅해서 죽겠단 표정으로 수빈을 쓱 쳐다본 명세가 먼저 룸을 나가 버리자, 그제야 안도의 한숨을 조용히 내쉰 수빈이 두 손을 맞잡으며 배시시 웃었다.

"고마워, 오빠."

"그렇게 무섭니?"

"오금이 저릴 정도로 무서워."

"하긴 나도 좀 무섭긴 하더라."

"오빠 아버지의 단면만 봐서 그 무서움을 잘 모를 거야. 정말 몸서리쳐질 정도로 무서운 사람이야, 우리 아버지."

수빈의 그 말에 일 년 전 지란의 절규가 떠올랐다. 빠져나가기 위해서 아무리 발버둥쳐도 벗어날 수 없는 족쇄라고 외치던 그녀의 목소리가 아직도 생생하게 뇌리에 남아 있는 그였다.

"난 잘 모르겠다."

쓸쓸하게 웃으며 말하는 태준에게 환한 미소를 지어 보인 수빈이 고개를 저으며 말했다.

"오빠 절대로 물들지 마. 그리고 그 언니…… 꽤 유명하던 데……."

조심스럽게 입을 여는 수빈의 이마를 콩 때린 태준이 타박하듯 속삭였다.

"내 걱정 하지 말고 너나 잘해."

"헤헤헤, 그러게 말이야. 그래도 나 잘 할 수 있을 것 같아."

"내가 볼 때는 가시밭길 같은데?"

"감정을 죽이며 평생 사는 것보단 가시밭길을 걷는다 해도 그 사람과 함께라면 난 좋아. 이겨 낼 수 있을 것 같아."

앞으로 가야 할 길이 얼마나 힘들지 수빈 스스로가 가장 잘 알 터였다. 그럼에도 사랑하는 사람과 함께한다는 기대감으로 두 눈을 빛내는 수빈이 부럽기도 한 태준이었다.

"행복해라, 이수빈."

"오빠도."

귀여운 여동생으로 다가온 그녀였고, 일 년 전에는 금방이라도 죽을 것 같은 얼굴로 매달리던 그녀였다. 제발 자신을 좀 살려 달라는 그녀의 애원에 태준은 수빈에게 손을 내밀고 말았다. 지란을 잃었다는 절망감과 지란과 똑같은 눈빛을 한 채 우는 수빈을 모른 척할 수가 없었다. 그런 그녀가 희망을 품고 두 눈을 빛내는 모습을 보고 있자니 절로 가슴이 벅차올랐다.

아무 생각 없이 들어온 바는 아니었다. 수십 번 생각한 끝에 그와 얘기를 해야 할 것 같아 바를 다시 찾은 태준은 부산스러운 실내에 고개를 갸웃거리고 말았다.

"저기요."

안으로 들어간 태준이 인테리어를 다시 하는지 분주하게 움직이는 한 사람을 붙잡자, 그가 정중하게 인사를 하며 말했다.

"죄송하지만 지금은 내부공사 중이라 영업을 하지 않습니다."

"밖에 걸려 있는 팻말은 봤습니다."

"허면 무슨 일로?"

"여기 사장님인 숀 미첼 씨를 만나러 왔는데요."

"사장님을요?"

"네. 계십니까?"

"누구라고 전할까요?"

"서태준이라고 전해 주십시오."

"아, 네. 지금 위층에 계셔서요. 바로 연락해 보겠습니다."

정중한 몸짓이 예사롭지 않은 그를 관찰하며 바 앞에 있는 스툴에 앉았다.

짧은 통화를 끝낸 그가 안에 있는 직원을 부르며 뭐라고 속삭이자, 그가 흔쾌히 고개를 끄덕이더니 태준 앞으로 다가왔다. 일정한 간격과 크기 별로 진열해 놓은 병들을 하나둘씩 꺼내 내용물을 세이커 안에 넣은 그가 몇 분도 채 되지 않은 시간 동안 능숙하게 칵테일을 만들고, 잔에 모양을 한껏 내어 태준 앞에 내려놓으며 말했다.

"사장님께서 이십 분 정도 걸리신다고 하네요. 기다리는 동안 칵테일 한 잔 하세요."

"고맙습니다."

"그럼 저희들은 정리할 것이 있어서요. 필요한 것이 있으면 언제든지 부르세요."

"네."

지난번에 왔을 때는 미처 자세히 보지 못한 실내를 꼼꼼하게 관찰하며 무료한 시간을 보내던 태준은 채 이십 분이 지나지 않았는데 자신에게 다가오는 손을 볼 수 있었다.

"닥터 서, 저를 찾으셨다고요?"

"잠시 얘기 좀 했으면 해서요. 그런데 실내를 다시 공사하시나 봅니다."

"아닙니다."

"그럼?"

괜한 호기심에 물었는데…… 생각지도 않은 손의 매서운 눈빛이 날아오자, 태준은 미안함에 머리를 긁적거리며 사과했다.

"아, 제가 너무 사적인 질문을 했군요."

"잠시 신경이 곤두섰을 뿐이에요. 앉아요."

"네."

"제게 하실 말씀이라는 게 뭐지요?"

"지란이를 보러 오는 것 같지 않아서요."

"일이 생기는 바람에 정신이 없었습니다."

"그렇군요."

"그것 때문에 절 찾아오신 것 같지 않은데요?"

날카로운 손의 눈빛을 고스란히 받아들인 태준이 작은 한숨과 함께 지란과의 관계를 그에게 설명했다.

"그래서 결혼하는 건가요?"

"지란이가 허락한 이상 빠른 시일 안에 결혼할 생각입니다."

"그 말을 하기 위해서 온 건가요?"

"네."

당당한 눈빛으로 손을 바라본 태준이 고개를 끄덕이자, 손이 피식 웃으며 목덜미를 매만졌다.

"경쟁자를 완전히 밟아 버리겠다?"

"그런 마음으로 온 건 아닙니다."

"마음은 어떠한지 모르겠지만, 내 귀에는 그렇게 들리는데요."

"미첼 씨에게 말하는 것이 예의일 것 같아서 왔습니다."

"그냥 솔직하게 짜증나서 밟아 주러 왔다고 하세요."

손의 비아냥거림에도 태준은 그저 희미하게 웃을 뿐 다른 변명은 하지 않았다.

"오늘은 독한 술이 필요하겠군."

"미안합니다."

정중한 태준의 모습에 더 화가 나는지 숀의 얼굴이 붉게 물들었다.

"그런 말이 더 짜증나는 법이지요. 알고 있지 않나요? 진, 여기 술."

"또 마시게요?"

"달라면 빨리 줘."

쏘아대는 숀의 모습이 낯설지 않은지 안에서 얼굴만 삐죽 내민 그가 반만 채워진 술병을 들고 와 소리 나게 테이블에 내려놓고는 툴툴거렸다.

"또 이상한 술주정하면 죽을 줄 알아요."

새치름한 그의 외침에 숀이 한쪽 입가를 샐룩거리며 쏘아댔다.

"웃기고 있네. 이게 어디 사장한테 대들고."

"사장이면 사장답게 체통을 지켜요."

"흥이다!"

두 사람의 아웅다웅하는 모습을 조용히 지켜보고 있던 태준은 그의 잔에 술을 따라 주며 진심을 담아 말했다.

"정말 미첼 씨를 약 올리기 위해서 찾아온 건 아닙니다. 정말입니다."

태준의 진지한 말에 숀이 피식 웃으며 고개를 흔들었다.

당신을 사랑합니다

"이런 남자가 뭐가 좋다고……. 됐으니 술이나 한 잔 받아요."

"전 됐습니다."

"이젠 제 술도 받기 싫습니까?"

또 날을 세우는 그 때문에 당황한 표정으로 태준이 얼른 변명했다.

"밤에 수술 스케줄이 잡혀 있어서 술을 마시면 안 됩니다."

"왜요?"

"한 잔이라도 그 여파로 손끝이 떨릴 수도 있거든요. 그래서 자제하고 있습니다."

"참 인생 팍팍하게 사시네."

그러면서 잔에 담긴 술을 한번에 쭉 들이킨 숀이 부서지도록 테이블 위에 내려놓으며 퉁명스럽게 말했다.

"이미 내 마음을 거절한 지란이에요. 그러니까 이렇게 와서 내 염장 지르지 않아도 됐는데…… 젠장, 또다시 아프네."

거절했다는 숀의 말에 순간 입가에 미소가 걸린 태준은 얼른 그 미소를 지우기 위해서 아랫입술에 힘을 주었지만, 이미 봤는지 숀이 한쪽 뺨을 샐룩거렸다.

"좋겠수!"

"사실 많이 좋습니다."

솔직한 태준의 말에 숀의 눈동자가 짜증으로 더 푸르게 변했다.

"염장 지르러 왔네."

"그런 건 아닌데……."

"됐어요! 나도 이제 떠날 준비를 다 마쳤으니까. 이번 주 토요일 날 갑니다."

"토요일이요?"

"네. 계속 마미가 들어오라고 성화를 부리고…… 무엇보다 당신의 그 눈빛을 이길 자신이 없겠더라고요. 어제도 봤었는데…… 잘 어울리더라고요."

쓸쓸하게 웃으며 말하는 숀을 놀란 눈으로 쳐다본 태준이 헛기침을 연발하며 목을 축였다.

"가게에 있다가 지란 보고 싶어서 새벽에 갔었는데…… 괜히 가서 못 볼 걸 봤지 뭡니까. 에이씨!"

못 볼 걸 봤다는 그의 말에 두 사람이 소파에 앉아 있는 모습을 그가 본 것 같아 미안한 마음이 들고 말았다.

"그래서 그냥 돌아왔어요. 확 가서 깽판을 쳤어야 했는데…… 난 너무 소심한 것 같아!"

처음 봤을 때와는 달리 활발한 성격의 소유자인 것 같아 태준은 더 이상 걱정하지 않기로 했다. 물 한 잔을 다 비운 태준이 스툴에서 내려서자, 숀이 짜증스레 쳐다보며 입을 삐죽거렸다.

"더 있다가 가요?"

"들어가 봐야 해서요."

"참 가지가지 하네."

"미안합니다, 미첼 씨!"

"사과하는 것 자체가 더 짜증나니까 그만 해요."

"지란 때문에 만나서 처음에 서로 날을 세웠지만, 다른 곳에서 만났더라면 좋은 친구가 될 수도 있었을 것 같습니다."

자리에 서서 손을 척 내밀고 있는 태준을 쓱 쳐다본 슌이 피식 웃으며 그의 손을 맞잡았다.

"그 진지한 얼굴만 어떻게 하면 친구로 지낼 수 있을 것 같군요."

"다음에 만나면 이 진지한 얼굴을 어떻게 좀 해 보겠습니다."

태준의 농담에 슌이 어이가 없는 눈길로 쳐다보더니 가슴까지 들썩거리며 하하 웃었다.

"지란을 행복하게 해 주세요, 닥터 서!"

"죽을힘을 다해서 그렇게 하겠습니다."

"지란에게는 제가 토요일 날 떠난다는 말 하지 말아 주시고요. 도착하면 직접 전화해서 설명하고 싶으니까요."

"그러죠."

"가끔 전화 통화한다고 질투하지 마시고요."

"질투하지 않도록 노력해 보겠습니다."

시원시원한 태준의 대답에 슌이 화사하게 웃으며 힘차게 잡은 손을 흔들었다.

"좋은 추억 가지고 갑니다."

"조심해서 가세요."

맞잡은 손을 놓고 몸을 돌려 바를 나오는 태준의 발걸음은 한없이 가벼웠다. 잠시 그 때문에 마음을 졸였지만, 의외로 산뜻하게 감정을 접어 주는 그가 고마웠고, 그의 프러포즈를 거절한 지란이 너무 사랑스럽게 느껴져 한걸음에 병원으로 달려가고 싶었다.

당신을
사랑
합니다

7장

빛 좋은 개살구라

"바람이라도 좀 쐴래?"

"갑자기 웬 바람?"

"답답할 것 같아서."

"근데 너 얼굴빛이 안 좋아 보이는데. 어디 아파?"

걱정스럽게 물어 보는 지란이 귀여워 태준의 입가에 나른한 미소가 퍼져 나갔다.

"좀 아파."

"어디가?"

"여기가?"

오른 손가락으로 왼쪽 가슴을 콕콕 찌르며 아프다 말하는 태준 때문에 어이가 없는 표정을 지은 지란이 콧잔등을 찡그리며 그의 왼쪽 가슴을 손톱으로 폭폭 찔렀다.

"아파."

"아프라고 찌르는 거거든?"

"하지 마."

"계속 할 거거든?"

"풉!"

"왜?"

"지금 네가 십 대라고 착각하고 있는 건 아니겠지?"

농담 섞인 태준의 목소리에 지란이 입을 삐죽거리며 툴툴거렸다.

"몸은 삼십 대라도 마음은 아직 십 대거든?"

"풉!"

"야아."

눈을 흘기며 코맹맹이 소리를 내자, 태준이 가슴까지 들썩거리며 호탕하게 웃었다.

"하하하, 이제 좀 민지란답다."

"나다운 게 어떤 건데?"

"애교 많은 여자."

"쳇! 나 애교 없거든?"

"아주 많지. 예전에는 나한테 자기라고 곧잘 불러 주었는데…… 이제부터 그렇게 불러 줄래?"

"싫어."

"왜?"

당신을 사랑합니다

"이젠 나이 먹어서 그렇게 못 불러."

어두운 표정을 지으며 고개를 돌리는 지란의 턱을 잡아 자신을 보게 만든 태준이 한숨을 조용히 내쉬며 나직하게 속삭였다.

"나 때문이니?"

"아니."

"거짓말."

"맞아."

"미안해."

"왜 네가 사과하는데?"

"그냥."

"사과할 사람은 네가 아니라 나야. 언제나 너만은 내 곁에 있어 줄 거라 생각했었어. 그래서 오만했었는지도 모르고. 근데 네가 그렇게 떠나 버리자, 많이 당황스러웠고 허전했어."

솔직한 지란의 말에 태준의 눈빛이 가라앉았다.

"난 많이 아팠어."

"바로 약혼을 하기에 네 프러포즈가 거짓인 줄 알았어."

"사랑하는 사람이 있으면서도 그 사람과 함께할 수 없는 수빈이를 보니 왠지 널 보는 것 같더라. 그래서 그녀가 내민 손을 모른 척할 수가 없었어. 꼭 상처 가득한 네 눈과 똑같았거든."

씁쓸한 미소를 매단 채 말하는 태준을 가만히 바라본 지란이 힘없이 고개를 끄덕였다.

"응."

"그 애도 너와 사는 세상이 똑같잖아. 아무리 발버둥쳐도 아버지의 강압에서 벗어날 수 없는 상황. 그때는 널 완전히 이해하지 못했었는데…… 수빈이와 함께하면서 왜 네가 그렇게 절규했는지 조금은 알 수 있었어."

가슴 아파하는 태준 때문에 지란이 콧잔등을 찡그리며 투덜거렸다.

"알긴……."

"아주 조금."

엄지와 검지로 작은 원을 그리며 조금이라고 말하는 태준의 애교스러운 몸짓에 실웃음이 살짝 새어나왔다.

"피!"

"민지란."

"왜?"

"오늘밤 나랑 잘래?"

갑작스러운 요구에 놀란 지란이 눈을 동그랗게 뜨자, 태준이 눈썹을 꿈틀거리며 타박했다.

"웬 처음 같은 반응?"

"이게 정말……."

하하 웃으며 태준이 농담하자 지란이 발끈했다.

"싫어? 어차피 우리 결혼할 거면 속궁합도 알아봐야지. 어

당신을
사랑
합니다

때?"

"너…… 많이 느끼해졌다?"

"훗, 일 년 동안 풍파 속에서 허우적거렸더니 나도 많이 변했다."

"풍파라……. 그래도 너의 따뜻함은 변하지 않았어."

"그래?"

"응. 지금도 따뜻해."

태준의 오른손을 잡아 자신의 볼에 갖다 댄 지란이 눈을 스르륵 감으며 비볐다.

"으음, 따뜻해."

"따뜻하다 말해 주니 고맙네. 이리 와."

와락 지란을 품안으로 끌어당긴 태준이 의자 위로 무너지듯 앉자, 그의 무릎 위로 지란이 살포시 내려앉았다.

"꿈만 같다."

"그럼 깨지 마."

"싫어."

"왜?"

"깨어 있어야지 널 만질 수 있으니까."

태준의 그 말에 지란은 그의 목덜미에 얼굴을 묻어 버렸다. 언제나 가슴 한구석이 쓸쓸하기만 했었는데…… 어떤 일을 해도, 친구를 만나고 남자를 만나도 텅텅 빈 가슴은 채워지지 않았었는데…… 이렇게 태준의 품에 안겨 있자, 충만함이 가득 전신을 휘감았다.

"사랑한다, 민지란."

나도.

대꾸를 해야 하는데 좀체 입이 떨어지지 않았다. 그런 지란의 묵묵부답에도 태준은 그저 자신이 해야 할 말을 열심히 하고 있었다.

"영원히 널 잡을 수 없을 줄 알았는데…… 이렇게 품안에 안을 수 있다니, 너무 행복하다. 정말 행복해. 사랑해, 지란아!"

사랑한다 속삭이는 감미로운 그의 음성에 지란의 작은 어깨가 날갯짓하듯 떨리기 시작했다.

"울고 싶으면 소리 내서 울어. 이렇게 혼자 끙끙거리지 말고."

"우는 거 아니야."

"목소리가 이상한데?"

"그, 그냥 목이 안 좋아서 그래."

잔뜩 잠긴 목소리를 내면서도 울지 않는 척하는 지란이 귀여워 감싸고 있던 팔에 힘을 꽉 주었다.

"으윽, 아파."

"지란아."

"응."

"많이 먹어라."

"왜?"

"너무 말랐다."

"살찌는 거 싫어."

"그래도 난 가슴 큰 여자를 좋아하니까 많이 먹어서 살 좀 찌워. 알았지?"

"하여튼 느끼해졌다니까."

"그런 말 해도 좋으니까 조금 더 쪄. 알았지?"

이렇게 누군가가 구속해 주는 게 좋아 지란은 밉지 않게 눈을 흘기면서도 고개를 끄덕였다.

"알았어."

"약속했다?"

"으응."

"홋, 민지란 어린이는 말을 참 잘 들어요."

"이게 정말……."

벌떡 상체를 그에게서 떼어낸 지란이 한쪽 손을 들어 올렸지만, 태준의 손에 의해서 다시 내려지고 말았다.

"그리고……."

"그리고 뭐?"

"퇴원하면 나랑 함께 살자."

"뭐?"

"싫어?"

"그건 아니지만…… 나 귀국하고 계속 본가에서 지내고 있어."

의외의 말에 태준이 되물었다.

"본가?"

"응. 예전에 있던 오피스텔 관리를 안 해 줬더니 아주 말이 아니라서. 치우기도 귀찮고, 엄마도 외로워 보이시는 것 같아서 겸사겸사 들어갔지."

"아!"

지란의 그 말에 안도감이 훅 밀려온 태준은 입가로 번지는 미소를 감추지 않았다.

"왜 웃어?"

"그냥."

"그냥 같은 소리하고 있네. 다 큰 여자가 빌붙어 산다고 속으로 내 흉봤지?"

그 반대인데. 혼자 살지 않고 본가로 들어간 게 얼마나 고마운지. 이런 속내를 알면 지란이 또다시 자신을 구박할 것 같아 태준은 고개를 끄덕이며 농담을 던졌다.

"당연하지."

"쳇!"

"내 집으로 올래? 아니면 내가 네 집 깨끗하게 치워 주는 대신에 날 키워 주던가."

키워 주던가, 라는 그의 말에 순간 펫이 떠올라 지란이 배시시 웃고 말았다.

"펫 하려고?"

"뭐?"

"키워 달라며?"

"하여튼 민지란 머릿속은 정말 궁금하다."

"큭큭큭!"

지란이 큭큭 웃다가 콧대를 세우며 말했다.

"좋아. 너 하는 거 봐서 키워 주도록 하지."

"키워 주든 아니든 같이 사는 거다! 잘 할게."

"잘 못 하면 취소할 수도 있어."

태준은 입가에 미소를 매달며 대답했다.

"알았어. 그리고 지란아……."

숀이 말하지 말라는 부탁을 했지만, 태준의 양심상 그럴 수가 없어 어렵게 입을 열었다.

"왜?"

"숀 미첼 씨 말이야."

"숀이 왜?"

"이번 주 토요일 날 떠난다고 하더라."

"떠나?"

"응. 어제 잠시 갔었는데 바를 정리하고 있었어."

많이 놀라고 당황할 줄 알았는데…… 그의 예상과 달리 담담한 표정으로 고개만 끄덕이는 지란이었다.

"예상하고 있었구나?"

"응. 지난번에 그런 말을 했었거든."

"아!"

"어차피 숀은 한국에 오래 있을 수 없어. 마카라 회장님의 사고방식이 아주 개방적이라 아들이 하고 싶어 하는 일을 밀어 주고는 있지만, 어차피 시간이 지나면 그도 미첼 가의 한 일원으로 들어가야 할 거야. 그게 운명이고."

서운해하는 표정이 살짝 스치고 지나갔지만, 그 외의 감정들은 보이지 않아 태준은 속으로 안도의 한숨을 조용히 내쉬었다. 그런 태준을 올려다본 지란이 히죽 웃으며 물었다.

"긴장했어?"

"많이."

"왜?"

"혹시나 네가 그를 따라간다고 할까 봐."

솔직한 태준의 말에 피식 웃은 지란이 고개를 저으며 단호하게 말했다.

"따라갈 생각이었으면 진작 갔겠지. 쓸데없는 걱정은 하지 마. 그리고 나…… 너랑 결혼한다고 말한 사람이야. 아무리 자신이 없어도 내가 한 말은 번복하지 않아. 그럼 안 되는 거고. 그러니까 그런 두려움 갖지 말았으면 좋겠어, 태준아."

당찬 지란의 말에 가슴속이 훈훈해진 태준이 그녀의 입술에 기습 키스를 하고는 흐뭇하게 웃었다.

"고맙다."

"하여튼."

믿지 않게 눈을 흘긴 그가 싱글벙글 웃으며 지란의 옆에 앉으려고 움직일 때였다. 주머니에서 삑삑거리며 울리는 벨 소리에 태준이 미간을 찡그리며 툴툴거렸다.

"가야겠다."

"월급 많이 받는 의사가 농땡이 때리면 안 되지. 어서 가봐."

"응. 밤에 잠깐 시간 보고 놀러 올게."

"알았어."

"쪽!"

짧은 키스와 함께 오른손을 흔들며 병실을 나가는 그를 멍하니 바라보던 지란은 자신의 입술을 손가락으로 훑으며 흐뭇하게 웃고 말았다.

항상 불안감을 가슴에 품고 살아온 그녀였다. 삼십사 년 동안 한 번도 마음 편하게 무언가를 해 본 적이 없던 그녀였기에 태준과 함께한 한 달 간의 병원 생활이 더없이 즐거웠다. 아무생각 안 하고 그와 소소한 얘기를 나누고, 가끔 외출증을 끊어서 영화도 보러 가고. 그럴 때면 어찌나 신경을 곤두세우며 보호하려 드는지. 그 생각을 하자, 절로 입가에 미소가 걸리고말았다.

"푼수가 다 되어 버렸어."

혼자 실없이 웃고, 가끔 거울 쳐다보며 자신의 얼굴이 어느 정도 나았는지 확인하고. 조금씩 예전의 예쁜 자신의 얼굴로 돌아오는 걸 확인하고 나서야 나사 빠진 여자처럼 입이 찢어져라 웃고.

바보 같다 놀려도 이젠 이 설레는 마음을 컨트롤할 수가 없게 되어 버렸다.

따뜻한 햇살을 쐬며 창문에 이마를 붙이고 있던 지란은 문 여는 소리에 감고 있던 눈꺼풀을 들어 올리며 몸을 돌렸다.

"엄마!"

"많이 기다렸지?"

"아니요."

방긋 웃으며 조심스레 다가온 애란의 손을 꼭 잡으며 따뜻하게 속삭였다. 그런 딸아이의 포근함에 애란의 입술이 파르르 떨리고 말았다.

"지란아."

무슨 걱정이 있는지 불안한 듯 눈동자를 이리저리 굴리는 엄마의 모습에 지란의 미간이 좁혀졌다.

"왜 그러세요?"

"회, 회장님께서……."

"왜요?"

회장님이라는 소리에 잔뜩 날을 세운 지란이 소리를 조금 높였다.

"혼담을 끝냈다."

혼담을 끝냈다는 애란의 말에 지란이 얼굴을 구기며 침대에 털썩 주저앉았다.

"설아는요?"

"담담해."

"엄만?"

아무도 자신의 생각은 묻지도 않았고, 알려고도 하지 않았는데…… 예상치 않은 지란의 질문에 애란이 어깨를 움찔거릴 뿐 대답하지 못했다.

"엄마는?"

"지란아……."

"엄마가 알고 있는 거 설아도 알아요?"

"아니."

"엄마!"

"나…… 이젠 떠날 때가 된 것 같다."

고개를 푹 숙인 채 속삭이는 애란의 가슴 아픈 말에 지란의 눈시울이 확 붉어지고 말았다.

"엄마가 떠난다고 일이 해결되진 않아요. 오히려 악화될 뿐이지."

"하지만 설아까지 저렇게 만들고 싶지 않아."

"평범한 삶을 살길 바랐다면 처음부터 이런 삶을 선택하지 말았어야죠."

날카로운 지란의 지적에 애란이 몸을 살짝 떨며 고개를 폭 숙였다.

"그랬어야 했는데……."

"휴우!"

앞으로 흘러내린 머리카락을 뒤로 넘긴 지란이 침대에서 일어나며 또다시 한숨을 폭 내쉬었다.

"고집이 세서 한번 하겠다 마음먹으면 밀고 나갈 거예요."

"그러니 다른 방법……."

"없어요."

딱 잘라 없다 말하는 지란을 쳐다보던 애란이 절망적인 표정을 지으며 눈물을 보이자, 지란의 이마에 주름이 가득 잡혔다.

"엄마!"

"미안하구나, 난……."

"강해져요. 어떤 일이 있어도 죄인처럼 고개 숙이지 말고, 당당해져요. 이제 그럴 자격 있잖아요."

"그럴 수가 없어. 난 그럴 수가 없어."

굵은 눈물을 떨어뜨리며 그럴 수 없다고 말하는 엄마의 불쌍한 몸짓에 지란의 눈가가 파르르 떨리고 말았다.

"대성과 사돈이 된다면 엄마는 지금부터 더 강해지고 당당해져야 해요. 자신을 위해서가 아니라 설아를 위해서라도 그래야 해요. 그게 이 세계에서 살아남는 방법이니까."

"지란아……."

"제 힘으로는 설아를 막을 수도, 회장님의 뜻을 꺾을 수도 없어요. 어떤 형태로든 회장님은 이번 기회를 놓치지 않을 거예요. 엄마가 회장님 곁을 떠난다고 해도 말이죠. 그러니 떠난다는 쓸데없는 소리를 하는 그 시간에 설아에게 도움이 되는 방법을 모색하는 게 좋아요. 대성과의 결합으로 설아는 또다시 세컨드의 딸이라는 말을 들을 거니까요. 그 속에서 그 애가 버틸 수 있도록 엄마가 당당해져야 해요. 절대로 지금처럼 울지도 말고, 고개를 숙이지도 말고요."

현실적으로 말하는 지란을 빤히 쳐다보고 있던 애란이 볼로 흘러내리는 눈물을 닦으며 아랫입술을 꾹 깨물었다.

"엄마의 고개가 밑으로 내려갈수록 설아의 상처는 더 커져간다는 것만 명심하세요. 그럼 돼요."

가슴이 아파서 숨조차 제대로 못 쉬어 헐떡거렸지만, 지란은 해야 할 말을 끝맺었다. 더 이상 엄마가 아플까 봐 눈치 볼 시간이 없었다. 설아가 마음을 먹었다면 동생의 앞길이 조금이나마 덜 힘들게 옆에서 도와줘야 했다.

"너한테 이런 모습 보여서…… 미안하다."

"괜찮아요. 저에게는 이런 모습 수백 번 수천 번 보여도 돼요. 하지만 설아 앞에서는 그러지 마요, 엄마."

"그래야겠지."

"엄마."

"으음?"

"만약 내가 설이였어도 그렇게 했을지 몰라요. 자신을 위해서라도 이번 조건을 받아들였을 거예요. 그러니 엄마 때문이라는 자책감은 버려요."

"그게 쉽지가 않아."

"노력하면 돼요, 엄마."

지란의 누그러진 목소리에 애란이 떨리는 미소를 입가에 지으며 고개를 끄덕였다.

"아픈 너한테 이런 소리를 해서 미안하다, 지란아."

"그런 말도 하지 마세요. 엄마는 충분히 나한테 그럴 자격이 있는 사람이니까요."

"고마워."

"엄마가 그동안 희생한 걸 돌려받는다 생각하시면 돼요. 그럼 돼요."

살포시 감싸 안으며 등을 토닥거려 주는 지란이 있었기에 지금까지 애란은 버틸 수 있었던 것 같았다. 이 아이의 이런 따뜻함이 없었다면 애란은 일 년도 버티지 못하고 그곳을 나갔을 것이다.

"다리는 괜찮아?"

이제 물어서 미안하다는 표정으로 깨끗한 붕대로 바꾼 다리를 쳐다보는 엄마 때문에 지란이 경쾌하게 웃으며 가벼운 어투로 대답했다.

"그럼, 엄마. 이젠 통통거리며 달린다니까요. 호호호!"

"다행이다."

"제가 또 건강 체질이라 빨리 낫잖아요. 다음달에 와서 뼈가 잘 붙었는지만 확인하면 된대요."

"그래?"

"네."

"빨리 회복돼서 기쁘다. 집으로 들어올 거지?"

조심스럽게 묻는 엄마와 시선을 맞춘 지란이 살짝 얼굴을 붉히며 고개를 저었다.

"그럼 오피스텔로?"

"네."

"진작 말했으면 내가 치워 놓았을 텐데……."

"다른 사람이 치워 놓는다고 해서 엄마한테 말하지 않았어요."

"그래?"

"네."

"그럼 집으로 데려다 줄 테니까 나갈까?"

"네, 엄마."

집이 지저분하다고 어제 저녁 늦게 들어온 그의 투덜거림을 한참 듣고 있어야 했던 그녀였다. 깔끔하게 치워 놓았고, 자기 물건도 몇 개 갖다 놓아두었다면서 으쓱해하는 모습이라니. 어찌나 그 모습이 웃기던지 지란은 입술을 지그시 깨물어야 했다. 빙그레 웃는 딸아이의 색다른 모습에 놀란 애란이 가방을 들어 올리며 지란을 쳐다보았다.

"무슨 좋은 일 있니?"

"아니요."

"근데 요 근래 표정이 밝아 보인다."

"제가요?"

"응."

"한동안 회사를 쉬어서 그런가 보죠 뭐."

미안함에 태준과 좋은 관계를 맺고 있다는 말을 차마 못 하고 지란은 침대에서 조심스럽게 내려와 섰다.

"좋아 보이니 무조건 좋다."

가방을 집어 든 애란이 앞장서 문고리를 잡아 돌릴 때였다. 밖에서도 문을 열었는지 애란 쪽으로 문이 벌컥 열리자, 놀란 애란이 뒤로 물러섰다.

"어머!"

"아, 죄송합니다."

들어오던 태준이 문 앞에 있는 애란을 향해 서둘러 고개를 숙이며 사과했다.

"괜찮으세요?"

"아, 네."

한발 물러선 애란이 훤칠한 태준을 눈으로 훑으며 옆에 서 있는 지란에게 물었다.

"자리 비켜 줄까?"

"괜찮아요, 엄마."

"퇴원 수속 끝났다는 소리 듣고 올라왔어."

"아, 지금 나가는 참이야."

"몸은 좀 어때?"

"좋아."

전에 봤을 때와는 사뭇 다른 분위기에 애란은 두 사람을 번갈아 보았다.

"상담은 계속 받아야 하는 거 알지?"

한 달 전 그와 사귀면서 가장 먼저 한 일이 바로 정신과 상담이었고, 의사의 조언대로 지란은 입원해 있는 기간 동안 이틀에 두 시간씩 의사와 얘기도 나누고 필요한 심리적 치료도 받았었다. 그걸 잘 알고 있는 태준이었기에 신신당부하고 있는 것이었다.

"알아."

"예약 날짜에 꼬박꼬박 나오고."

"아니까 잔소리 좀 그만해."

어차피 그가 간섭할 거면서 왜 저리 신신당부를 하는지 몰라 지란이 투덜거렸다.

"다른 건 내가 알아서 치료해 주고 감시하면 되니까 걱정이 없지만, 다리는 진짜로 조심해야 해. 알았지?"

은근한 그의 말에 지란은 달아오른 얼굴을 찡그리며 입을 삐죽거렸다.

"그놈의 잔소리는."

"훗, 앙탈은."

생긋 웃던 그가 애란이 있는데도 스스럼없이 다가와 지란의 한쪽 볼을 쭉 잡아당기자, 지란만큼이나 놀랐는지 애란이 눈을 휘둥그레 떴다.

"두 사람 분위기가……."

"저희들 사귀기로 했습니다, 어머님!"

넉살좋게 웃으며 사귀기로 했다는 태준의 말에 애란이 믿을 수 없는 눈길로 지란을 쳐다보며 물었다.

"정말이니?"

"그……."

"솔직하게 말해."

눈을 확 부라리며 위협하는 태준 때문에 지란은 빼지도 못한 채 대답하고 말았다.

"그렇게 됐어요, 엄마."

"잘됐구나."

활짝 웃으며 잘됐다 말하는 엄마 때문에 지란은 미안함에 고개를 푹 숙이고 말았다.

"엄마……."

"정말 잘됐다. 다른 건 신경 쓰지 말고 네 행복만 생각하면 돼. 알았지?"

"엄마……."

아프면서…… 자기가 낳은 딸도 아닌 자신을 얼마나 아끼고 사랑해 주었는지 잘 알기에 지란은 어금니를 꽉 깨물고 말았다.

"그런 표정 짓지 마."

"행복해질 자격이 없잖아요."

"지란아……."

"아직은 없어요, 엄마."

"아니야. 넌 행복해질 자격이 충분해."

"아직은 아니에요."

고개를 저으며 아직 아니라고 말하는 지란 때문에 애란은 가슴이 아파 눈시울을 붉히고 말았다.

"우리 딸 한번만 안아 보자."

처음 만났을 때처럼 지란을 힘껏 껴안은 애란은 환하게 웃으며 말했다.

"어느새 이렇게 커 버렸어. 처음 만났을 때는 내 허리께밖에 오지 않았는데…… 우리 지란이 많이 커 버렸네."

"미안해요, 엄마……."

미안함에 고개를 들지 못하는 지란의 뺨을 감싼 애란이 빙그레 웃으며 따뜻하게 속삭였다.

"그러지 마."

친딸인 설아보다 더 살가운 지란이었다. 자신이 어떤 상태로 들어왔는지 잘 알면서도 처음부터 그녀를 포근하게 감싸 주고 안아 준 아이였다. 엄마라고, 처음 보자마자 엄마라고 부르는 지란 때문에 애란은 얼마나 많이 울었는지 모른다. 배척할 줄 알았는데…… 당신 같은 여자 필요 없다, 그리 외칠 줄 알았는데…… 자신의 예상과는 반대로 포근하게 안아 주는 지란 때문에 애란이 지금까지 버틸 수 있었는지도 모른다. 쌀쌀맞은 설아에게 서러운 마음이 들 때마다 하소연할 수 있는 지란이 있었기에 그 세월을 버텼는지도.

슬프면서도 애써 웃는 엄마 때문에 지란의 눈 꼬리에 굵은 눈물이 가득 맺히고 말았다.

"미안해."

훌쩍 커 버린 지란을 꼭 안은 애란이 꽉 잠긴 목청을 가다듬으며 말했다.

"우리 지란이 그동안 많이 아팠잖아. 난 우리 지란이가 밝게 살았으면 좋겠어. 엄마 마음 알지?"

"알아요."

"그럼 그걸로 됐어."

"죄송해요."

"너도 그런 말 나한테 하지 마. 엄마 섭섭해 할 거다."

살짝 눈을 흘기며 말하는 애란 때문에 지란이 눈 꼬리를 접으며 웃었다.

"엄마도 참."

당신을 사랑합니다

지란은 눈물을 닦으며 기다리고 있는 태준을 돌아보았다.

"태준아, 나 엄마랑 같이 갈 건데. 너도 지금 근무 중이고."

"혹시나 싶어서 나 오후는 캔슬 시켰는데. 같이 가도 돼?"

조심스러운 태준의 물음에 애란이 방긋 웃으며 들고 있던 가방을 그에게 내밀었다.

"아, 그럼 태준 군이랑 같이 가면 되겠다. 그렇게 할래?"

"엄마랑 오랜만에 점심도 먹을 생각이었는데…… 그럼 셋이서 점심 먹어요."

"둘이 오붓하게 먹어. 난 회장님 좀 뵙고 집에 들어가련다."

"이 시간에요?"

"그래."

"엄마!"

불같은 민 회장의 성미를 잘 아는 지란이었기에 걱정스럽게 쳐다보자, 애란이 고개를 저으며 가볍게 말했다.

"이젠 어느 정도 익숙해져서 괜찮아."

"무슨 말을 하려고요?"

"가슴에 담아 두었던 말."

"엄마!"

"너무 걱정하지 마. 나도 더 이상 예전의 내가 아니란다."

"엄마가 그런다고 해서 철회할 회장님이 아니세요."

"알아. 하지만 돌부처처럼 가만히 앉아 있을 수는 없잖아."

"휴우, 그럼 같이 가요."

"아니. 이번에는 나 혼자 가고 싶어. 그렇게 하자, 지란아."

매번 지란이 방패막이가 되어 주었었다. 하지만 더 이상 딸아이에게 미루고 싶지 않은 애란이었다. 아니, 딸아이들에게 엄마로써 처음이자 마지막으로 방패막이가 돼 주고 싶었다.

"그럼 태준 군과 점심 맛있게 먹어."

"맛있게 먹을 수 없어요."

"나중에 전화할게."

"엄마!"

"강해지라며? 강해지기 위해서는 회장님의 벽을 넘어야 하잖아."

애처로운 엄마의 몸부림에 마음이 아파 지란이 깊은 한숨을 푹 내쉬고 말았다.

"지란아, 나도 내 딸을 위해서 무언가를 해 주고 싶어. 그러니까 이번만 눈감아 줘."

내 딸을 위해서 무언가를 해 주고 싶다는 엄마의 말에 지란이 왈칵 눈물을 쏟아내고 말았다. 하염없이 눈물을 흘리는 지란에게 더 이상 다가서지 않은 채 애란이 태준에게 미안한 표정을 지으며 말했다.

"태준 군, 미안해요."

"아닙니다, 어머님."

"그럼 우리 지란이 태준 군에게 맡길게요."

"네, 어머님."

"나중에 전화하마."

"엄마!"

"전화하마."

전화하겠단 말만 남긴 채 병실을 나가 버리는 엄마를 뒤쫓기 위해서 몸을 비틀던 지란은 태준의 만류에 양 미간을 찡그리며 외쳤다.

"왜?"

"저 눈빛이 안 보여?"

"보여서 이러는 거잖아."

"그렇다고 평생 새장 안에서 사실 순 없잖아."

"서태준!"

"가슴이 멍들고, 온몸이 찢기는 고통이 따른다 할지라도 새장에서 나오셔야지."

"네가 뭘 안……."

이 아픔을 네가 어떻게 아냐고 소리치려던 지란은 얼른 입을 다물며 고개를 휙 돌려 버렸다.

"지란아."

"힘이 없다는 게 고통스러워. 대항하지 못하고 이렇게 빌빌거리는 내 자신이 저주스러워. 정말 미치도록 고통스럽다고!"

목에 핏대를 세워 가며 소리를 지르는 지란의 위태로운 몸짓에 태준이 냉큼 품안에 가둬 두 팔로 그녀가 움직이지 못하도록 꽁꽁 감쌌다.

"쉿! 진정해."

"어렸을 때는 매일같이 꿈꿨어. 평범한 집에 태어나서 호호,
하하거리며 웃는 부모님 밑에서 자라는 꿈. 학교 갔다 오면 활
짝 웃으며 날 맞아 주는 엄마가 있는 집에서 사는 꿈. 매일같
이 그런 꿈을 꿨어. 제발 내일 아침 눈을 뜨며 이 집이 아닌
행복한 집 침대에서 깨어나길 빌고 또 빌었지만, 한 번도 내
소원은 이루어지지 않았어. 그런 내게 새엄마는 정말 희망이었
어. 그토록 꿈꿔 온 소원을 이루어 준 사람이었어. 정말 학교
갔다가 오면 반갑게 날 맞아 주었고, 과자도 직접 만들어 주었
으니까. 답답해서 죽을 것 같은 나에게 숨 쉴 수 있는 공간을
만들어 주신 분이셨으니까. 그래서 뭐든지 해 주고 싶었지
만…… 차마 결혼은 못하겠더라. 회장님과 맞서 싸워 줄 수는
있었지만, 결혼은 정말……. 또다시 그 암흑 속으로 빨려 들어
가는 것 같아서 가슴이 터질 것 같았어. 머리가 돌아 버릴 것
같았어. 정말……."

절규하는 지란을 꼭 안은 태준은 그녀의 아픔이 고스란히
가슴속으로 스며들어 오자, 두 눈이 뜨겁게 타오르고 말았다.

"내가 지켜 줄게. 어떤 일이 있어도 내가 널 지켜 줄게."

"무진을 위해서라면 친딸도 팔아 버릴 위인이야. 그런 분을
네가 꺾을 수 있을까? 의사 사위는 필요 없다, 딱 자르는 그분
을 네가 이길 수 있을까? 그토록 고집 센 설아까지도 무너진
이 마당에? 얼마나 너에게 상처를 줄까. 얼마나 널 미치게 만

들까……."

온몸을 사시나무 떨듯 떨며 오열하는 지란을 안은 채 태준은 침대에 걸터앉으며 부드럽게 속삭였다.

"괜찮아. 너만 내 곁을 떠나지 않으면 나 어떤 시련도 감당해 낼 수 있어. 그러니까 그런 걱정하지 말고 나만 따라와. 가시밭길이 나오면 널 안아서 건널게. 회장님께서 무조건 반대하시면 무슨 짓이라도 해서 그 마음 돌려놓을게. 상처? 주면 열심히 두 귀 막고, 두 눈 가릴게. 어떤 말을 해도, 어떤 일을 하셔도 견뎌 낼게. 그러니까 울지 마. 세상 그 어떤 일보다 난 네가 울면 무너져. 네가 스스로를 컨트롤하지 못하면 무서워. 또다시 훌쩍 내 곁을 떠날까 봐 겁나. 그러니까 무너지지 마. 날 위해서 제발 무너지지 말아 줘. 부탁해, 지란아."

가슴속으로 스며들어 오는 그의 따뜻함에 광기로 번들거리던 지란의 눈빛이 조금씩 수그러들었다.

"태준아."

"날 위해서 스스로를 아껴 줘. 날 위해서……."

조금씩 자신에게로 몸을 기대는 지란을 꼭 안은 태준이 그녀의 목덜미에 얼굴을 묻으며 붉어진 눈시울을 숨겼다.

'불쌍한 내 여자.'

언제나 그랬다. 지란을 방패삼아, 설아를 무기삼아 그렇게 살아온 그녀였다. 혹여라도 또다시 버림받을까 봐 두렵고 겁나서 나서지 않고 인내하며 살아왔다. 그렇게 민 회장의 곁을 지켜 온 지 벌써 삼십 년이 되어 가고 있었다. 그 삼십 년 세월 속에서도 애란은 단 한 번도 회사에 찾아온 적이 없었다. 무엇을 갖다 달라 하면 보내온 김 기사에게 물건을 전달해 줬을 뿐, 제 발로 이 큰 회사에 온 적이 없었기에 로비로 들어서는 애란의 몸이 떨리고 있었다. 깔끔하게 차려입고 서 있는 경비들을 눈으로 훑던 애란이 데스크로 성큼성큼 다가서자, 그들의 경계하는 눈빛이 애란의 얼굴로 쏟아졌다.

"어떻게 오셨습니까?"

옆에 서 있는 경비보다 조금 더 젊은 경비가 다가와 묻자, 애란이 우아하게 웃으며 말했다.

"민기태 회장님을 뵈러 왔습니다."

"회장님이요?"

놀란 경비가 눈을 동그랗게 뜨자, 데스크에 서 있던 아가씨가 허리를 조금 숙이며 물어 왔다.

"약속은 하셨습니까?"

"집사람입니다."

"넷, 넷?"

놀란 사람들의 외마디 비명에 로비를 지나던 사람들까지도 걸음을 멈춰 서서는 애란을 쳐다보았다. 여러 사람들의 시선이 불편해진 애란이 살포시 웃으며 목소리를 낮추고 물었다.

"여기서 계속 기다려야 하나요?"

"아, 아닙니다."

"그럼 회장님을 뵐 수 있나요?"

"아, 네. 이쪽으로······."

당황한 경비가 벌게진 얼굴로 전용 엘리베이터가 있는 곳으로 애란을 안내했고, 데스크에 서 있던 아가씨도 분주하게 비서실로 연락을 취했다. 부산스럽게 움직이는 이들을 모른 척한 채 엘리베이터 안으로 들어간 애란은 친절하게 22층을 눌러 주며 나가는 경비에게 살짝 고개를 숙여 인사를 했다.

"휴우."

아무도 없는 곳이라 그제야 떨리는 한숨을 내쉰 애란은 빠르게 올라가는 숫자를 눈으로 좇으며 불안한 듯 두 손을 맞잡았다.

"잘할 수 있어."

스스로에게 그렇게 말한 애란은 쿵쿵 뛰는 심장을 살짝 누르며 벽에 등을 기댔다. 한참을 말없이 올라가는 숫자만 쳐다보고 있던 애란은 도착벨 소리에 숨을 크게 들이마시며 내렸다.

"오셨습니까, 사모님."

연락을 받아서일까. 비서실장인 이홍명이 허리를 굽히며 인사를 해 오자, 애란이 쑥스럽게 웃으며 말했다.

"이렇게 불쑥 찾아와서 죄송해요."

"무슨 그런 말씀을 하십니까. 회장님께서 기다리시니 안으로 드십시오."

"네."

제법 긴 복도를 조심스레 걷던 애란은 호기심 어린 눈빛으로 자신을 쳐다보는 비서들의 시선을 발견하고는 살짝 미간을 모았다가 폈다. 그런 애란의 동작에 놀란 비서들이 냉큼 고개를 숙였고, 육중한 문을 열어 주는 비서실장에게 가볍게 목례를 하고는 안으로 들어섰다.

"어쩐 일인가?"

그도 놀랐는지 평상시보다 한 톤 높은 목소리가 들려왔다.

"할 말이 있어서요."

"집에서 하면 되지, 무엇하러 이곳까지 와."

퉁명스러운 기태의 말에 애란의 결심이 조금 무너져 내렸다.

"앉지."

"아, 네."

자꾸만 떨리는 손을 감추기 위해서 얼른 자리에 앉은 애란은 두 손을 서로 맞잡았다.

"할 말이 뭔가?"

처음 오는 이 길이 얼마나 낯설지 잘 알면서도 따뜻한 말 한마디 해 주지 않는 무정한 그를 쓱 쳐다본 애란이 아랫입술을 자근자근 씹으며 쉬이 말을 하지 못했다. 그런 애란이 답답했는지 기태가 미간을 구기며 소리를 높였다.

"쓸데없는 소리 할 거면 가고. 아니면 어서 말해."

서러운 마음이 울컥 올라왔지만, 이곳에 온 목적을 달성하기 위해서 애란은 떨리는 한숨을 조용히 내쉬며 참고 참았던 말을 내뱉었다.

"설아는 안 돼요."

설아는 안 돼요, 라는 아내의 말에 기태의 얼굴이 보기에도 오금이 저릴 정도로 싸늘하게 굳어졌다.

"무슨 소리야?"

소리를 버럭 지르며 싸늘하게 노려보는 기태의 눈을 쳐다본 애란이 부르르 떨리는 입술에 힘을 주며 어렵게 말을 꺼냈다.

"이 정도면 충분하잖아요. 설아까지 희생해 가면서 무진을 더 키울 필요는 없잖아요. 제발요……."

애원하는 애란을 죽일 듯이 노려보던 기태가 험하게 얼굴을 찡그리며 목청을 높였다.

"나랑 산 세월이 얼마지?"

찬 서리가 내린 듯한 그의 목소리에 몸이 떨려 온 애란이 마른침을 꿀꺽 삼키며 나직하게 속삭였다.

"삼십 년이 채……."

"내 곁에 머문 세월이 길다고 해서 내가 당신을 내치지 않을 거라 자만하고 있나?"

"회……."

"그 입 다물어."

"전, 전……."

"난 내 마음에 들지 않으면 누구든지 내칠 거다. 그게 당신이든, 아니면 지란이든 상관없이 말이지. 그런데 뭐라고? 설아는 안 된다고? 그럼 애초부터 내 말을 들었어야지. 설아를 낳은 사람은 내가 아니라 당신이야. 낳았으면 내가 모르는 곳으로 꽁꽁 숨어 버리든가. 그것도 아니었으면 결론은 하나지 않나?"

매몰차다 못해 뛰는 심장에 칼을 꽂는 그의 차디찬 말에 애란은 숨을 헐떡거리고 말았다.

"어떻게……."

"그 정도 각오는 하고 들어왔을 텐데."

세월이 흘러도 그는 변하지 않는 것 같았다. 무섭도록 차가운 그의 성격이 세월이 흐르면 조금은 누그러질 줄 알았는데……. 그것이 자신의 착각이었다는 걸 깨달은 애란의 얼굴이 후회스럽다는 표정으로 뒤덮였다.

"회장님은 변함이 없으시네요."

허탈하게 웃으며 힘없이 중얼거리는 애란을 말없이 노려보던 기태가 소파에서 천천히 일어나며 협박하듯 외쳤다.

"대성과는 모든 혼담이 끝난 상태니 쓸데없는 잡음 넣을 생각은 꿈도 꾸지 마. 당신 하나 내치는 건 일도 아닐뿐더러, 설아 또한 무사하지 못할 테니까 말이야. 내 말 명심하는 게 좋아."

"제가 떠날게요. 설아랑 떠날 테니까……."

"쓸데없는 소리!"

그의 고함에도 애란은 이번만은 물러서지 않기 위해서 온몸에 힘을 주며 같은 말을 반복했다.

"아무도 없는 섬으로 갈게요. 그러니까……."

"설아가 망신창이가 되는 걸 보고 싶은가 보지?"

가슴 서늘한 기태의 협박에 애란은 더 이상 말을 하지 못한 채 벌벌 떨고 말았다. 금방이라도 자신을 죽여 버릴 듯한 눈빛을 한 채 다가오는 기태 때문에 애란은 소파에서 벌떡 일어났지만, 다리에 힘이 풀리는 바람에 다시 털썩 주저앉고 말았다.

"전, 전……."

"조용히 숨도 쉬지 말고 내가 준 자리에 찌그러져 있어. 쓸데없는 모정 발휘한다고 객기 부리지 말고."

모진 기태의 말에 애란은 더 이상 버티지 못하고 고개를 떨어뜨리고 말았다. 그런 애란의 처량한 모습에 기태의 빈정거림이 날아왔다.

"내 집에 들어온 순간부터 각오한 일 아닌가?"

그의 말에 눈물이 왈칵 쏟아진 애란이 쓸쓸하게 웃으며 속삭였다.

"네. 알고서 시작했는데…… 몸서리쳐지게 후회가 되네요. 당신을 만나지 말았어야 했는데…… 아팠어도 그때 이 마음을 잘라 버렸어야 했는데…… 당신 말마따나 그때 낳지 말았어야 했는데…… 그러지 못한 내 자신이 저주스럽네요."

눈물로 범벅이 된 얼굴로 외치는 애란을 노려보던 기태가 다가와 그녀의 양 어깨를 부서지도록 움켜잡으며 앞뒤로 마구 흔들었다.

"한 번만 더 그런 소리 하면 가만두지 않겠어."

"이젠 두렵지 않아요. 내쳐지는 거 이젠 두렵지 않아요."

우악스럽게 잡힌 어깨를 비틀며 그의 손길을 털어낸 애란은 떨어진 가방을 주워 들고는 기태를 쳐다보며 중얼거렸다.

"아무것도 바란 거 없어요. 그저 당신 사랑이 필요했을 뿐. 그랬는데…… 정말 그것만 있으면 됐는데…… 바보 같은 제 착각이었나 봐요. 바보 같은……."

허무하다는 표정을 지으며 말한 애란이 쓸쓸하게 웃으며 그에게 등을 보이자, 기태는 한 번도 느껴 보지 못한 허전함을 느끼고 말았다. 왠지 그녀를 이대로 보내면 안 될 것 같았다. 그녀의 처량한 모습이 자꾸만 눈에 박혔다. 하지만 기태는 손을 내밀지 않았다. 애란이 조심스레 육중한 문을 열고 나가는 동안에도, 그 문이 소리 없이 스르륵 닫힐 동안에도 기태는 그 자리에 서 있었다.

당신을
사랑
합니다

8장

아는 길도 물어 가라 했다

몇 달 만의 외출에 지란의 입가엔 내내 미소가 그려져 있었다. 그런 언니의 표정을 쓱 쳐다본 설아가 혀끝을 쯧쯧 차며 빈정거렸다.

"좋기도 하겠다."

"좋아."

"참 그 뇌가 궁금하다."

신랄한 동생의 비난에도 지란은 그저 배시시 웃을 뿐일 뿐이었다.

"결혼 생활은 견딜 만해?"

은근한 눈빛을 보내며 지란이 묻자 설아는 쓴 소주를 쭉 들이키며 피식 웃었다.

"할 만해."

"힘들지 않아?"

"힘들어."

"그렇지?"

"당연한 거 아니야?"

"왜?"

"완전히 남인 두 사람이 같이 살게 됐는데 당연히 힘들지, 안 힘들겠어?"

격한 동생의 말에 우울한 표정으로 소주를 들이킨 지란은 지글지글 익고 있는 고기를 뒤집으며 입을 오물거렸다.

"힘들구나."

우울하게 중얼거리는 언니를 빤히 쳐다보던 설아가 빈 잔에 소주를 따라 주며 말했다.

"그래도 가끔은 행복해. 어머님도 생각보다 따뜻하신 분이고. 뭐, 시하도 제법 잘해 주고."

동생의 그 말에 바로 안면이 밝아진 지란이 고개를 번쩍 들며 두 눈을 빛냈다.

"그래?"

"응."

"다행이다."

"후회는 하지 않을 것 같아. 내가 원하는 걸 얻었고, 그 부속품으로 더 멋진 걸 얻은 것 같아서."

솔직한 설아의 말에 고개를 주억거린 지란이 그제야 좀 편안한 미소를 지으며 소주를 따라 주었다.

"회사는 어때?"

"누구 덕택에 아주 잘 돌아가고 있어."

"다행이네."

"계속 일도 늘어나고 있고, 이쪽에서도 나름 이름을 날리게 됐어."

"잘 풀리고 있다니 내가 다 기분이 좋다."

"이제 회사에 복귀할 거지?"

"응."

"너무 오래 놀았다고 잘리는 거 아니야?"

농담을 던지는 설아 때문에 지란이 배시시 웃으며 말했다.

"그럼 그 핑계로 쭉 놀아 버리지 뭐."

"큭, 그 성질에 잘도 그러겠다."

"이제부터 달려야지. 누구를 위해서가 아닌 날 위해서 힘을 기를 거야."

결심을 단단히 했는지 주먹을 불끈 쥐며 외치는 지란을 보며 설아의 얼굴에도 잔잔한 미소가 피어올랐다.

"나도 옆에서 도와줄게."

"당연히 그래야지."

"아이구!"

"동상."

"왜?"

"많이 사랑해."

눈에 하트를 그리며 사랑해, 라고 말하는 지란에게 설아가 혀끝을 차며 말했다.

"언니 올해 몇 살인 줄 알지?"

"알아."

"근데 정신연령은 열 살인 것도 알고 있어?"

"아니."

"그 사람한테 진단 좀 해 달라고 해."

그 사람이 누군지 잘 알기에 지란의 눈빛이 살짝 빛났다가 사라졌다. 그런 언니를 찬찬히 살피던 설아가 씁쓸하게 웃으며 빠르게 잔을 들어 올렸다.

"언니 잔도 채워 줘."

"알아서 따라 먹어 좀."

"싫어."

"하여튼."

눈을 흘기지만, 그 속에 담긴 애정을 잘 알기에 지란은 방긋 웃었다.

"우리 설아 최고!"

엄지를 치켜 올리며 히죽 웃는 지란을 싹 무시한 설아가 자신의 잔에도 소주를 따르고는 어렵게 입을 열었다.

"엄마 손을 잡고 그 큰 집에 들어서는 순간부터 난 생각했었어. 내 행복은 이제 없구나. 자신의 사랑이 이루어졌다는 행복감에 도취되어 있는 엄마를 보면서 마음이 많이 아팠어. 정말 많이 아팠는데…… 휴우, 아무리 달려도 끝이 보이지 않더라고. 죽을 듯이 달리는데도 그 자리에서 맴도는 것 같아서 정말 힘들었어. 처음에는 삭막한 그곳이 싫어서 벗어나고도 싶었는데 그것도 마음뿐이더라. 싫다 싫다 해도 엄마고, 아무리 부정해도 내 심장 깊숙한 곳에는 엄마에 대한 사랑이 남아 있더라고. 그러니 어쩌겠어. 언니 말마따나 부딪쳐 봐야지."

자신은 새엄마가 들어옴으로써 희망을 찾았지만, 설아는 그 반대란 사실을 잘 알고 있었기에 지란의 눈동자가 어둡게 가라앉았다.

"휴우, 여기요."

손을 흔들어 소주 두 병을 더 시키는 동생을 물끄러미 바라보던 지란이 테이블 위에 올려져 있는 설아의 손을 움켜잡았다.

"미안하다."

"알면 나한테 잘해."

"미쳤구나!"

"큭큭, 언니."

"왜?"

"요즘 우리 언니 얼굴빛이 좋아 보여서 다행이다. 그 사람이 잘해 주나 봐?"

빙그레 웃으며 묻는 설아에게 미안해 지란이 툴툴거렸다.

"잘해 주긴 무슨."

"좋아 보여."

"실없는 소리 하지 마."

"행복해, 언니."

"됐어."

고개를 절레절레 흔들며 쓰디쓴 소주를 마신 지란이 빈 설아의 잔에 따라 주고는 자신의 잔에도 부었다.

"고기도 좀 먹어."

"귀찮아."

"먹여 줄까?"

"사람들이 흉봐."

자신과 달리 주위 사람들의 시선을 굉장히 신경 쓰는 설아였기에 얼굴을 구기며 말했다.

"그런 것까지 신경 쓰고 살면 신경쇠약 걸려서 죽어."

"그래도 난 안 돼."

"어휴!"

고집 하면 민설아였기에 지란은 한쪽 입가를 삐죽거리며 잔을 들어 올렸다.

"우리의 앞날을 위해서."

"큭!"

"건배!"

얼큰하게 취기가 올라온 지란은 입이 찢어져라 웃으며 소주를 들이켰고, 그런 언니를 어이가 없다는 표정을 지으며 쳐다 봤지만 설아 또한 제법 취한 상태라 자제를 시키지 못했다. 술 이 술을 마신다는 말이 있듯 이미 한계를 넘어선 두 사람은 더 이상 무서울 것이 없었다. 테이블 위에 뒹구는 빈 소주병을 치 워 주는 직원의 눈동자가 놀라움에 잔뜩 커져 있었다. 어떻게 여자 둘이서 저렇게 많이 마실 수 있냐, 라는 표정을 지으며 서둘러 테이블 위에 위험스럽게 뒹굴고 있는 소주병을 치우고, 주문한 두 병을 더 올려놓고는 사라졌다. 여기저기서 웅성거리 는 사람들의 말소리가 들려왔지만, 오늘만큼은 설아도 그들의 말을 무시해 버렸다.

"더 마실래?"

누군가가 혀를 잡고 있는 듯 마비증상이 왔지만, 설아는 두 눈을 부릅뜨며 병을 들어 올렸다. 그런 동생이 귀여운지 지란 이 배시시 웃으며 잔을 들어 올렸지만, 이미 취한 그녀의 몸은 좌우로 계속 움직이고 있었다.

"어, 잔이 막 움직여?"

"큭큭, 그만 나갈까?"

"아, 오랜만에 이렇게 얼큰하게 취하니까 좋다. 야, 2차는 꽃돌이 있는 곳으로 가자."

"귀찮아."

"에이, 내가 오늘 근사한 꽃돌이 하나 영입해 줄게. 가자, 가자!"

무조건적으로 잡아당기는 지란 때문에 설아는 못 이기는 척하며 자리에서 일어났다. 너무 많이 마신 술 때문인지 다리가 잠시 휘청거리며 꺾였지만, 그것도 잠시일 뿐 몇 분이 지나자 금방 정신을 수습할 수 있었다. 홍알홍알거리며 계산을 마친 지란과 함께 나이트로 향한 설아는 이래도 되나 싶어 양심이 콕콕 찔리고 말았다. 그래도 결혼한 상태고, 요즘은 시하가 제법 잘해 주고 있는지라 더 마음이 편치 않았다.

"그냥 집에 가자."

"왜?"

"난 언니와 달리 시집식구가 있는 몸이란 말이야."

"에이, 재미없어. 그냥 우리 집에서 자고 간다고 그래."

지란의 말에 코웃음을 친 설아가 빈정거렸다.

"서태준 씨랑 같이 말이지?"

"야!"

"그만 하고 가자. 괜히 서로 꼬투리 잡힐 필요는 없잖아."

동생이 적극적으로 말리자 오기가 솟은 지란이 설아의 손을 뿌리치며 택시를 잡았다.

"언니!"

"따라오고 싶으면 타고, 아니면 집으로 가."

"정말……."

제법 술이 센 사람이라 쉽게 취하지 않지만, 오늘은 예외였다. 정신은 똑바로 박혀 있을지 모르지만, 몸은 취기 때문에 좌우로 움직이고 있었기에 설아는 한숨과 함께 언니의 옆자리에 올라탔다.

"역시 내 동생이다. 호호호!"

설아의 어깨에 머리를 기댄 지란이 낮게 중얼거렸다.

"설아야."

"왜?"

"우리 행복해질 수 있을까?"

"그건 나도 모르지."

"행복해질 수 있다고 말해 줘. 지금 내겐 그 말이 절실하게 필요하거든."

많이 힘든지 축 늘어지는 언니의 머리 때문에 설아는 낮은 한숨과 함께 언니의 정수리를 쓰다듬어 주었다.

'미안하지만 난 그 말을 자신 있게 할 수가 없어.'

쓸쓸한 눈길로 지나가는 풍경들을 눈으로 훑던 설아는 문득 떠오른 시하의 얼굴에 작은 미소가 입가에 걸렸다.

현란하게 움직이는 사람들과 아슬아슬하게 옷을 걸친 여자들을 바라보는 설아의 눈초리가 하염없이 찌푸려졌다. 옆에 앉아서 쉬고 있던 지란이 동생의 옆구리를 툭툭 때리며 핀잔을 주었다.

"넌 너무 구식이야."

"이게 뭐가 좋다고."

엄마 때문인지 유독 그런 쪽으로 결벽증을 보이는 동생인지라, 지란은 혀를 살짝 찼다.

"이렇게라도 놀아야지 스트레스가 풀리지."

"이렇게 풀지 않아도 스트레스 풀 방법은 많아."

"에이, 넌 너무 재미가 없어."

"인생을 재미로 살고 싶지 않아."

"쯧쯧!"

가볍게 혀를 차던 지란이 조명으로 휘황찬란하게 빛나는 스테이지로 사뿐사뿐 걸어 나가자, 나풀거리는 그녀의 치마가 한층 더 위로 올라갔다. 아직은 종아리에 붕대가 감겨 있지만, 그것도 일종의 컨셉처럼 보이는지 사람들의 시선이 그녀의 다리 쪽으로 쏠렸다.

"다쳐서는 저러고 싶을까."

한심하기도 하고, 저렇게 신나게 노는 모습이 조금은 부럽기도 해 테이블 위에 있는 맥주를 쭉 들이켰다.

"그만 해야겠다."

더 이상 마시면 스스로를 컨트롤하지 못할 것 같아 마시던 맥주를 내려놓고 고개를 돌리던 설아는 헉, 하며 숨을 들이마시고 말았다.

"정말⋯⋯."

어이가 없기도 하고, 화가 나기도 해서 벌떡 일어나려던 설아는 테이블 위에서 울리는 진동에 미간을 모으고 말았다.

"받아야 하나……."

이 시간에 지란에게 올 전화는 뻔했기에 받을까 말까 잠시 고민한 설아는 액정에 뜬 번호와 이름을 확인하고 천천히 폴더를 열었다.

"네, 민설압니다."

—서태준입니다.

"네, 안녕하세요."

짧은 설아의 인사에 그도 같은 인사를 했고, 바로 본론으로 들어가는 그였다.

—지란이 좀 바꿔 주시겠습니까?

시끌시끌한 음악 소리 때문에 그의 목소리가 제대로 들리지 않아 설아가 미간을 찡그리며 다시 물었다.

"뭐라고요?"

—거기 어딘데 이렇게 시끄럽지요?

"밖이라서 그런가 봅니다."

아무리 생각이 없어도 나이트란 말은 차마 못해 거짓말로 둘러대자, 태준의 음성이 살짝 굳어지는 걸 느낄 수 있었다.

—어느 밖이죠? 야외는 아닌 거 같은데요.

딱딱한 그의 목소리와 아주 물 만난 고기처럼 팔딱팔딱거리며 노는 지란을 번갈아 쳐다본 설아가 짜증스럽게 눈살을 찌푸리며 대답을 회피했다.

"제가 조금 후에 전화하라고 하겠습니다."

더 이상 시간을 끌어 봤자 도움 될 게 없다고 판단한 설아가 얼른 전화를 끊기 위해서 말을 했지만, 태준에게는 통하지 않았다.

─지금 어디에 있습니까.

착 가라앉은 그의 음성에 더 이상 회피하기만 해서는 될 것도 아닌 것 같아 어쩔 수 없이 대답했다.

"문나이트요."

─휴우, 제가 갈 동안 아주 즐겁게 놀고 계시기 바랍니다.

아주 즐겁게 놀고 있으라고 했지만, 그 속에 담긴 빈정거림을 모를래야 모를 수 없었다. 끊어진 휴대폰을 잠시 보던 설아는 자신이 해결할 문제는 아니라고 생각을 하고 휴대폰을 가방에 넣었다. 그리고 물 만난 고기처럼 온 스테이지를 헤집고 다니는 언니 곁으로 가기 위해서 움직였다.

오늘은 동생과 오붓하게 할 얘기가 있다고 해서 흔쾌히 약속을 취소해 주었는데…… 문나이트에 있다는 말에 순간적으로 화가 치밀어 뚜껑이 팍 열렸다가 닫혔다. 어떤 모습으로 스테이지를 활보하고 있을지 불을 보듯 뻔해 눈에서 열기가 훅훅 올라왔다. 씩씩거리며 서둘러 가운을 벗은 태준이 재킷을 걸치게 문을 벌컥 열자, 마침 들어오기 위해서 서 있던 전공의가 놀라 숨을 훅 들이켰다.

"무슨 일이야?"

두 눈에 불을 내뿜으며 버럭 소리를 지르는 태준 때문에 놀란 그가 땀을 빼질 흘리며 버벅거렸다.

"그, 그게……."

조금 떨리는 손으로 꼭 잡고 있던 차트를 내밀자, 태준의 눈꼬리가 가늘어졌다.

"아!"

"오늘까지 해 오라고 하셔서……."

"그래."

"그래서 다 했는데요."

별로 급하지 않은 거면 왜 빨리 하라고 닦달했냐는 원망 어린 전공의의 눈빛을 의식하며 태준이 재킷을 걸쳤다.

"아, 갑자기 급한 일이 생겨서 말이지. 이리 줘."

"선생님께서는 퇴근하시는 건가요?"

어떻게 이럴 수 있냐는 눈빛을 한 채 쳐다보는 그를 빤히 쳐다본 태준이 뻔뻔스럽게 말했다.

"내일 아침에 이 환자에 대해서 토론하도록 하지."

"알겠습니다."

전공의가 울상이 되거나 말거나 그를 지나쳐 서둘러 엘리베이터를 잡아탄 태준은 이를 바득 갈았다.

'남자랑 춤추고 있기만 해 봐라.'

욱신거리는 가슴을 부둥켜안고 지하에 주차해 놓은 차에 오른 태준은 타이어가 불을 내뿜을 정도로 가속페달을 밟았다.

'젠장!'

많은 남자를 만난 그녀는 아니지만, 술이 취하고 분위기에 취하면 몸과 마음 모두를 다 풀어 버리는 경향이 있는지라 불안하기만 했다. 파르르 떨리는 눈 밑을 꾹꾹 누르며 속도를 높인 태준은 사십 분 이상 걸리는 거리를 이십 분 만에 도착해 아무렇게나 차를 세우고는 운전석에서 날아오르듯 밖으로 뛰어내렸다. 그런 태준의 다급한 모습에 입구를 지키고 있던 웨이터들이 눈을 커다랗게 뜨고는 쳐다보았다.

안으로 들어서자 눈이 부실 정도로 찬란한 조명과 최신곡이 요란한 소리를 내며 실내를 뜨겁게 달구고 있었다. 그 중심에는 당연히 민지란이라는 여자가 광란의 춤을 추고 있었다. 어이가 없는 눈으로 멍하니 그녀의 하는 자태를 쳐다보고 있던 태준은 와와, 거리는 사람들의 외침 소리에 뜨거운 숨결을 내뿜었다.

"예상대로군."

함성을 지르며 원을 그려 주자, 이때다 싶었는지 지란이 웬 남자 하나와 눈 뜨고 보고 있을 수 없는 끈적거리는 춤을 추기 시작했다. 워낙에 놀기 좋아하는 그녀였고, 춤 또한 예술이라지만 정말 저건 아니었다.

적극적인 지란의 몸짓에 자극을 받았는지 남자의 움직임이 빨라지기 시작했다. 후끈 달아오른 열기 때문에 사람들의 고함 소리가 천장에 닿을 정도로 커졌고, 지란은 그들의 함성에 기분이 완전히 고조된 상태였다.

"우와, 정말 끝내주네요."

제법 어린 듯한 남자가 자신과 함께 호흡을 맞추며 끈적끈적하게 몸을 비벼 왔지만, 지란은 상관하지 않았다.

"어린 것 같은데?"

"네."

배시시 웃으며 한 바퀴 휙 돈 그가 지란의 허리를 휘감으며 바짝 당기자, 두 사람 사이에 공간이 사라졌다.

"잘 추네."

"춤은 자신 있거든요."

젊은 사람만이 가지고 있는 빛이 보이자, 지란의 입가에 야릇한 미소가 걸렸다.

"그래?"

"네."

자신만만하게 쳐다보는 남자와 눈을 맞춘 채 지란이 골반을 요란하게 흔들기 시작했다. 그런 지란의 자극에 남자의 눈동자에 욕정이 가득 차올랐다.

"오늘밤 어때요?"

"뭘?"

모른 척 은근하게 묻자, 애가 타는지 그가 하체를 배에 비비며 귓가에 뜨겁게 속삭였다.

"나 테크닉도 죽이는데?"

"얼마나?"

"내일 아침 못 일어날 정도로 해 줄 수 있는데…… 나갈래요?"

작업을 많이 해 봤는지 사내의 손길과 말은 자연스럽기만 했다. 그런 남자의 뜨거운 초대에 예전 같으면 바로 오케이 했을 그녀였지만, 지금은 사정이 달랐다. 눈웃음을 치며 고개를 젓자, 사내의 얼굴이 살짝 굳어졌다가 바로 풀렸다.

"에이!"

그러면서 처음보다 더 자극적으로 하체를 비벼 오자, 지란의 미간이 꿈틀거렸다.

"언니!"

두 사람의 작태를 더 이상 두고 볼 수가 없어 설아가 인상을 구기며 지란의 오른팔을 잡아당겼다.

"나 너무 시끄러워서 룸으로 들어가고 싶어."

"에이, 설아야……."

고막을 찢을 듯한 시끄러운 음악이 끝나고 바로 브루스타임으로 바뀌자 지란이 아쉬운 듯 입맛을 다시며 스테이지에서 내려오기 위해서 몸을 빙글 돌릴 때였다.

"즐거웠어?"

"어, 어!"

너무 놀라면 심장이 멈춘다는 말을 실감하는 순간이었다. 두 눈에 불을 내뿜으며 즐거웠냐고 묻는 태준의 살벌한 모습에 지란이 눈을 질근 감았다 떴다.

"즐거웠냐고."

"아, 아!"

금방이라도 잡아먹을 듯 다가오는 태준 때문에 뒤로 주춤거리며 물러서던 지란은 그럴 줄 알았다는 듯 쳐다보는 동생 때문에 더 많은 식은땀을 흘리고 말았다.

"어, 태, 태준아!"

"가까이 와."

어금니를 꽉 깨물며 말을 내뱉는 그 때문에 어쩔 수 없이 한 발자국 다가선 지란은 자신의 허리께를 부셔 버릴 듯 감싸는 태준의 우악스러운 손길에 숨을 훅 들이마시고 말았다.

"움직여!"

"그, 그게 말……."

"그만 쫑알거리고 춤 춰."

화가 단단히 났는지 태준의 어깨가 잔뜩 굳어 있었다. 그런 태준의 어깨에 기댄 채 지란은 울상을 지었다. 저쪽에서 고개를 절레절레 흔들고 있는 동생에게 구해 달라는 신호를 보냈지만 설아는 단호하게 두 손을 들어 올려 엑스 자 포즈를 취했다.

"다른 놈이랑 노니까 즐거웠어?"

"어……?"

"나로 부족해?"

"아니, 그게……."

이렇다 할 대답을 하지 못한 채 버벅거리자, 태준의 반듯한 미간이 구겨졌다.

"나랑 결혼해서도 이럴 거야?"

온화한 말투 속에 담긴 매서움을 알기에 지란은 한숨을 푹 내쉬며 그의 목덜미를 두 팔로 감싸며 웅얼거렸다.

"아니."

"만약 내가 다른 여자랑 오늘 너처럼 그렇게 부둥켜안고 춤추면 넌 뭐라고 할까?"

자신에게 하는 말이 아닌 그의 혼잣말에 지란은 울컥거리는 화가 치밀어 올랐다.

'만약 그가 내가 아닌 다른 여자랑 섹스를 한다면? 자신처럼 저렇게 온몸을 비벼 댄다면?

상상만으로도 기분이 나빠져 절로 인상이 구겨지고 말았다. 그런 지란을 가만히 내려다보고 있던 태준이 스텝을 밟으며 바짝 끌어당겼다.

"날 너무 힘들게 하지 말아 줘."

떨리는 그의 속삭임에 눈시울이 확 붉어진 지란이 그의 가슴에 얼굴을 묻으며 사과했다.

"미안해, 태준아."

"미안한 줄 알면 오늘밤 나에게 와."

"태준아!"

당신을
사랑
합니다

"널 안고 싶어."

귓가에 속삭이는 뜨거운 그의 말에 지란은 떨리는 흥분을 다스리며 작게 고개를 끄덕였다.

"으응."

"내 여자라는 확신이 들게 오늘밤 널 안을 거야."

"으응."

와락 그녀를 밀착시킨 태준은 그녀 때문에 흥분한 자신의 하체를 살짝 느끼게 하며 몸을 움직였다.

"네 일이면 이성이 날아가 버려. 아무리 아무렇지 않은 척하려고 해도 소용이 없어."

"미안해."

잔잔한 음악에 맞춰서 이리저리 움직이는 지란의 양 엉덩이를 움켜쥔 태준이 뜨거운 입술을 내렸다. 어두운 조명과 함께 내려오는 태준의 입술을 본 지란은 두 눈을 스르륵 감으며 고개를 살짝 들었다. 촉촉한 그의 입술이 애를 태우듯 살짝 내려왔다가 올라가자, 지란은 감고 있던 눈을 뜨며 입술을 오물거렸다.

"이 뒤는 집에 가서."

터질 듯한 그의 남성이 고스란히 아랫배에 느껴지자, 지란은 얼굴을 확 붉히며 고개를 끄덕였다.

"아!"

"가자."

휙 잡아당기는 그 때문에 앞으로 쏠린 지란은 벌게진 얼굴로 설아에게 미안한 듯 고개를 살짝 숙였다.

"미안."

"가 봐."

사랑하는 사람의 눈빛을 가지고 있는 그를 말없이 쳐다보고 있던 설아가 가방과 재킷을 건네주며 태준에게 사과했다.

"죄송합니다."

"설아 씨가 죄송할 문제는 아니죠."

"언니를 컨트롤 못한 제 책임도 있으니까 사과하는 겁니다."

차가운 말투지만, 근본부터 차가운 사람은 아닌 듯한 설아의 눈을 보면서 태준은 빙그레 웃었다.

"그럼 솔직한 제 마음을 말하겠습니다."

"네, 말씀하세요."

"두 번 다시는 지란이 다른 남자들과 놀지 않았으면 좋겠습니다. 특히, 이런 곳은 더더욱 오지 않았으면 해요."

솔직하면서 자신감 있는 태준의 말에 설아가 희미하게 웃으며 고개를 끄덕였다.

"네."

"집까지 태워 드릴까요?"

"아니요. 저도 남편이 오기로 했어요."

"그럼 먼저 가 보겠습니다."

"네. 우리 언니 잘 부탁합니다, 서태준 씨."

정중하게 허리를 굽히며 부탁하는 설아의 모습에 태준도 진심을 담아 말했다.

"최선을 다하겠습니다."

그렇게 하겠단 말보다 최선을 다하겠단 그 말이 더 가슴에 와 닿아 절로 입가에 미소가 걸리고 말았다. 멀어지는 두 사람을 말없이 바라보던 설아는 데리러 오겠다는 시하 때문에 서둘러 밖으로 나갔다.

9장
백지장도 맞들면 낫다

"아!"

긴장감으로 잔뜩 굳어져 있는 지란의 어깨를 살짝 깨물자, 예상대로 반응이 바로 나왔다. 달짝지근한 지란의 신음에 태준의 얼굴이 붉어졌다.

"긴장돼?"

"많이."

솔직한 지란의 말에 태준이 빙그레 웃으며 그녀의 봉긋한 가슴을 움켜잡고 뜨겁게 속삭였다.

"이런 모습 얼마나 보고 싶었는지 넌 모를 거다. 정말 오랫동안 꿈꿔 온 일인데…… 그래서 그런지 나도 떨려."

"태준아."

"으음?"

당신을
사랑
합니다

"고마워."

진심 어린 지란의 말에 태준이 씩 웃으며 자신의 키스로 조금 부풀어 있는 그녀의 입술에 키스했다. 따뜻한 그의 입술이 닿자, 지란은 배어 나오는 미소를 감추지 않은 채 온전히 그에게 자신을 내비쳤다. 조금씩 자신에게로 다가오는 그녀를 느낀 태준은 달콤한 키스를 퍼부었다.

"사랑해!"

그 말과 함께 천천히 입술을 내린 그 때문에 지란은 숨을 헐떡거리고 말았다. 부드러우면서도 조금은 다급하게 가슴을 애무하던 그의 입술이 오뚝 솟은 유두를 깨물자, 그 짜릿함에 지란이 상체를 비틀었다.

"아!"

처음도 아닌데…… 많은 남자는 아니지만 그래도 제법 연애도 하고 섹스도 즐기며 살아온 그녀였다. 그런데 태준 앞에서는 꼭 처음처럼 부끄럽기만 했다.

"지란아!"

완전히 흥분한 유두를 이 사이에 머금은 그 때문에 지란이 짧은 비명을 지르며 엉덩이를 들썩거렸고, 그런 지란의 신호에 태준이 자극을 받아 더 강하게 빨아 당겼다.

"아앗!"

아픔과 함께 찾아온 쾌감에 몸을 부르르 떤 지란이 감고 있던 눈을 뜨며 두 팔로 그의 목덜미를 감았다.

"더 해 줘."

끈적거리는 지란의 속삭임에 태준이 상체를 일으키며 빠르게 마지막 남은 브리프를 벗어 버렸다. 그녀 때문에 완전히 흥분한 태준의 남성이 고스란히 세상 밖으로 나오자, 지란의 동공이 커졌다.

"아!"

핏줄이 선 그의 남성을 쳐다본 지란이 숨을 훅 들이키며 얼굴을 확 붉히자, 태준이 가슴을 들썩거리며 웃었다.

"이래봬도 나 물건 좋아."

"아아!"

얼굴이 홍당무가 된 지란이 귀여워 태준이 콧잔등을 비볐다.

"이런 모습 너무 귀엽다."

"내 나이가 얼만데 귀엽긴."

입을 삐죽거리며 그의 손길을 더 잘 느끼기 위해서 눈을 감자, 태준이 지란의 다리를 살짝 벌렸다.

"사랑해, 지란아."

가슴을 뜨겁게 달구는 그의 고백에 지란의 눈시울이 확 붉어지고 말았다. 파르르 떨리는 눈꺼풀에 힘을 준 채 감고 있던 지란은 그의 등을 어루만졌다.

"고마워."

은밀한 그녀 안으로 조심스레 손가락을 집어넣은 태준은 이미 자신을 받아들일 준비가 되어 있는 그녀를 느끼며 몸을 조금 떨었다.

"도저히 못 참겠다. 미안."

은밀한 곳으로 들어온 그의 손가락이 다급하게 움직이자, 놀란 지란이 눈을 번쩍 뜨며 그를 올려다봤다.

"태, 태준아!"

잔뜩 붉어진 얼굴과 핏줄이 툭툭 불어져 나온 그의 목을 멍하니 쳐다보고 있던 지란은 묵직한 그의 것이 빠르게 침입해 들어오자, 본능적으로 두 다리를 오므리고 말았다. 그런 지란의 두 다리를 태준이 재빨리 막아 버렸다.

"아윽!"

아무리 그를 받아들일 준비가 되어 있다지만, 급하게 밀고 들어오는 그 때문에 통증이 밀려왔다.

"잠, 잠깐만!"

그의 어깨를 움켜잡으며 좀 천천히 하라고 했지만, 태준은 이성을 잃어버린 듯했다. 강하게 밀고 들어오는 그 때문에 지란은 엉덩이를 들어 올리고 말았다.

"태준아!"

손톱을 세워 그의 어깨를 움켜잡으며 완전한 그를 받아들인 지란은 온몸을 부르르 떨고 말았다. 그런 지란을 미안한 표정을 지으며 내려다본 태준이 땀으로 번들거리는 그녀의 이마를 닦아 주며 입을 맞췄다.

"미안."

"괜, 괜찮아."

"소원하던 일이 이루어지니까 여유가 없어져 버렸어. 아팠어?"

"조금."

"기다릴까?"

기다리겠다고 말하는 사람의 얼굴 위로 무수한 땀들이 맺혔다가 떨어지는 걸 보면서 어찌 그럴 수 있을까. 빙그레 웃으며 고개를 살짝 흔들자, 태준의 굳어진 얼굴이 쫙 펴졌다.

"이제 천천히 할게."

"그럼!"

"으음!"

완전히 자신을 채운 그가 조금씩 움직이기 시작하자, 또다시 찾아온 통증에 미간이 찌푸려졌지만 처음과는 달랐다. 미세하게 찾아오는 통증과 함께 동반된 쾌감이 전신을 따끔거리게 만들고 있었다.

"아!"

조심스럽게 움직이던 그가 천천히 속도를 높이자, 그만큼 짜릿짜릿한 감각이 온몸을 자극했다. 태준은 지란이 아프지 않게 가슴과 오똑 선 유두를 이로 자근자근 깨물었다.

"아윽, 태준아!"

완전히 흥분해 버린 지란이 신음을 내뱉으며 두 다리를 번쩍 들어 그의 엉덩이를 휘감으며 바짝 당겼다.

"아! 하윽!"

"너무 좋아."

태준이 뜨거운 숨결을 내뿜으며 귓가에 속삭이자, 지란의 눈동자가 욕정으로 탁하게 변했다.

"조금 더 빨리……."

자신을 배려해서 빠르게 움직이지 않는 그를 재촉하며 엉덩이를 흔들자, 태준의 눈동자가 번들거렸다.

"아, 지란아!"

목덜미를 아프게 깨물며 힘차게 움직이는 그 때문에 지란은 비명을 내지르고 말았다.

"아윽! 아!"

미칠 것 같은 쾌감 때문에 온몸을 비틀며 그에게 매달린 지란은 자신을 완전히 채우고 힘차게 움직이는 그를 느끼며 마음을 완전히 열어 버렸다.

'따뜻해. 정말 따뜻해.'

이 남자라면…… 이 남자라면 자신을 온전히 내보여도 괜찮다는 확신이 서자, 지란은 더 이상 망설이지 않겠다 다짐했다. 자신을 따뜻하게 만들어 주는 남자. 태준이라면…… 서태준이라면 지란은 행복할 수 있을 것 같았다. 자신에게 행복이라는 단어는 어울리지 않는다 생각하며 살아왔지만, 이제 그 생각을 바꾸기로 마음을 먹었다.

처음으로 가져 보는 이 포근함을 만끽하기 위해서 그의 품 안으로 파고들자, 태준의 가슴이 살짝 들썩거렸다.

"고양이 같다, 너."

"따뜻해."

그의 맨 가슴에 볼을 비비며 웃자, 태준이 지란의 새하얀 등을 어루만지며 기분 좋게 웃었다.

"더 따뜻하게 해 줄까?"

느끼한 그의 말에 입을 삐죽거린 지란이 아프지 않게 그의 가슴을 때리며 툴툴거렸다.

"느끼해."

"너 느끼한 남자 좋아하잖아."

"근데 넌 싫어."

"왜?"

"다른 여자한테도 그렇게 할 거잖아."

툭 쏘아대는 지란의 그 말에 태준은 너무 기분이 좋아 하하 거리며 웃었다. 그런 태준이 얄미워 지란이 손톱을 세워 그의 가슴을 확 긁었다.

"아앗, 아프잖아."

"아프라고 한 거거든?"

"하하하, 그래도 기분은 좋다."

"쳇!"

"네가 질투도 다 하고. 정말 오래 살고 볼 일이다."

"나도 여자거든?"

지란이 몸을 휙 돌려 등을 보이자, 태준이 흐뭇한 미소를 지은 채 뒤에서 안아 지란의 배를 어루만졌다.

"하지 마."

하지 말라고 말은 하지만 지란의 얼굴은 붉게 상기되었다.

"싫어?"

"싫진 않지만……."

"그냥 만지고만 있을게."

후끈 달아오른 태준의 숨결을 고스란히 느낀 지란이 그에게로 몸을 휙 돌리며 투덜거렸다.

"잘도 만지고만 있겠다?"

"하하하!"

호탕하게 웃으며 지란의 가슴을 장난치듯 애무하던 태준은 심각한 표정을 짓는 지란을 쳐다보며 미간을 모았다.

"왜 그래?"

"태준아."

"왜?"

"아주머니도 아셔?"

"뭘?"

뭐가 그리도 불안한지 연방 눈동자를 좌우로 굴리며 시선을 내리까는 지란의 턱을 잡아챈 태준이 고개를 조금 저으며 단호하게 말했다.

"그런 눈빛 하지 마."

"뭐, 뭐가?"

"불안한 눈빛 말이야. 네가 그러면 나 여기가 아파."

자신의 왼쪽 가슴을 가리키며 아프다고 말하는 태준 때문에 지란의 눈가에 이슬이 맺히고 말았다.

"우리 집도 문제지만…… 난 아주머니도 걱정돼."

"뭐가?"

잘 알면서…… 왜 이렇게 불안해하는지 잘 알면서도 모른 척하는 태준이 미워 그의 가슴을 탁탁 때리고 말았다.

"모른 척하지 마."

지란의 손목을 움켜잡은 태준이 그녀의 입술 위를 살짝 깨물며 속삭였다.

"너만 흔들리지 않으면 돼."

"태준아."

"두렵다고 도망가지 않으면 돼. 그럼 아무 문제없어."

아닌 척하면서 두려울 때마다 지란은 도망을 친 것 같았다. 자의는 아니었지만, 어쨌든 한 번의 사고도 그랬고, 열아홉 살 3층에서 뛰어내린 사건도 그랬으니까.

"날 봐."

턱을 잡으며 자신을 보게 만드는 태준 때문에 지란의 볼에 홍조가 드리워졌다.

"너, 많이 변했다?"

"좋은 게 좋은 거란 생각으로 살아왔었어. 그래서 되도록이면 남들과의 마찰도 피했고. 하지만 아니더라. 그렇게 피한다고 해서 문제가 해결되진 않는다는 걸 깨달았어. 아파도, 상처를 받는다 할지라도 부딪쳐야 한다는 걸 알게 됐어. 그러니 지란아, 물러서지 말아 줘. 내 마음 조금만이라도 받아 줄 생각이 있으면 날 생각해서 물러서지 말아 줘. 부탁한다."

이런 남자에게 어떻게 기대지 않을 수 있을까. 자신보다 더 자신을 아껴 주는 그의 마음을 어떻게 받아 주지 않을 수 있을까. 그렁그렁 맺혔던 눈물이 지란의 작은 움직임에 따라 밑으로 떨어져 내렸다.

"응."

"고마워."

"언제까지나 날 지켜 줘. 부탁해, 태준아!"

"그렇게 할게."

"사, 사랑해!"

어렵사리 그에게 고백을 한 지란이 부끄러워 고개를 푹 숙이자, 놀랐는지 한동안 말이 없는 그였다.

"다, 다시 한 번만 말해 줘."

"싫어."

"제발……."

낯간지러운 말을 다시 하기가 쑥스러워 팅기자, 태준이 다급하게 그녀의 어깨를 잡으며 흔들었다.

"한 번만 더!"

"사랑해."

처음이 어렵지 두 번째는 생각보다 쉬워 지란은 피식 웃고 말았다. 이렇게 쉬운걸. 왜 그렇게 힘들어했나 할 정도로 단숨에 단어가 튀어나왔다.

"지란아!"

감동받았는지 벌게진 눈을 깜박거리며 얼싸 안는 그가 좋아 지란도 그의 맨 어깨를 어루만지며 안으로 파고들어 갔다.

"무슨 일이 있어도 도망치지 않을게."

"그래."

"내 자신을 소중하게 여길게."

"그래."

"언제나 널 의지하고, 너만을 사랑할게. 그렇게 할게."

"지란아……."

"웃다가 울면 어디어디 털 나는 거 알지?"

금방이라도 뜨거운 눈물을 쏟아낼 듯 촉촉하게 젖어 있는 그의 눈가를 조심스레 닦아 준 지란이 그의 입술에 살짝 입을 맞추고는 웃었다.

"날 기다려 줘서 고마워."

"사랑한다, 민지란."

"응."

꿈같은 이 순간이 깨지 않기를 소망하고 소망하며 눈을 스

당신을 사랑 합니다

르륵 감던 지란은 잔잔하게 울려 퍼지는 벨 소리에 눈을 번쩍 뜨며 태준을 쳐다보았다.

"전화 소리야?"

"인터폰."

"아, 어서 나가 봐."

"응. 잠시만."

벌거벗은 몸을 전혀 의식하지 않은 채 침대에서 내려선 태준은 침대 옆에 걸려 있는 가운을 몸에 걸치고는 끈을 조이며 침실을 나섰다.

"누구지."

이 시간에 자신의 집을 방문할 사람은 극소수라 고개를 갸웃거리며 거실로 나가 인터폰 화면을 본 태준은 미간을 구기고 말았다.

"어머니!"

—들어가도 되겠지?

"어쩐 일로……."

—밖에서 말해야 하는 거냐?

"아, 죄송합니다."

얼른 버튼을 누르고 현관 쪽으로 걸어간 태준은 아침부터 이렇게 무슨 일로 행차했나 싶어 머리를 굴렀다.

"손님이 있는 게냐?"

가지런히 놓여 있는 구두를 발견한 윤하가 날카로운 눈빛을 보내며 물었다.

"네."

"누구냐?"

"지란이요."

못마땅한 듯 헛기침을 한 윤하가 안으로 들어가 소파에 앉자, 태준이 양해를 구하고는 침실로 들어갔다.

"아침부터 어머니가 오실 줄은 몰랐어. 미안해."

"아, 아니야."

당황했는지 벌게진 얼굴로 허겁지겁 옷을 입는 지란의 어깨를 잡아 품안으로 당겨 안았다.

"긴장 풀어."

"떨려."

"네가 이렇게 긴장하면 내가 너무 미안해지잖아."

"근데 너랑 잘 때보다 더 떨려."

"큭!"

지란의 표현에 웃음이 터진 태준이 그녀의 볼을 아프지 않게 톡톡 두드리며 달콤하게 속삭였다.

"사랑해."

"이럴 땐 그 말도 도움이 안 돼."

울상을 지으며 이리저리 머리를 만지던 지란이 숨을 크게 들이마시고는 천천히 내뱉으며 어깨를 쫙 폈다.

"다 됐어."

"그럼 나갈까?"

"응."

간단하게 바지와 티셔츠를 걸친 그가 먼저 거실로 나가고 그 뒤를 따라 밖으로 나간 지란은 떨지 않기 위해서 어금니를 꽉 깨물었다.

"안녕하셨어요!"

"오랜만이구나."

"네."

당당하자 그리 다짐하며 나왔는데…… 매서운 윤하의 눈빛을 받자, 죄인처럼 절로 고개가 숙여지고 말았다.

"커피 드실래요?"

분위기를 부드럽게 하기 위해 태준이 나섰다.

"부탁하마."

"네."

부엌으로 가 커피를 내릴 준비를 하던 태준은 불안한 듯 손가락을 꼼지락거리는 지란 때문에 마음이 아팠다.

"말은 들었다, 태준이한테서."

"아, 네."

예전부터 느낀 거지만, 그의 어머니는 너무 차갑기만 했다. 의사란 직업 때문일 수도 있지만, 매사에 사람을 대할 때도 관찰하는 눈빛은 매섭기만 했다.

"어쩔 생각인 게냐?"

"결혼할 생각입니다, 어머니."

어느새 부엌에서 나온 태준이 성큼 다가와 단호하게 말했지만, 윤하의 눈길은 지란에게 꽂혀 있을 뿐이었다. 어서 대답해 보라는 눈빛으로 쳐다보는 윤하 때문에 지란이 마른침을 꿀꺽 삼키며 조심스레 입술을 움직였다.

"저도 같은 생각이에요."

"결혼하겠단 거냐?"

"네."

"내 아들과?"

차가운 눈빛으로 재차 묻는 윤하 때문에 지란의 눈동자가 고통으로 새까맣게 변해 갔다. 그런 지란의 변화를 눈으로 보면서도 윤하는 서늘한 시선을 거두지 않았다.

"죄송해요. 하지만 전……."

"그럴 수 있다고 생각하는 거냐?"

"어머니!"

"넌 입 다물고 있어."

끼어드는 태준을 냉정한 목소리로 막으며 윤하는 다시 지란을 차갑게 바라보았다.

"무진의 장녀란 것도 알고, 훗날 무진을 이끌어 갈 후계자가 될 거란 것도 잘 알아. 지난 몇 년간 경영자로서의 탁월한 실력을 보인 것도 알고 있어. 그 좋은 배경을 가진 너지만, 난 받아들일 수가 없다. 그 이유는……."

잠시 말을 끊은 윤하가 서늘하게 지란을 쳐다보며 마지막으로 쐐기를 박았다.

"네가 가장 잘 알고 있을 게다."

"그만 하세요, 어머니."

"타의든 자의든 넌 한 번의 자살 시도와 한 번의 사고. 지금 정신과 치료도 받고 있는 거 잘 알고 있다. 그런 자신이 우리 아들과 어울린다고 생각하고 있는 게냐?"

　그 한마디에 지란의 얼굴이 백지장처럼 새하얗게 변해 버렸다. 휘청거리며 무너지는 지란 때문에 태준은 어금니를 꽉 깨물며 주먹을 불끈 쥐었다.

"어머니!"

"태준아!"

　금방이라도 뜨거운 분노를 내뿜을 것 같은 태준을 지란이 눈빛으로 저지한 후 윤하를 바라보며 조용히 입을 열었다.

"아주머니 말씀 맞아요. 제가 분수에 넘치는 사람을 가지려고 하고 있어요."

"지란아!"

　태준이 그녀의 어깨를 움켜잡자, 지란이 슬프게 웃으며 고개를 흔들었다.

"놔 줘."

"이러지 마. 어떤 일이 있어도 도망치지 않겠다고 했잖아."

"알아."

"알면 흔들리지 마."

"나 어떤 일을 당해도 이젠 도망치지 않아. 그러니까 걱정하지 마."

그의 손등을 톡톡 두드려 준 지란이 자신의 어깨에서 그의 손을 치우며 윤하 쪽으로 고개를 돌렸다.

"욕심이란 걸 잘 알았기에 포기했었어요. 나 같은 여자에게 태준이는 어울리지 않을 정도로 따뜻한 남자니까. 그래서 이곳이 아파도 돌아섰어요. 상처받은 줄 알면서도 모른 척하며 떠났어요. 근데요."

힘든 듯 눈을 깜박거리자, 가득 고였던 눈물이 볼을 타고 떨어졌다.

"이젠 그럴 수가 없어요. 이 사람을 위해서 포기하겠단 거짓말은 더 이상 할 수가 없어요. 저요, 태준이 아니면 안 돼요. 이젠 이 사람 아니면 살아갈 수가 없어요. 겨우 이곳이 아물어 가고 있거든요. 근데 또다시 상처가 나면……."

"그만 해. 지란아, 그만 해."

소파 뒤에서 그녀를 감싸 안은 태준이 그녀의 목덜미에 얼굴을 묻으며 같이 울었다.

"그러니까 제발…… 속는 셈치고 저 한 번만 믿어 주시면 안 될까요? 어떤 일이 있어도, 두 번 다시는 어리석은 짓 하지 않을게요. 그리고…… 태준이 많이 사랑하고, 소중하게 대할게요. 그러니까 절……."

눈물로 범벅이 된 얼굴로 애원하는 지란의 애잔한 모습에 윤하의 눈시울이 붉어지고 말았다. 그 도도한 민지란이 자신 앞에서 완전히 무너지는 모습을 지켜보는 윤하 또한 마음이 편치는 않았다.

"부탁드립니다."

태준을 뿌리치고 벌떡 소파에서 일어난 지란이 누가 말릴 틈도 없이 바닥에 무릎을 꿇었다.

"지란아!"

놀란 태준이 황급히 다가와 지란의 팔을 잡아당겼지만, 지란은 석고상처럼 움직이지 않았다.

"보여 드리겠어요. 태준이를 향한 이 마음이 거짓이 아니라는 거 살면서 보여 드릴게요. 그러니까 제발……."

"그만 해. 제발 그만 하라고! 그냥 내 뒤에 숨어 있어. 내 손만 꼭 잡고 숨어 있으라고. 네가 이러면 나 미쳐."

"이런 건 아무것도 아냐. 이렇게 무릎 꿇어서 되는 일이라면 수천 번 수만 번 꿇을 수 있어."

"내가 싫어!"

"태준아!"

"내가 싫다고. 내가 싫어! 미칠 것 같으니까 그만해!"

목에 핏대까지 세워 가며 소리를 지르는 태준 때문에 지란은 뜨거운 눈물을 하염없이 흘리고 말았다. 많이 사랑하는구나. 내 자신도 사랑하지 않는 이 민지란을 소중하게 여기는구나, 라는 생각이 들자 지란이 고개를 푹 숙이고 말았다.

"진작 용기를 냈어야 했는데…… 이렇게라도 용기를 냈어야
했는데…… 미안해, 태준아!"

"당당한 모습만 나한테 보여. 언제나 웃는 얼굴만 나한테 보
여. 난 그게 좋아."

굳어질 대로 굳어진 그녀를 가슴에 안은 채 자신의 사랑을
아낌없이 표현하는 태준 때문에 지란은 처음으로 소리 내어 울
어 버렸다. 단 한 번도 이런 서러움을 입 밖으로 내뱉지 않았
던 그녀였는데 그로 인해서 조금씩 변해 가고 있었다.

"흑흑흑!"

서럽게 우는 지란을 꼭 안은 채 태준이 윤하를 바라보며 단
호하게 말했다.

"어떤 말씀을 하셔도 제 마음은 변하지 않아요. 제가 어떻게
지란이 마음을 가졌는데요. 그 시간들을 제가 어떤 마음으로
버텼는데요. 어머니가 반대하셔도 저 지란이 포기하지 못해요.
절 내쳐도 상관없어요. 전 제 생명이 다하는 순간까지 아니 다
음 생에도 지란이 손을 놓지 않을 거예요. 그러니까 우리들 마
음 한번만 생각해 주세요. 부탁합니다, 어머니."

아들의 간절한 눈빛을 쳐다보고 있던 윤하가 한숨과 함께
천천히 소파에서 일어나며 말했다.

"눈에 콩깍지가 낀 연인을 떼어 낼 방법은 없겠지."

"어머니……."

"허락은 하되 지켜볼 게다. 네가 한 말이 사실인지."

예상치도 않은 윤하의 허락에 지란이 놀라 그의 품안에서 다급하게 빠져나왔다.

"아주……."

"어머니라 불러라."

"전, 전……."

말도 제대로 하지 못한 채 우는 지란이 안쓰러웠지만, 윤하는 그녀에게 다가가지 않았다. 무덤덤한 표정을 지으며 지란을 가만히 쳐다보고 있던 윤하가 어깨를 한번 으쓱하며 가방을 집어 들었다.

"보기 흉하다. 얼굴 닦아라."

"전…… 감사합니다, 어머니."

저 가는 어깨로, 금방이라도 부러질 것 같은 저 몸으로 그 시간들을 어떻게 견뎠는지 윤하는 그저 한숨이 절로 나올 뿐이었다.

"민지란."

"네, 어머니."

"민 회장님이 어떤 분이신지 나도 잘 알고 있다. 그래서 내 아들이 어떤 대우를 받을지도 잘 알고."

윤하의 그 말에 지란의 얼굴이 창백하게 변해 버렸다.

"죄송합니다."

"네가 사과할 일은 아니고. 네 결심이 확고한 걸 알았으니,

민 회장님을 내가 먼저 만나 보도록 하마."

윤하의 말에 놀란 지란이 뒤에 서 있는 태준 쪽으로 고개를
획 돌렸다.

"그럴 필요 없어요, 어머니. 제가 알아서 할게요."

"난 어떤 경우라도 내 아들이 상처받는 거 싫다."

"제 문젭니다, 어머니."

"네 문제이기 이전에 내 문제이기도 하지. 지란의 마음을 확
실하게 알았으니 내가 나서마."

"하지만……."

"그리 알고 있어."

"감사합니다, 어머니."

"지란아."

"네."

"네가 한 말 어떤 일이 있어도 지키기 바란다. 난 약속을 어
기는 사람을 가장 경멸하거든. 알겠니?"

"명심할게요."

"믿어 보마."

"감사합니다, 어머니."

"그만 가 보마."

도도하게 현관으로 걸어가는 윤하의 뒤를 따른 두 사람은
누가 먼저랄 것도 없이 서로의 손을 꼭 잡고 따뜻한 눈빛을 교
환하며 입술을 달싹거렸다.

'사랑해!'

누군가와 같이 있는 게 이렇게 행복할 줄 몰랐던 지란은 시간이 가는 게 아깝기만 했다. 그의 어머니를 그렇게 보내고, 멍한 상태로 오전을 보낸 지란은 그가 사 온 초밥과 커피를 마시며 벌렁거리던 가슴을 달랬다.

"영화 볼래?"

"영화?"

"응."

갑자기 웬 영화냐고 묻고 싶었지만, 그의 눈빛이 뜨겁게 변하는 걸 발견한 지란이 마른침을 꿀꺽 삼키며 서둘러 고개를 끄덕였다.

"으응."

목이 떨어질 정도로 힘껏 고개를 끄덕이는 지란 때문에 태준이 가슴까지 들썩거리며 웃었다.

"안 잡아먹을 테니까 눈 그만 굴려."

"아하하!"

"액션 좋아하지?"

"응."

스르륵 한쪽 벽면에서 스크린이 내려오자, 지란의 동공이 팽창되었다.

"와!"

"너 영화 보는 거 좋아해서 지난번에 큰 맘 먹고 구입했어."

뿌듯한 듯 어깨를 으쓱하며 자랑하는 태준이 아이 같아 지란은 피식 웃고 말았다.

"지금 나 비웃는 거야?"

"아니."

"그럼 왜 웃어?"

"좋아서."

눈초리 끝에 웃음꽃을 매달며 태준을 쳐다보자, 그의 얼굴이 조금씩 붉어졌다.

"지금 나 유혹하는 거야?"

"아니."

"그런 것 같은데?"

이미 영화에는 관심도 두지 않은 채 태준이 능글맞은 웃음을 흘리며 다가오자 목덜미에 소름이 쫙 돋았다.

"지, 지금 뭐야?"

"ㅎㅎㅎ."

요상한 웃음을 흘리며 다가오는 그 때문에 지란 또한 얼굴을 확 붉히고 말았다. 서른이 넘은 여자라 해도 사랑하는 이 앞에서는 소녀가 되고 말았다. 벌게진 얼굴로 부끄러워하는 지란의 모습에 태준의 입이 찢어질 대로 찢어졌다.

"한 번 더 할까?"

"싫, 싫어."

밤새도록 그와 사랑을 나눈 관계로 아직도 아랫도리가 얼얼한데…… 또다시 하자는 그의 말에 기겁을 하고 말았다.

"나 사랑하지?"

"으응."

"나도 너 많이 사랑해. 내 마음 알지?"

진지한 눈빛을 한 채 코앞까지 다가온 그가 묻자, 지란이 고개를 끄덕이며 대답했다.

"알아."

"널 가져도 가져도 부족한 이 마음도 알지?"

"태, 태준아!"

"알아? 몰라?"

막무가내로 몰아붙이는 그 때문에 지란이 식은땀을 주룩 흘리며 어쩔 수 없이 대답했다.

"알아."

"그럼 이 참을 수 없는 욕망도 이해해 줄 수 있지?"

누가 의사 아니랄까 봐 어쩜 이리도 말을 잘 하는지. 청산유수와 같은 그의 말에 홀딱 넘어가 버린 지란이 열심히 고개를 끄덕였다.

"응."

지란의 허락에 태준이 한쪽 입가를 말아 올리며 씩 웃었다. 그런 그의 섹시한 미소에 지란이 배시시 웃으며 그의 목덜미를 두 팔로 감았다.

"사랑한다, 지란아!"

"나도."

눈송이가 살포시 손끝에 닿듯 태준의 입술도 그렇게 그녀의 피부에 살짝 닿았다가 떨어졌다. 조금이라도 강하게 잡으며 부서질 것처럼, 손끝 하나하나에 정성을 기울이는 그가 고마워 지란의 눈시울이 붉어지고 말았다. 사랑하는 사람이 있다는 것. 그 사람을 위해서 용기를 낸다는 것이 얼마나 행복한지 이제야 깨달은 그녀였다. 그래서 지금 이 순간이 한없이 소중하고 행복하기만 했다.

"사랑해, 태준아."

쑥스러운 듯 웅얼거리듯 고백하는 그녀가 귀여워 배시시 웃고 말았다.

"나도 사랑해."

가슴에 안기는 지란이의 체온과 보드라움에 태준의 눈시울이 뜨겁게 타올랐다. 금방이라도 사라질 듯한 멍한 눈을 가진 그녀를 알게 되면서부터 시작된 사랑이었다. 차가운 얼굴과 무심한 눈길로 많은 이들을 적으로 만들며 학교를 다닌 그녀였다. 웃고는 있지만, 눈동자까지 웃지 않는 그녀. 무엇을 해도, 어디를 가도 아버지의 그늘에서 벗어날 수 없었던 그녀를 잘 알았기에 안쓰럽기만 했었다. 그렇게 눈이 먼저 가 버렸고, 어느새 마음도 그녀에게 가 버린 그였다. 조금이라도 그녀를 감싸 주고 싶은 마음뿐이었고, 아파할 때면 어떻게든 그녀가 아프지 않도록 품안에 가두고 싶었다. 사람을 잘 믿지 않는 그녀에게 믿음이란 게 어떤 건지 가르쳐 주고 싶었고, 사랑이 얼마나 아름다운지도 보여 주고 싶었던 그였다. 그래서 곁에 머물렀고, 사랑하는 마음이 세월이 흐름에 따라서 커져만 갔지만, 꾹꾹 눌러 참으며 친구로 있었다. 그 긴 시간들을 그렇게 버텼지만, 한순간 무너진 감정을 다스리지 못하고 고백함으로써 그녀를 잃었던 그 일 년이라는 시간들이 떠오르자, 태준의 눈빛이 어둡게 가라앉았다.

"태준아."

순간 잿빛으로 변하는 태준의 눈동자를 본 지란이 불안한 듯 그의 얼굴을 매만지며 불렀다.

"아!"

"무슨 생각했어?"

"지난 생각."

짧은 그의 말에 지란의 얼굴이 우울하게 변했다.

"그런 표정 짓지 마. 처음 만났을 때의 네가 생각났었어. 그때는 참 예뻤는데……."

지란의 얼굴을 쓰다듬은 태준이 무거운 분위기를 없애기 위해서 짓궂게 웃으며 말했다.

"그때는 이 피부도 뽀송뽀송했었는데……."

"뭐어?"

예상대로 지란이 눈을 흘기며 톡 쏘아대자, 태준이 그녀의 입술에 진한 키스를 날리며 속삭였다.

"그래도 난 지금이 좋다. 이렇게 나한테 안기는 네가 좋아."

"바보."

"미치도록 널 사랑한다, 민지란."

뜨거운 그의 고백에 콧잔등이 시큰거려 왔지만, 애써 참은 지란이 입을 삐죽거리며 웅얼거렸다.

"몰라."

"모르면 안 되는데."

"쳇!"

말은 그렇게 해도 웃고 있는 그녀였기에 태준도 따라 웃으며 그녀를 와락 안아 품안에 가두며 뜨겁게 속삭였다.

"나랑 평생 함께할 수 있지?"

"응."

망설임 없이 바로 대답하는 그녀가 고마워 안고 있는 팔에 힘이 잔뜩 들어가고 말았다.

"고마워."

"나도."

"그런 의미에서 우리 이차 전을 뛰어 볼까?"

"야!"

"어허, 하늘같은 서방님한테 소리를 치다니. 그럼 안 되지."

혼자 생쇼를 하는 그를 어이가 없는 눈길로 쳐다보고 있던 지란이 허허거리며 웃었다.

"정말 어이가 없어서."

"사랑해!"

애교를 부리는 그를 사랑스러운 눈길로 쳐다보고 있던 지란은 그가 자신의 옷을 벗기는데도 모른 척 내버려 두었다. 살포시 가슴께를 만지는 그의 손길이 따뜻해 눈가에 맑은 눈물이 살짝 고였다.

'너라서 얼마나 행복한지 몰라. 정말 고마워, 태준아. 내 사랑.'

10장

늦게 배운 도둑이 날 새는 줄 모른다

오랜만에 출근하는 회사 외관을 천천히 둘러본 지란은 무거운 마음을 안고 안으로 들어갔다.

"안녕하십니까, 실장님."

알은체하는 경비에게 지란도 환하게 웃으며 고개를 숙였다.

"네, 그동안 별일 없었지요?"

"그럼요, 실장님. 몸은 다 나으셨습니까?"

"걱정해 주시는 덕에 빨리 나았어요."

"아이고, 정말 다행입니다."

"추운데 수고하세요. 아저씨!"

사근사근한 지란에게 활짝 웃어 보인 그가 고개를 깊숙하게 숙이며 외쳤다.

"네."

따뜻하게 자신을 맞아 주는 그를 뒤로한 채 엘리베이터로 향하던 지란은 여기저기서 인사를 건네는 사원에게 일일이 답례를 하며 걸었다.

"실장님!"

엘리베이터를 기다리고 있던 지란은 자신을 부르는 낯익은 음성에 천천히 고개를 돌렸다.

"아, 김 팀장님."

"오늘 출근하신단 말씀은 들었는데…… 건강해 보여서 다행입니다."

"홋, 나일론 환자로 몇 달 동안 푹 쉬었습니다."

"하하하!"

"제가 쉬는 바람에 팀장님께서 고생하셨습니다."

"아이고, 무슨 말씀을요. 오히려 제가 많이 배웠습니다."

명호의 말에 지란이 활짝 웃으며 너스레를 떨었다.

"일처리를 너무 잘하셔서 제가 잘리는 거 아닌가 모르겠네요."

"하하, 실장님도 참. 다들 기다리고 있으니 어서 올라가시지요."

"네."

그와 함께 엘리베이터를 탄 지란은 허둥지둥 달려오는 다른 사원들과 눈인사를 나누며 떨리는 가슴을 달랬다. 빠르게 올라가는 숫자를 멍하니 쳐다보고 있는데 가방에서 익숙한 벨이 울렸다.

"응."

ㅡ출근 잘했어?

"지금 올라가고 있는 중."

지란의 짧은 말에 태준이 눈치를 채고는 키득거리며 웃었다.

ㅡ다른 사람들 있구나.

"응."

ㅡ오늘 하루 잘 보내라고 전화했어.

"당신도 잘 보내."

네가 아닌 당신이라고 불러 주는 그녀의 호칭에 태준은 가슴이 설레었다.

ㅡ응. 해피한 월요일 보내.

"응. 저녁에 봐."

ㅡ그래.

아무리 표정을 숨기려고 해도 나타나는지 옆에 서 있던 명호의 눈동자에 놀라움이 가득 걸리는 걸 본 지란이 헛기침을 두 번 하며 전화를 끊었다.

"실장님 연애하시나 봅니다."

명호의 말에 지란의 얼굴이 살짝 붉어졌다가 사라졌다.

"홋, 아니란 거짓말은 하고 싶지 않네요."

"역시 우리 실장님이십니다. 그런데 설마 사내연애는 아니겠지요?"

"그런 건 아니네요."

"하하하, 얼른 국수 한 그릇 선사해 주십시오."

명호의 너스레가 싫지 않아 평상시와는 달리 지란이 활짝 웃으며 고개를 끄덕였다.

"그러지요."

의외의 반응을 보여서 그런지 명호의 눈동자가 놀라움으로 커지는 것 같았다. 그 모습에 지란이 피식 웃으며 시선을 돌렸다.

"하하하!"

기획실이 있는 11층에 도착한 엘리베이터가 멈추고 문이 열리자 먼저 지란이 내리고 그 뒤를 명호가 따랐다. 지란은 익숙한 복도를 걸으며 분위기를 살폈다.

"큰 문제는 없었지요?"

"지난번 보고드린 것 외에는 없습니다."

"보고서 오전 중으로 다시 한 번 더 부탁드릴게요."

"네, 실장님."

부서로 들어가던 지란은 아침부터 무슨 일로 출도를 하는지 여러 명의 임원들을 이끌고 다가오는 부친을 발견하고는 미간을 찡그리고 말았다.

조금씩 거리를 좁혀 오는 그들을 명호도 발견했는지 안색이 창백하게 변했다.

"이 아침부터 무슨 일일까요?"

"저 때문인 것 같으니 너무 긴장하지 마세요."

"하아, 전 회장님만 보면 왜 이리 다리가 떨리는지 원."

"훗, 무진 사람이라면 대부분이 다 팀장님처럼 떨어요."

지란의 말이 위로가 되었는지 명호가 숨을 깊숙하게 들이마시며 어깨를 쫙 폈다.

"안녕하십니까, 회장님."

머리가 땅에 닿을 정도로 고개를 숙이는 명호의 인사를 간단하게 받은 기태의 시선은 옆에 서 있는 지란에게 꽂혔다.

"서 이사."

"네, 회장님."

"김 팀장에게 하반기 실적 보고 받도록 하게."

"알겠습니다."

기태의 뜻을 알아차린 임원들이 알아서 자리를 피해 주기 위해서 명호를 압박하자, 그의 얼굴이 노랗게 변해 버렸다.

"김 팀장, 같이 회의실로 가지."

"아, 네."

놀라 허둥거리는 명호가 안쓰러웠지만, 지란은 그를 도와줄 수가 없었다. 어차피 부딪쳐야 할 문제라면 일초도 미루고 싶지 않은 그녀였다. 뚫어져라 쳐다보는 부친의 시선을 맞받아친 지란이 고개를 살짝 숙여 인사를 했다.

"좋아 보이는구나."

"영양보충을 많이 했습니다."

딱딱한 지란의 말에 기태의 한쪽 뺨이 꿈틀거렸다.

"귀가 많은 이곳에서 할 얘기는 아닌 듯하니 따라오너라."

"사적인 얘기는 퇴근 후에 하셨으면 합니다."

"서태준 얘기인데도 말이냐?"

이미 모든 걸 다 알고 있다는 부친의 말에 지란은 한숨을 조용히 내쉬며 뒤를 따를 수밖에 없었다. 답답한 침묵에 가슴이 무거웠지만, 입을 열고 싶지도 않았다. 머릿속에 가득한 말들과 떨리는 두 손을 꼭 맞잡은 채 가장 꼭대기 층에서 내린 지란은 부친의 뒤를 따르며 굳어지는 얼굴을 다스리지 못했다. 활짝 웃으며 인사를 건네는 비서에게 가볍게 목례를 한 지란은 육중한 문이 등 뒤에서 닫히자, 몸이 부르르 떨리고 말았다.

"정승처럼 서 있지 말고 앉거라."

잔뜩 굳어진 얼굴로 소파로 다가가 앉은 지란은 바짝 긴장한 채 기태의 말을 기다렸다. 지란을 말없이 바라보던 기태가 서류 하나를 조용히 내밀었다.

"뭡니까?"

"보면 안다."

흔들리지 않기 위해서, 두려워하지 않기 위해서 스스로를 다독거리며 봉투를 개봉한 지란은 새하얀 종이 위에 빼곡하게 적힌 내용들을 읽어 내렸다.

"설아 하나만으로 부족하십니까?"

착 가라앉은 지란의 음성에 기태의 한쪽 입가가 비틀렸다.

"동생을 희생시키면서까지 행복해지고 싶었던 게냐?"

"그런 말씀하실 처지가 아니지 않습니까?"

"너와 내가 무엇이 다르지?"

그 말에 울컥 뜨거운 눈물이 차올랐지만 얼른 눈을 깜박거려 없앴다.

"맞습니다. 회장님이나 저나 둘 다 비겁자지요."

비릿하게 웃으며 부친을 바라본 지란이 입가에 조소를 띄웠다.

"설아를 보면서 저는 행복해질 권리가 없다고 생각하며 살았습니다. 엄마와 설아한테 준 그 많은 상처들을 회장님을 대신해서 제가 다 갚아야 한다고 그리 생각했습니다. 그래서 마음을 죽였습니다. 조금은, 아주 조금은 행복해지고 싶은 마음이 들면 얼른 칼로 자르고 잘랐습니다. 그렇게 삼십사 년을 살았습니다. 회장님 때문에 말입니다."

회장님 때문이라는 딸아이의 말에 기태의 새하얀 눈썹이 아래위로 심하게 꿈틀거렸다.

"제가 아무리 발버둥쳐도 회장님 손안에서 벗어날 수 없다는 것도 잘 압니다. 하지만…… 이번에는 회피하지 않을 겁니다. 어떤 상처를 주셔도 저 이번에는 물러서지 않을 겁니다. 제 목숨이 사라진다 해도 말입니다."

몇 달 만에 몰라보게 달라진 딸아이의 눈빛에 기태의 눈초리가 가늘어졌다. 그런 부친의 매서운 눈빛을 맞받아친 지란이 쓸쓸하게 웃으며 입술을 달싹거렸다.

"회장님의 능력으로 태준이를 아프게 한다면…… 전 한 치의 망설임도 없이 모든 걸 다 버릴 겁니다. 그 사람을 위해서 그리할 겁니다. 억누르고 억눌렀던 제 행복을 찾기 위해서 싸워야 한다면 제가 산산이 부서지는 한이 있어도 그리할 겁니다. 이번만큼은 절대로 물러서지 않을 겁니다."

두 눈을 번뜩이며 이를 악무는 지란을 노려보던 기태가 피식 웃으며 상체를 뒤로 기대며 빈정거렸다.

"부서진다 해도? 그 정도의 용기가 있을까, 민지란?"

"죽을 만큼 아파도 그리할 겁니다."

"훗, 그래?"

"이번만큼은 저도 쉽게 무너지지 않을 겁니다."

"내가 그 병원을 무너뜨린다 해도?"

"각오하고 있습니다."

"이 원장이 널 받아 줄 거라 생각하는 게냐?"

"받아 주실 겁니다."

이미 허락을 받았다는 말을 하지 않은 채 지란은 살짝 고개를 숙였다.

"의사인 그 사람이 널 쉬이 받아 줄 거란 착각은 하지 않는 게 좋을 거다. 넌 스스로 많은 걸 버린 아이니까."

그 말에 서러운 눈물이 왈칵 차올라 스스로 어떻게 해 볼 사이도 없이 뺨을 가로질러 흘러내리고 말았다.

"제가 자살을 시도할 수밖에 없게 만든 건 회장님이십니다. 생쥐도 코너에 몰리면 고양이를 무는 법이니까요."

"넌 생쥐도 아닐뿐더러 코너에 몰리지도 않았어."

"지난 세월 내내 벼랑 끝에 서 있었습니다."

"배부른 소리하고 있군."

"사업 확장용으로 두 딸을 이용하는 회장님한테 그런 말을 듣고 싶진 않습니다."

당돌한 지란의 말에 화가 치민 기태가 테이블을 내리치며 위에 놓여 있는 꽃병을 지란 쪽으로 던져 버렸다. 순식간에 지란의 한쪽 뺨을 스치고 지나간 꽃병이 바닥에 떨어지며 요란한 소리와 함께 산산조각 났다.

"건방진 것 같으니라고."

후끈거리는 오른쪽 뺨을 손가락을 쓱 만진 지란이 허탈하게 웃으며 말했다.

"그런 모습 더 이상 무섭지 않습니다."

"네가 아주 미쳤구나! 감히 내 말을 거역하다니!"

"회장님에게 있어 저란 존재가 무엇입니까? 사업을 번창시키고, 탄탄하게 만드는 도구일 뿐입니까? 절 한 번만이라도 딸로 생각해 주신 적이 있으십니까? 당신의 피가 섞인 자식으로 말입니다. 제가 왜 결혼을 무서워하는지, 자살을 선택할 정도로 두려워하는지 한 번만이라도 생각해 보신 적이 있으십니까? 제 상처가 얼마나 깊은지 회장님은 상상도 못할 겁니다. 헌데

배부른 소리하고 있다고요? 차라리 회장님이 제 아버지가 아니었으면 좋겠단 생각을 수백 번 수천 번 했습니다. 평범한 가정의 딸로 태어나서 평범하게 사랑받으며 살고 싶다는 생각을 끊임없이 하고 살았다고요. 회장님은 정략결혼을 했다는 이유로 엄마를 홀로 방치해 두면서 수많은 여자와 스캔들을 뿌리셨습니다. 그것도 부족해 집으로 여자를 끌어들여 버젓이 안방에서 다른 여자와 뒹군 사람도 회장님이십니다. 그런 모습들을 보면서 제가 무슨 생각을 했을 거라 생각하십니까? 어리다고 아무것도 모르는 게 아닙니다. 어리다고 눈이 보이지 않는 것도 아니고, 귀가 들리지 않는 것도 아닙니다. 다 보이고, 다 들립니다. 제가 속이 없어서 새엄마를 환영한 줄 아십니까? 제가 멍청해서 그리 환하게 웃으며 새엄마를 포용한 줄 아십니까? 내가 불쌍하고, 이런 암흑 속으로 들어올 그분이 불쌍해서 그랬습니다. 회장님 같은 사람과 함께 살 그분이 불쌍해서……."

철썩거리는 소리와 함께 지란의 오른쪽 뺨이 왼쪽으로 휙 돌아갔다. 분노로 가득 찬 부친의 눈동자가 바로 코앞에 있었지만, 예전처럼 무서워 벌벌 떨진 않았다.

"건방진 것!"

또다시 날아온 부친의 손바닥을 고스란히 뺨에 맞은 지란은 씁쓸하게 웃으며 서러운 눈물을 떨어뜨렸다.

"홀로 떠나고 싶었습니다. 회장님과 연을 끊어 버리고 살고 싶었습니다. 근데 그리하지 못한 건 새엄마 때문이었습니다.

절 자신의 친딸보다 더 아껴 준 정 때문에…… 이런 마음 회장님은 절대로 모르실 겁니다. 죽었다 깨어나도 이 마음 아실 수 없을 겁니다. 회장님에게 소중한 건 회사밖에 없으니까요."

뜨거운 눈물을 흘리며 쳐다보는 딸아이의 처량한 시선에 기태의 심장이 욱신거리며 아파 왔다.

"못된 언니라고 손가락질해도 좋습니다. 어떻게 동생을 희생시키고 혼자 행복해지냐고 비난해도 고스란히 받아들이겠습니다. 호적에서 나가라면 그리하겠습니다. 엄마한테 물려받은 주식을 내놓으라면 그리하겠습니다. 그러니……."

폭포수처럼 눈물을 쏟아내던 지란이 벌게진 양 볼로 바닥에 무릎을 꿇자, 기태의 뺨이 심하게 뒤틀렸다.

"제발 그 사람만은 건드리지 말아 주십시오. 제발……."

기태는 무릎을 꿇는 지란을 보며 두 주먹을 꽉 움켜쥐었다.

"일어나라."

"회장님!"

"일어나라 했다."

"한 번만…… 딱 한 번만 저를 도구가 아닌 자식으로 바라봐 주세요."

애원하는 지란이 보기 싫어 고개를 휙 돌리던 기태는 멍하니 문 앞에 서 있는 애란을 발견하고는 소리를 버럭 질렀다.

"왔으면 기척이라도 했어야지!"

성난 기태의 외침에 지란이 바닥에 대고 있던 고개를 들어

뒤로 돌렸다.

"지란아."

자신보다 더 아픈 눈빛을 한 채 서 있는 새엄마 때문에 지란
이 씁쓸하게 웃으며 천천히 자리에서 일어났다.

"엄마……."

"이렇게까지 해야 하는 건가요?"

"입 다물어!"

기태의 호통에도 애란은 입을 다물지 않았다.

"회장님의 그 욕망 때문에 얼마나 많은 사람들이 아파하고
있는지 아시나요? 그만 멈추면 안 되나요? 꼭 이렇게까지 해
야 하는 건가요?"

"그 입 다물라고 했다!"

"회장님!"

"그만!"

"이 이상 설아와 지란이에게 상처를 주면 저도 더 이상 회
장님 곁에 있지 않을 거예요."

"이 건방진……."

분을 참지 못한 기태가 몸을 부르르 떨더니 눈앞에 있는 도
자기를 들고 던져 버렸다. 갑작스러운 부친의 행동에 놀란 지
란이 애란을 보호하기 위해서 자신의 몸을 던졌다.

"아앗!"

"지란아!"

엄마를 보호하기 위해서 자신의 몸을 방패로 삼은 지란의 머리를 정확하게 가격한 도자기가 힘없이 바닥으로 떨어지며 산산이 부서졌다.

"어…… 지, 지란아!"

"괜찮아요?"

"이, 이게 무슨……."

새하얀 얼굴로 자신의 안전부터 확인하는 딸아이 때문에 애란의 뺨으로 하염없이 눈물이 흘러내렸다.

"괜, 괜찮니?"

"아니요."

"병, 병원에…… 어서……."

제대로 말도 하지 못한 채 벌벌 떨고 있는 엄마의 손을 꼭 잡은 지란이 배시시 웃으며 고개를 저었다.

"많이 다치진 않았어요."

"하지만……."

눈물로 가득한 눈을 껌벅거리며 지란의 뒤통수를 매만지던 애란은 자신의 손바닥을 흥건하게 만드는 끈적거리는 피에 동공이 팽창되었다.

"피, 피……."

"엄마……."

"맙소사! 어서 병원으로……."

자신을 안고 있던 지란이 스르륵 주저앉는 모습에 놀란 애란이 비명을 내질렀고, 그런 애란의 비명에 정신을 놓은 채 멍하니 있던 기태가 정신을 차리고는 허겁지겁 인터폰을 눌렀다.

"흑흑, 지란아…… 지란아!"

헝겊인형처럼 쓰러지는 지란을 가슴에 안은 애란이 오열하기 시작했다.

"안 돼! 제발…… 내 딸 지란아……."

울부짖는 애란의 두 손바닥에는 지란의 뜨끈한 피가 가득 고여 있었다.

"안 돼!"

어떤 정신으로 병원까지 왔는지 생각이 나지 않을 정도로 태준은 정신을 차리지 못하고 있었다. 핏발이 잔뜩 선 눈으로 응급실로 뛰어 들어간 태준은 웅성거리는 사람들을 헤치고 빠르게 코너를 돌았다.

"태준아! 서태준!"

자신을 부르는 소리까지 듣지 못하고 허겁지겁 지란을 찾기 위해서 고개를 돌리던 태준은 어머니의 모습이 동공에 잡히자 미간을 잔뜩 찡그렸다.

"어머니."

"그렇게 심각한 상태는 아니니 그런 표정 수습하고 따라오너라."

심각한 상태가 아니라고 해도 쉽게 창백한 얼굴을 감추지 못한 채 서 있는 아들의 모습에 윤하는 아랫입술을 살짝 깨물었다.

"서태준!"

"어디에 있습니까?"

"두피가 조금 벗겨지는 바람에 수술중이다."

일반인이라면 놀라 까무러칠 일이지만, 윤하는 이보다 더한 환자들을 수도 없이 보아 왔기에 차분하게 말을 했다. 그런 어머니를 빤히 쳐다보던 태준이 붉어진 눈을 깜박거리며 힘없이 속삭였다.

"어머니에게는 조금일지 모르지만, 저에게는 심장이 내려앉는 일입니다."

금방이라도 눈물이 쏟아질 듯한 아들의 눈빛 때문에 윤하의 눈초리가 가늘어지고 말았다.

"약해 빠진 놈!"

"제 목숨보다 더 소중한 사람이니까요."

"서태준!"

"다른 이상은 없는 겁니까?"

노려보는 어머니의 시선을 받아치며 다른 이상이 없는지 묻는 아들 때문에 서운함이 훅 밀려온 윤하가 오른쪽 입가를 씰룩거리며 쏘아댔다.

"김민성한테 물어봐!"

"어머니……."

"아무리 사랑하는 이가 다쳤다지만……."

잠시 말을 끊은 윤하가 쓰러질 듯한 태준을 노려보며 말을 이었다.

"이런 모습을 봐야 하는 이 어미의 마음도 알아주었으면 좋겠구나."

그 긴 세월을 자신 하나만 바라보며 살아온 어머니란 걸 잘 알기에 태준은 죄송함에 고개를 푹 숙이고 말았다.

"죄송합니다."

"코너 돌면 된다."

"죄송합니다."

"됐으니 가 봐."

"네."

두려울 정도로 떨린다는 게 어떤 건지 또다시 깨닫게 되자, 태준의 눈시울이 확 붉어지고 말았다. 이런 느낌 두 번 다시는 느끼고 싶지 않았는데…… 그녀가 응급실로 들어왔을 때 맹세했었는데…… 그런데 또다시 그녀 때문에 응급실로 달려와야 하는 이 상황이 태준의 심장을 내려앉게 만들고 있었다.

자꾸만 꺾이는 무릎에 힘을 주며 겨우 코너를 돌자, 언제나 보아 온 수술중이라는 팻말이 눈을 시리게 만들었다.

"지란아……."

아무리 자신이 의사라 해도 수술중일 때는 어떤 일이 있어도 들어갈 수 없기에 태준은 떨리는 한숨을 내쉬며 작은 의자에 무너지듯 앉았다. 눈도 깜박거리지 않은 채 수술중이라는 글자만 노려보던 태준은 조금 떨어진 곳에서 들려오는 부스럭거리는 소리를 들을 수 있었다.

"어머님."

"미안해요. 정말 미안해."

온전한 정신이 아닌 듯 멍한 눈동자로 연방 사과하는 애란의 모습에 놀란 태준이 그녀를 감싸 안아 의자에 앉히며 물었다.

"어떻게 된 겁니까, 어머님?"

"정말 미안해요. 미안……."

"어머님!"

살짝 그녀가 정신을 차릴 수 있도록 어깨를 잡아 흔든 태준이 처음보다 목소리 톤을 높이며 채근했다.

"난, 정말 난……."

"지금 어머님 상태도 그리 좋아 보이지 않으세요. 정신 좀 차려 보세요."

동공을 확인하며 얼굴을 살피던 태준은 뒤에서 들려오는 싸늘한 음성에 미간을 찡그리며 고개를 휙 돌렸다.

"그 손 놓아주세요!"

"설아야, 난 정말 난……."

한 번도 본 적이 없는 엉망으로 헝클어진 엄마의 모습에 설아의 눈가에 눈물이 맺혔다.

"엄마……."

"나 때문에…… 흑흑흑, 이 못난 나 때문에 지란이가……
내 딸이…… 아!"

말도 제대로 하지 못한 채 꺽꺽거리며 우는 엄마의 처량한
모습에 분노가 차오른 설아는 주먹을 불끈 쥐고 말았다.

"정신 차려요!"

나직한 설아의 외침 소리에도 애란은 정신 놓은 사람처럼
온몸을 달달 떨며 같은 말을 계속 중얼거릴 뿐이었다.

"내가 떠났어야 했는데…… 들어오지 말았어야 했는데……
이 가슴을 뜯어내야겠어. 이 가슴을……."

울부짖으며 자신의 가슴을 잡아 뜯는 엄마 때문에 설아의
뺨으로 참고 참았던 눈물이 흘러내리고 말았다.

"정신 차려요."

긴 한숨과 함께 엄마의 어깨를 움켜잡은 설아가 뒤에 서 있
는 경호원에게 외쳤다.

"엄마 좀 부탁해요."

"알겠습니다."

이 막다른 골목까지 오지 말았어야 했는데…… 설아는 가슴
을 치고 싶었지만 지금은 이성적으로 움직여야 했다. 그래야지
자신도 살 수 있으니까.

"왜!"

소리를 버럭 지르며 설아 쪽으로 몸을 휙 돌린 태준이 그녀

를 노려보며 이를 갈았다.

"왜 지란이가 저렇게 되었는지 사실을 알아야겠습니다."

"잠시만 기다려 주세요."

엄마의 상태가 심각해 보여 설아의 시선은 애란에게 꽂혀 있었다. 머뭇거리는 경호원에게 어서 모시고 가라는 눈빛을 보낸 설아가 잡고 있던 어깨를 놓으며 일어났다.

"푸른 별장으로 가시면 돼요."

"알겠습니다."

금방이라도 숨이 넘어갈 듯 축 늘어진 애란을 번쩍 안아 든 정환은 설아에게 짧게 목례를 하고는 빠르게 그곳을 벗어났다. 그런 정환을 말없이 쳐다보고 있던 설아는 두 사람의 모습이 복도에서 완전히 사라지자, 그제야 태준 쪽으로 몸을 돌리며 고개를 숙였다.

"미안합니다."

"설아 씨!"

"이런 상황까지 오지 않도록 미리 손을 썼어야 했는데……
정말 미안해요."

"미안하단 말보단 지란이가 왜 저렇게 누워 있어야 하는지 알고 싶습니다."

딱딱한 태준의 말에 설아가 한숨을 조용히 내쉬었다.

"언니와 회장님이 다툰 것 같습니다. 그 과정에서 날아온 도자기에 머리를 맞은 것 같아요."

"도자기?"

"네."

믿을 수 없는 눈길로 설아를 쳐다보던 태준이 수술실 쪽으로 고개를 휙 돌리더니 의자에 털썩 주저앉았다.

"그럴 수가……."

"언니를 지키지 못해서 미안합니다."

그 말은 자신이 해야 하는데 오히려 그녀가 하자 태준이 머리를 감싸며 고개를 숙였다.

"안이하게 생각했나 봅니다. 제가 너무 안이하게……."

스스로를 자책하듯 머리카락을 쥐어뜯는 태준을 말없이 내려다보던 설아가 씁쓸하게 웃으며 속삭였다.

"서태준 씨, 우리 언니를 포기하지 말아 주세요. 부탁드립니다."

머리가 땅에 닿을 정도로 깊숙하게 허리를 숙이며 부탁한다 말하는 설아 때문에 태준은 뜨거운 눈물을 흘리고 말았다. 굵은 눈물이 그의 볼을 타고 흘러내리자, 그 모습을 바라보던 설아가 시선을 돌려주었다.

"서태준 씨 같은 따뜻한 사람이 언니 곁에 있어서 다행이에요."

"설아 씨!"

"행복이란 단어는 우리에게 어울리지 않는다 생각하며 살아왔어요. 하지만 이제부터는 그 행복을 이 손에 잡기 위해서 모든 걸 다 걸 생각입니다. 그러니 포기하지 말고, 언니가 내민 손을 꼭 잡아 주세요."

"어떤 일이 있어도 지란이를 포기하지 않을 겁니다."

"제가 언니에게 해 줄 수 있는 게 너무 작아 미안하지만⋯⋯."

목이 메는지 잠시 말을 끊은 설아가 콧잔등을 찡그리며 목청을 가다듬었다.

"서태준 씨가 제 형부가 될 수 있도록 회장님과 협상을 할 생각이에요⋯⋯. 결코 쉽지만은 않을 겁니다. 그러니 서태준 씨도 마음을 단단히 먹고 있으세요."

"지란이는 제가 꼭 지킬 겁니다."

누군가를 사랑하면 이런 대단한 용기가 나오는 건가 싶어 한참 태준을 쳐다보던 설아는 긴 복도를 성큼성큼 걸어오는 남편 때문에 말을 끝냈다.

"부탁합니다."

"네."

수술실 불이 꺼짐과 동시에 다가온 시하가 설아를 바라보며 미간을 찡그렸다.

"처형은?"

"지금 막 끝난 거 같아."

"괜찮을 거야. 너무 걱정하지 마."

자신보다 더 근심 가득한 얼굴로 걱정하지 말라는 시하의 위로에 설아의 눈시울이 붉어지고 말았다.

"강해서 걱정하지 않아."

"그래. 처형 강해."

무뚝뚝하지만 남편을 배려하는 모습을 보이고 있는 설아와 그런 설아를 따뜻한 눈길로 위로하는 남편의 모습을 보던 태준은 시선을 드는 시하와 눈이 마주쳤다.

"누구? 소개해 줘."

"아, 언니 애인이야."

"유시하라고 합니다."

"서태준입니다."

시하와 태준이 누가 먼저랄 것도 없이 성큼 손을 내밀며 악수를 하자 설아는 고개를 갸웃했다. 두 남자가 나란히 선 모습을 보니 그 모습이 참 보기 좋다는 생각이 들었다.

"장모님은?"

"조용한 곳으로 모셨어."

"잘했어. 장인어른은?"

스스럼없이 장인어른이라고 부르는 그 때문에 설아의 얼굴이 구겨지고 말았다.

"회사에 계셔."

"병원에 와 보지 않는 거야?"

"당연한 건 묻지 마."

수술실 불이 꺼진 지 몇 분이 흘렀다. 시하와 설아의 이야기에 귀를 기울이면서도 태준은 온통 수술실 문이 열리기만을 기다리고 있었다. 그리고 드디어 수술실 문이 열리고 집도의였던 후배 김민성이 모습을 드러냈다.

"아, 선배."

태준은 달려들듯이 민성에게 다가섰다.

"환자 상태는?"

"봉합은 잘 되었고, 벗겨진 두피로 인해서 이식은 어쩔 수 없이 해야 할 것 같아요. 그 외에 내외상은 없고요."

"그래?"

"걱정 많이 하셨죠? 이제 안심하셔도 돼요."

"휴, 그렇군. 수고했다."

"수고는요. 병실로 올라가셔도 될 것 같아요."

"내가 킵할게."

"당연한 말씀."

씩 웃고는 손을 흔들며 샤워실로 들어가는 후배를 뒤로한 채 간호사들과 함께 침대를 끌기 위해서 상체를 숙이던 태준은 뒤에 서 있는 설아가 움직이지 않아 의아함에 고개를 돌리며 불렀다.

"함께 올라갈 거 아닌가요?"

"언니를 부탁합니다."

"그냥 가시려고요?"

"지금 본 걸로 됐습니다."

담담한 눈길로 피투성이가 된 언니를 바라보던 설아가 뒤로 한걸음 물러섰다.

"서태준 씨가 곁에 있으니 이젠 걱정하지 않을 겁니다. 그러니 잘 부탁해요."

"하지만……."

"언니한테 전해 주세요. 저도 제 행복을 잡기 위해서 노력하겠다고. 제 말을 언니가 깨어나면 꼭 전해 주시기 바랍니다."

그렇게 말하며 설아는 뒤돌아섰다.

"그럼 다음에 뵙겠습니다."

올 때와 마찬가지로 쌩하니 가는 시하와 설아 때문에 태준은 그저 바라볼 뿐이었다.

멍했던 정신이 조금씩 돌아오자, 가장 먼저 찾아온 건 고통이었다. 욱신거리는 머리 때문에 인상을 찡그리던 지란은 나긋나긋한 태준의 목소리가 귓가에 울려 퍼지자, 뻣뻣한 눈꺼풀을 들어 올렸다.

"많이 아프지?"

"아……."

얼마나 잤는지 칼칼한 목 때문에 목소리가 제대로 나오지 않아 지란이 얼굴을 찡그리자, 시원한 수건이 입술 위에 내려앉았다.

"아직은 말하지 마."

"태……."

"쉿!"

정성스러운 그의 손길이 입술 끝에 닿자, 지란이 눈을 깜박거리며 웃었다.

"고마워."

겨우 고맙단 말을 내뱉자, 태준이 커다란 코끝을 찡그리며 툴툴거렸다.

"그런 말 듣기 싫다."

"훗!"

"자신을 소중하게 여긴다 약속했으면서……. 너 약속 어겼으니까 나한테 벌 받아야 해."

"으응."

"지란아."

"응?"

"많이 다치지 않아서 정말 다행이야."

포근하게 안아 주는 그의 따뜻한 온기가 지란은 너무 좋았다.

"정말?"

"응. 생각보다는 많이 다치지 않았어."

"거짓말!"

"정말이야."

"넌 거짓말할 때 왼쪽 눈동자가 좌우로 움직여."

"하하하!"

"보기 싫을 정도야?"

더 이상 그에게 흉한 모습은 보이고 싶지 않아 끈질기게 묻자, 대답을 회피하던 태준이 체념한 듯 한숨을 내쉬며 고개를 조금 아래위로 끄덕였다.

"조금."

"얼마나?"

마취 때문에 쉰 목소리가 나왔지만, 자신이 어떤 몰골인지 알고 싶었다.

"조금."

"나 거울 좀 갖다 줘."

"거울은 무슨. 지금은 쉬어야 해."

"거울."

"지란아."

그가 듣기 좋은 목소리로 이름을 불러 주었다. 하지만 지란은 고집을 꺾지 않았다.

"거울 좀 줘. 부탁해, 태준아."

결국 태준이 포기를 하고 미니 냉장고 위에 있는 손거울을 가지고 와 지란의 눈앞에 대 주었다.

"아!"

이리저리 이상하게 잘린 머리카락은 둘째치더라도 정수리 조금 밑으로 크게 감겨져 있는 붕대 때문에 미간이 모아지고 말았다.

"머리 얼마나 다친 거야?"

"두피가 조금 떨어져 나가는 바람에 머리카락을 대충 자를 수밖에 없었어."

"얼마나?"

"조금."

"조금이 얼만데? 가로세로 몇 센티미터나 떨어져 나갔는데?"

말로만 듣는 것과 눈으로 확인하는 것은 엄연히 차이가 있다. 지란은 괜찮을 거라고 생각했지만 막상 자신의 상태를 확인하자 울컥 거림이 밀려오고 말았다. 태준이 그녀의 손을 꼭 잡으며 달래듯 속삭였다.

"상처가 다 나으면 성형 예쁘게 해 줄게. 그러니까 조금만 참아."

"너한테 이런 모습 보이고 싶지 않은데…… 다른 누구보다 너한테는……."

친구로 있을 때는 자신의 치부를 보여도 덜 부끄러웠지만, 지금은 사정이 달라졌다. 가장 보여 주고 싶지 않은 사람에게 자신의 치부를 완전히 보여 준 꼴이 되어 버렸기에 꼭 감은 지란의 눈가로 눈물이 흘러내리고 말았다.

"지란아, 괜찮아."

"정말 싫어."

"네가 어떤 모습이든 난 괜찮아."

"부끄러워."

손으로 눈을 가리며 부끄럽다 말하는 지란의 두 손을 꼭 잡
아 내린 태준이 그녀의 뺨에 살짝 입을 맞추며 부드럽게 말했
다.

"그러지 마. 네가 부끄러워할 일이 아니잖아."

"태준아!"

"난 네가 너무 사랑스러워서 참을 수가 없어. 아프지만 않다
면 미친 듯이 널 안고 싶어."

뜨거운 그의 고백에 지란의 얼굴에 홍조가 드리워지고 말았
다.

"고마워."

"그건 내가 하고 싶은 말이야."

까칠한 입술에 살짝 닿는 그의 촉촉한 입술의 감촉을 느끼
기 위해서 눈을 스르륵 감던 지란은 정신을 잃기 전 마지막 영
상이 뇌리에 떠오르자, 눈을 번쩍 뜨며 외쳤다.

"아참, 엄마!"

갑작스러운 지란의 외침에 놀란 태준이 고개를 번쩍 들다
가 휘청거리자, 그 모습이 웃겨 지란의 입가에 미소가 걸렸
다.

"바보 같다."

"갑자기 소리 지르니까 그렇지."

"엄마는?"

"설아 씨가 모시고 갔어."

당신을
사랑
합니다

"설아가?"

"설아 씨랑 남편도 왔다 갔어."

"그랬구나. 엄마 괜찮지?"

자신 때문이라고 자책할 엄마가 생각나 지란의 눈빛이 어둡게 가라앉아 버렸다.

"잘 견디실 거라 믿어."

"설아는?"

"담담하던데. 아, 그리고 설아 씨가 너 깨어나면 꼭 전해 주라는 말이 있었어."

전해 주라는 말에 지란이 눈을 동그랗게 뜨고 재촉했다.

"무슨 말?"

"자기도 행복을 잡기 위해서 노력하겠다는 말을 전해 달라고 했어."

"정말? 정말 그랬단 말이야?"

믿을 수 없는 눈길로 태준을 쳐다보던 지란이 믿을 수 없다는 듯이 고개를 절레절레 흔들었다.

"정말? 진짜 정말이야?"

"그래."

"정말 그랬단 말이지?"

몇 번을 물은 끝에 그의 말을 믿은 지란이 활짝 웃었지만, 뺨으로는 하염없이 눈물이 흘러내렸다.

"행복을 잡겠다고 하다니…… 내 동생이 그랬단 말이지?"

"응."

"아!"

팔로 눈을 가렸지만, 이미 흘러내린 눈물을 감추지는 못했다.

"행복을 잡기 위해서 노력하겠다니…… 이런 날이 올 줄이야. 정말 꿈조차 꾸지 못할 일들이었는데…… 정말 그랬는데…… 이 떨리는 가슴을 어쩌지?"

눈물로 범벅이 된 얼굴로 행복하게 웃는 지란 때문에 태준도 가슴이 벅차서 그녀를 살포시 안으며 속삭였다.

"그 떨림을 즐겨. 그럼 돼."

"아! 아!"

"울고 싶으면 울면 돼. 내 품 안에서 그러면 돼. 알았지?"

"태준아! 태준아! 태준아!"

울며 웃는 그녀 때문에 태준도 행복해서 절로 입가에 미소가 가득 걸리고 말았다. 많은 아픔이 있었고, 그 아픔을 고스란히 그녀가 다 감내하며 살아왔지만 이젠 그렇게 내버려 두지 않을 생각이었다. 이 상처가 낫는 대로 그녀를 자신의 반려자로 곁에 둘 생각을 한 태준의 눈빛은 비장하기만 했다.

'널 위해서 더 이상 머뭇거리지 않을 거야. 그러니 날 믿고 따라와 줘.'

이 주 전의 일들이 거짓말인 것처럼 회장실은 예전 모습 그대로였다. 애란에게 맞출 생각으로 던진 물건은 아니었지만, 그 일로 인해서 큰딸이 머리를 맞고 쓰러졌고, 수술을 했는데도 기태의 얼굴에는 아무런 감정도 드러나 있지 않았다. 평상시처럼 의자에 앉아 보고를 받고, 결재를 하던 기태는 소리 없이 문이 열렸지만 이미 누구인지 보고를 받았기에 고개를 들지 않았다. 그런 부친을 노려보던 설아가 어금니를 꽉 깨물고는 서럽게 입을 열었다.

"저로 부족하셨습니까?"

나직한 설아의 말에 기태는 아무런 표정도 드러내지 않은 채 의자에 앉아 있을 뿐이었다. 그런 부친의 무표정한 얼굴을 빤히 쳐다보고 있던 설아가 한숨과 함께 작은 봉투 하나를 책상 위에 올려놓으며 말했다.

"회장님께서 원하시는 내용이 그 안에 들어 있습니다. 대성을 등에 업는 것만으로도 무진의 앞날은 탄탄대로일 겁니다. 그러니 언니는 그만 놓아주십시오, 회장님."

"듣기 싫다."

"제가 회장님을 협박하지 않게 해 주시기 바랍니다."

짧은 말이지만, 그 속에 담긴 설아의 매서움에 기태의 새하얀 눈썹이 꿈틀거렸다.

"뭐라?"

"어떤 일이 있어도 전 대성의 후계자를 낳을 겁니다. 아이를 낳지 못하시는 형님을 대신해서 제가 낳은 아이가 대성의 후계자가 될 겁니다. 그렇게 되면 어떤 결과가 나올지 뻔하지 않습니까? 대성만 잡으면 무진은 더 이상 두려울 게 없습니다. 헌데 언니까지 도구로 전락시킬 생각이라면……."

잠시 말을 끊은 설아가 날카로움을 눈동자에 담으며 부친을 노려보았다.

"모든 걸 다 잃는 한이 있더라도 언론을 이용할 겁니다. 제가 파멸의 길로 떨어진다 해도 말입니다."

"훗, 그럴 용기가 있을까, 민설아?"

비릿하게 웃으며 묻는 기태에게 설아는 환한 미소를 지으며 되받아쳤다.

"제가 손 놓고 대성으로 들어간 게 아니란 걸 똑똑히 회장님께 보여 드리겠습니다."

이를 바득 갈며 독기를 내뿜는 설아를 노려보던 기태가 얼굴을 일그러뜨렸다.

"건방진 것!"

"더 이상 저를 민설아 하나로만 보지 않는 게 좋을 겁니다, 회장님. 전 대성을 등에 업었고, 이젠 시부모님까지 제 편으로 만들었습니다. 그런 제가 무진과 싸운다 하면 아버님께서도 제 편에 서 주실 겁니다. 예전에는 엄마 때문에 머뭇거렸고, 두려워 주춤했지만, 이젠 아닙니다. 허니 이쯤에서 멈추시는 게 회장님께 득일 겁니다. 싸워서 부서지는 건 저 혼자만이 아닐 테니까요."

당당한 눈빛과 표정에 기태는 왜 이렇게 두 딸이 변했는지 의아해 미간을 찡그리고 말았다. 그런 부친의 미묘하게 드러나는 표정들을 눈으로 훑던 설아는 다른 서류 하나를 책상 위에 올려놓았다.

"편지입니다."

무슨 편지냐는 눈으로 쳐다보는 부친에게 씁쓸하게 웃어 보인 설아가 몸을 빙글 돌리며 문으로 향하자, 기태의 성난 음성이 날아왔다.

"무슨 편지냐?"

"읽어 보시면 알 겁니다."

"날 협박할 생각은 하지 않는 게 좋을 거다."

"회장님도 그만 욕심을 버리시는 게 건강에 좋을 겁니다. 잃을 게 없는 자는 무슨 짓을 할지 모르니까 말입니다."

"민설아!"

"어떤 일이 있어도 회장님께서 말한 조건들을 수행할 겁니다. 그러니 언니에게만은 자유를 주시기 바랍니다. 겨우 버티고 있는 사람이 이 세상에서 완전히 사라지길 바라지 않는다면 말입니다."

그 말과 함께 육중한 문을 열고 나가는 설아 때문에 기태는 이를 바득 갈며 주먹을 그러쥐고 말았다.

"빌어먹을!"

마음대로 될 줄 알았던 두 아이가 자신이 정해 놓은 길로 가지 않자 짜증이 치솟고 말았다. 타의든 자의든 한 번의 자살과 두 번의 사고. 그 사건들을 보아 온 그였지만, 흔들리지 않았었다. 근데 자신이 던진 도자기에 머리를 맞고 피를 철철 흘리는 딸아이의 모습이 선명하게 동공에 남아 심장을 아프게 쪼아댔다.

"젠장!"

거친 숨을 내쉬며 책상 위에 있는 물건들을 확 쓸어버린 기태는 사라지지 않는 분노를 다스리지 못해 가슴까지 들썩거렸다.

"어리석은 것들."

사랑에 미쳐 있는 지란이 한심했고, 스스로의 길을 가기 위해서 모든 걸 다 버리겠다는 설아가 괘씸해 기태의 눈에 핏발이 서고 말았다. 주먹을 그러쥐며 한참 분을 삭이던 기태는 덩그러니 놓여 있는 봉투에 눈을 돌렸다.

"편지라고?"

누구의 편지인가 싶어 성급하게 봉투를 잡고 뜯은 기태는 새하얀 종이 위에 익숙한 글씨체들이 적혀 있자, 미간을 찌푸렸다.

"이건……."

오랜만에 보는 애란의 글씨체에 기태의 눈동자가 눈에 띄게 커졌다.

삼십 년 전, 당신을 처음 본 순간 전 내 자신을 어떻게 할 수 없을 정도로 당신을 사랑하게 되어 버렸습니다.

가족이 있다는 걸 알면서도 당신에 대한 내 사랑을 접지 못해 안달했고, 그 결과가 어떠할 거란 걸 잘 알면서도 당신이 내민 손을 잡았습니다.

상처투성이가 될 거란 것도 잘 알았고, 홀로 감내해야 할 게 얼마나 많은지도 잘 알고 있었지만 이겨 낼 수 있을 거라 믿었습니다.

전 사랑 하나만 있으면 모든 걸 다 참을 수 있을 거라 생각했었습니다.

그래서 망설이지 않고 당신 곁으로 다가섰습니다.

삼십 년 전, 그 빗속에서 울고 있는 절 안아 줄 때처럼 저도 당신께 그런 따뜻함을 주고 싶었습니다.

너무 아프고 힘들어서 죽고 싶었던 저에게 한 줄기 빛이 되어 준 당신에게 저도 그런 존재가 되고 싶었습니다.

그래서 사람들의 수군거림도 참았고, 따가운 시선들도 감내했습니다.

나중을 위해서…… 당신에게 손을 내밀어 줄 그 순간을 위해서 참고 참았습니다.

그게 제 사랑이니까요.

모진 말씀을 하셔도, 무진을 위해서 희생하라고 지란과 설아에게 독하게 하셔도 전 믿고 있었습니다.

당신 심장 깊숙한 곳에는 두 딸을 사랑하는 마음이 있을 거라고.

하지만 제 착각이란 걸 오늘에서야 깨닫게 되었습니다.

당신이 던진 도자기에 내 딸이 맞는 그 순간 전 깨달았습니다.

당신에게 있어 나란 존재도 도구에 불과하다는 것을요.

내 사랑이 아무리 커도 당신에게는 전해지지 않는다는 걸 미련한 저는 오늘에서야 깨달았습니다.

미련하다, 그렇게 외치던 설아의 절규가 오늘에서야 제 가슴에 와 닿았습니다.

그래서 전 당신을 떠날 겁니다.

아무것도 모르는 엄마 역할은 이제 그만 접을 겁니다.

제가 지란이와 설아에게 해 줄 수 있는 건 없지만, 두 아이의 발목을 잡는 어미는 되고 싶지 않습니다.

홀로 계실 당신이 눈에 밟히지만…… 이젠 그 마음도 접을 겁니다.

삼십 년 전에 접어야 했던 이 마음을 잘라 낼 겁니다.

건강하란 말 하고 싶지 않습니다.

행복하란 말 또한 하지 않을 겁니다.

두 아이가 받았던 그 고통 회장님께서도 느껴 보셨으면 합니다.

얼마나 아픈지…… 날개를 꺾인 새가 얼마나 비참한지

당신을 사랑 합니다

경험해 보셨으면 합니다.

당신 곁에 머물면서 많이 아팠지만, 그 아픔 속에서도 행복했었습니다.

눈 감는 그 순간까지 전 당신을 사랑할 겁니다. 당신을 사랑합니다.

믿을 수 없는 내용에 눈만 깜박거리고 있던 기태는 한참이 지나서야 정신을 차리고는 휴대폰을 꺼내 단축번호를 꾹 눌렀다.

―네, 민사동입니다.

"집사람 좀 바꾸게."

무뚝뚝한 기태의 목소리에 놀랐는지 가정부가 숨을 들이마시는 소리가 고스란히 전파를 타고 그의 귓속으로 들어왔다.

―회, 회장님!

"어서!"

―그, 그게…….

당황하며 말을 더듬는 그녀로 인해 상황을 완전히 인식한 기태는 힘없이 폴더를 닫으며 주먹으로 책상을 내려쳤다.

"이것들이 정말…….."

분을 참지 못한 채 인터폰을 꾹 누르자 나긋나긋한 비서의 음성이 들려왔다.

―네, 회장님.

"이 실장 들어오라고 해."

—알겠습니다.

말이 떨어지기 무섭게 육중한 문이 열리고 머리가 희끗희끗한 홍명이 들어와 고개를 숙였다.

"찾으셨습니까?"

"애란이가 사라진 것 같으니 찾아서 데리고 와."

"네?"

"은밀하게 찾아서 내 앞에 데리고 오라고."

"회장님……."

"쓸데없는 소리 하지 말고 그렇게 해. 알겠나?"

"네, 회장님."

짧은 한숨과 함께 몸을 돌려 회장실을 나온 홍명은 익숙한 번호를 빠르게 눌렀다. 몇 번의 신호음 만에 지란의 밝은 목소리가 들려왔다.

—어머, 우리 실장님께서 어쩐 일로 전화를 다 주시고요.

코맹맹이 지란의 밝은 음성이 들려오자, 이 주일 전의 일들이 거짓말처럼 느껴져 절로 입가에 미소가 걸리고 말았다.

"문병이라도 갔어야 했는데…… 사정이 이래서 가지도 못했습니다."

정중한 홍명의 말에도 지란은 가볍게 웃을 뿐이었다. 그 웃음소리가 홍명의 귀를 즐겁게 했다.

—호호호, 와서 제 몰골을 낱낱이 보고했어야 했는데……

좀 아쉽네요.

"죄송합니다."

—이 실장님께서 사과할 문제는 아니지요.

"밝은 목소리 들으니 제 마음이 가벼워지는 것 같네요. 다친 곳은 어떠십니까?"

—가끔 머리가 띵하고 건망증이 하늘을 찌르고, 상처 때문에 머리가 미친년 널뛰는 것처럼 산발이 되었지만…… 뭐 살 만해요.

말은 그렇게 해도 예전과 다른 지란의 밝은 목소리에 안도의 한숨을 내쉰 홍명이 빙그레 웃으며 넌지시 운을 띄웠다.

"그 일 때문에 사모님이 좀 걱정이 되지만, 제가 찾아뵙기가 좀 그래서…… 어떠십니까?"

조심스러운 질문에 지란은 잠시 말이 없었다.

—저한테 묻지 말고 직접 한번 가 보세요. 저도 본가에 안 간 지 좀 돼서 잘 모르겠어요.

"아, 그렇군요."

—이 실장님?

"네."

—제가 어디에 있는 줄 잘 아시면서 그런 질문을 한 이유는 한 가지밖에 없겠죠. 그렇죠?

"무슨 말씀이신지……."

—저 눈치로 지금까지 살아온 사람이에요. 엄마 사라졌죠?

단정적으로 묻는 지란 때문에 홍명은 스피커에서 손가락을 떼며 한숨을 조용히 내쉬었다.

"네."

—언제요?

"그건 저도 잘 모르겠습니다. 지금 회장님께 찾아오라는 지시를 받았습니다."

—휴우, 그렇군요. 설아는요?

"방금 전에 오셨다 가셨는데……. 그 뒤로 사모님을 찾으라는 지시가 내려졌습니다."

　홍명의 말에 한숨을 푹 내쉰 지란이 말했다.

—실장님!

"네."

—찾는 걸 조금만 미뤄 주세요.

"하지만……."

—실장님 능력이면 엄마를 바로 찾을 거란 걸 잘 알기에 이런 부탁을 드리는 거예요.

"알고 계시는군요."

—네. 짐작 가는 곳이 있어요. 그러니 부탁드려요, 실장님.

　부탁이라는 말을 듣자 홍명의 눈시울이 붉어지고 말았다.

"네, 아가씨!"

　아가씨라는 호칭에 지란이 피식 웃으며 농담을 던졌다.

—그 아가씨 소리 좋다. 그럼 저도 오랜만에 아저씨라고 불

러 볼까요?

"홋, 몸조리 잘 하십시오."

—아저씨도요.

"휴우!"

확 몰려오는 피곤함에 잠시 눈을 감은 홍명은 의자에 깊숙이 몸을 묻으며 이제 자신도 그만 이 자리를 떠나야 할 때가 왔다고 생각했다.

'참으로 오래 머물렀어.'

차가운 바다에 빠져 생사의 갈림길에서 허우적거릴 때 자신의 손을 망설임 없이 잡아 준 기태에게 홍명은 모든 걸 다 내어주겠다 맹세했었다. 사나이 약속을 지키기 위해서 지난 사십 년을 그의 곁에서 물심양면으로 모든 일들을 처리한 그였다. 그 결과가 때로는 가슴을 아프게도 하고, 후회로 밤잠을 설치게 해도 그 맹세를 지키기 위해서 모든 걸 다 희생했는데…… 더 이상 버틸 자신이 없어져 버렸다. 더 이상은.

멍하니 천장을 바라보던 홍명은 뜨거워진 눈가를 톡톡 두드리며 긴 한숨을 내쉬고 또 내쉬며 책상 가장 위 서랍에 넣어 둔 봉투를 꺼내며 슬프게 웃었다.

"이걸로 편안해지길 소망해 봅니다, 회장님."

12장
쥐구멍에도 볕 들 날이 있다

"같이 가자."

병원 일도 제쳐 두고 앞장서는 그가 고마워 그를 뒤에서 와락 안아 버렸다.

"지금 유혹하는 거야?"

"응."

"그럼 안 되는데."

"사랑해, 태준아."

"나도 사랑해."

"네가 곁에 있어서 얼마나 행복한지…… 든든한지 몰라. 정말 고마워."

"아니까 그만 하고 얼른 가자."

허리를 감고 있는 지란의 손을 부드럽게 푼 태준이 현관으

당신을 사랑합니다

로 성큼성큼 걸어가 버리자, 지란이 피식 웃으며 강아지처럼 쫄래쫄래 따라와 신발을 신었다.

"흥분했지?"

조금 붉어진 태준의 얼굴을 쳐다보며 놀리자, 그가 눈을 살짝 흘기며 툴툴거렸다.

"그래. 그러니까 얼른 어머님이나 찾으러 가자. 아니면 당장에라도 널 눕혀 버리고 싶으니까."

솔직한 태준의 말에 가슴이 설렌 지란이 배시시 웃었다.

"좋다."

"하여튼."

싱글벙글거리며 따라오는 그녀의 모습이 보기 좋아 태준도 환하게 웃었다. 어디에 있는지 알고 있는 듯 지란은 스스럼없이 가야 할 목적지를 말했고, 그곳으로 가기 위해서 태준이 운전석에 앉았다.

"자, 그럼 출발해 볼까?"

"응."

더 이상 두려울 게 없다는 말을 새삼 깨닫게 된 지란의 얼굴은 새벽이슬을 머금은 듯 아름답기만 했다. 그런 지란을 위해서 태준은 무엇이든지 다 해 줄 수 있을 것 같았다. 민지란이 웃을 수 있는 일이라면 무엇이든지.

활짝 웃으며 빠르게 차를 모는 그와 함께 완도로 달린 지란은 자신을 배려해서 휴게소마다 잠깐씩 멈추는 그가 고맙기만 했다. 자신과 교대해서 운전을 했더라면 그가 덜 피곤할 텐데, 라는 아쉬움에 작은 한숨을 내쉬자 단박에 태준의 사나운 눈초리가 날아왔다.

"한숨쉬지 마."

"아! 당신 혼자 운전하니까 미안해서 그러지."

"내가 좋아서 하는 일이니까 신경 쓰지 마."

"미안하잖아."

"미안하면 나중에 잘해 주면 돼."

시원시원한 그의 말에 웃지 않을 수가 없어 히죽거리자, 태준의 긴 손가락이 코를 잡아당겼다.

"사랑한다, 민지란."

"응."

"어머님 만나면 모시고 올 거야?"

"그래야지."

"많이 힘드실 텐데……. 그냥 자신이 원하는 곳에서 편하게 사시는 게 좋지 않을까?"

태준의 말에 입술을 오물거리며 고개를 끄덕이던 지란이 나직하게 속삭였다.

"그런 생각 살면서 수도 없이 했었어."

서글픈 지란의 웅얼거림에 태준은 더 이상 말을 할 수가 없었다. 멍하니 스쳐 지나가는 풍경들을 바라보는 그녀의 눈빛이 너무 슬퍼 보여 자신까지도 기분이 가라앉고 말았다. 완도 시내로 들어서자 지란이 척척 길을 가르쳐 주었다.

"자주 왔었어?"

"아니."

"근데 어떻게 잘 알아?"

"이곳은 예나 지금이나 변함이 없는 것 같아."

쓸쓸한 눈빛으로 주위를 살피는 지란을 곁눈으로 쳐다보던 태준이 그녀가 가리킨 곳으로 핸들을 돌리며 물었다.

"더 가야 해?"

"선착장에 물어봐야 해."

"선착장?"

"응. 아마 그 섬에 계실 거야."

"섬?"

"응. 그 섬에서 홀로 아파하고 계실 거야."

"지란아!"

"엄마가 가장 힘들 때 찾는 곳이야. 그래서 아무리 잊으려고 해도 잊을 수 없는 곳이기도 하고. 세월이 지나고, 흔적들이 하나둘씩 사라져도 찾을 수 있을 것 같아. 엄마가 있는 곳이니까."

서글픈 지란의 속삭임에 가슴이 아파 온 태준은 무릎 위에 두 손을 올려놓고 있는 지란의 손을 꼭 감싸 주었다.

"우리가 어머님께 힘이 되어 드리자. 응?"

"응."

"울면 엉덩이 때려 줄 거다?"

"훗!"

"더 이상 네가 우는 거 보고 싶지 않아. 그러니까 그만! 알았지?"

"정말 고마워, 태준아."

"알면 오늘밤 기대할게. 알았지?"

분위기를 업 시키기 위해서 능글맞게 속삭이는 태준 때문에 지란은 흘러내리는 눈물을 닦으며 웃었다.

"대충 주차해도 되겠지?"

주위를 휙휙 둘러본 태준이 선착장 근처에 차를 세우며 내리자, 지란도 얼른 조수석에서 내렸다. 썰렁한 주위를 두리번거리며 안으로 들어간 지란은 섬으로 가는 배가 있나 물었다.

"일주일에 한번 나오는데…… 다행히 내일 아침 열 시네."

"아, 그래요?"

"내일 아홉 시 삼십 분까지는 오세요."

친절한 아저씨의 안내가 고마워 태준은 차에 놓아둔 캔 커피 하나를 건네며 인사를 했다.

"감사합니다."

"아이고, 이런 걸 다 주시고."

"내일 아침에 꼭 나올 테니까 기다려 주세요. 부탁드립니다."

정중하게 허리까지 숙이는 그가 마음에 들었는지 주름 가득

한 아저씨의 얼굴에 웃음꽃이 활짝 폈다.

"그럴 테니 꼭 나오세요."

"감사합니다. 가자, 지란아."

"아, 응."

엄마가 홀로 얼마나 아파하고 있을지 안쓰러워 쉬이 발걸음이 떨어지지 않아 한참을 머뭇거리며 서 있던 지란은 차가운 바닷바람이 뺨을 스치고 지나가자, 그제야 정신을 차리고는 그가 이끄는 대로 움직였다.

"당신이 있어서 너무 든든하다."

"훗, 이런 네 곁에 머물 수 있어서 너무 좋다."

활짝 웃으며 손을 척 내미는 그의 큼지막한 손 위에 살포시 자신의 손을 올린 지란은 행복한 눈물이 차오르자 얼른 눈을 깜박였다.

"울지 마."

"으응."

"사랑해."

"나도."

"죽어서라도 네 곁에 있을 거다. 알지, 내 마음?"

"응."

강아지처럼 고개를 끄덕이며 안다고 말하는 그녀가 귀여워 태준은 지란을 얼싸안고 말았다. 작은 그녀. 너무 작고 너무 귀여워서 주머니에 넣고 다니고 싶게 만드는 그녀. 이런 그녀가 자신의 여자로 곁에 있어 준다는 사실이 너무 행복해 태준은 춤이라도 추고 싶었다.

차가운 바람을 맞으며 선상 난간을 붙잡고 서 있던 지란은 허리를 감싸 안아 오는 따뜻한 태준의 손길을 느끼며 그에게로 등을 기댔다.

"뺨이 차가워."

"가슴이 답답해서 잠깐 나왔어."

"어머님께서 가지 않겠다 할까 봐 두려워?"

"아니."

"근데 왜 불안해하는데?"

"그냥 마음이 아파. 그리고 지난 세월들이 떠오르고."

착잡한 눈길로 바다 너머를 바라보는 지란과 같은 곳을 바라보기 위해서 태준도 그녀가 쳐다보는 곳으로 시선을 던졌다.

"내 생각에는 네가 데리러 오는 걸 좋아하실 것 같아."

"그럴까?"

"아버님에 대한 사랑으로 지금까지 버티신 분이라고 했잖아. 널 그렇게 만들었다는 자책감 때문에 이런 결정을 했다고 생각해."

태준의 말을 가만히 듣고 있던 지란의 눈빛이 아련해졌다.

"버티는 게 정말 힘들다고 항상 생각했었거든. 잘난 집안에 돈이 많으면 뭐하냐고 항상 그렇게 생각했었어. 난 장대비가

와서 발을 동동 굴릴 때 날 데리러 와 줄 엄마가 더 필요했었
거든. 폭우로 어린아이가 건너지 못할 웅덩이가 생겨 있을 때
날 업어 줄 엄마가 너무 필요했었거든. 지금에 와서 가만 생각
해 보니 내가 너무 이기적이었던 것 같아. 난 지금까지 단 한
번도 엄마 입장에서 엄마가 가슴에 품은 사랑을 이해하려고 한
적이 없었던 것 같아. 그저 내가 꿈꿔 온 사람이 엄마로 들어
왔기에 그 하나의 결과에 만족했을 뿐이었어. 겉으로는 엄마를
위하는 척하면서도 속으론 나도 다른 사람들처럼 엄마를 업신
여긴 것 같아. 그저 첩이지, 라는 생각을 했던 것 같아."

지란의 마지막 말은 바다의 습기를 머금고 있었다.

"그땐 넌 어렸기에 당연히 그런 생각을 했을 수 있어."

"이젠 엄마를 이 가슴으로 이해해 드리고 싶어."

솔직한 지란의 마음을 들은 태준은 처음 그녀를 봤을 때와
는 완전히 달라진 모습에 흡족한 미소를 지었다.

"가슴을 열어서 좋다."

"다 당신 때문이야. 내가 이렇게 열 수 있도록 곁을 지켜 준
당신 때문이야. 당신이 없었다면 이런 용기도 내지 못했을 거
야. 고마워."

"다행이다."

"태준아."

"응?"

"많이 사랑해."

달콤한 그녀의 고백에 태준은 붉어진 눈시울을 깜박거리며 그녀의 목덜미에 진한 입맞춤을 했다. 바닷바람이 그들을 감싸고 지나갔다.

"오늘보다 내일 더 널 사랑할게. 내일보다 모레 더 널 사랑할게. 죽을 때까지 내 곁에 있어 줘, 민지란."

"응. 죽어서라도 당신 곁에서 방황할게."

"훗, 어머님과 함께 돌아가면 결혼하자."

"당신한테도 잘하고, 어머님께도 정말 잘할게."

"잘할 거라 믿어."

"밉고 짜증나지만 그런 인간이구나 생각하며 아버지께도 잘할 생각이야."

처음으로 아버지란 호칭을 사용하는 지란이 사랑스러워 자국이 남을 정도로 그녀의 목덜미에 키스하자, 지란이 작은 투정을 부렸다.

"아얏, 아프잖아."

"너무 사랑스러워서 참을 수가 없었어."

능글거리는 태준의 말에 피식 웃은 지란이 몸을 빙글 돌려 그의 목덜미에 두 팔을 감으며 깊은 입맞춤을 했다.

'당신과 함께라면 두려운 결혼 생활도 잘할 수 있을 것 같아. 그리고 당신을 낳아 준 그 사실 하나만으로도 어머님께 최선을 다 할 수 있을 것 같아. 정말 그럴 수 있을 것 같아. 당신과 함께라면…….'

당신을
사랑
합니다

고마움과 행복함에 붉어진 눈을 깜박거리며 그에게 안겨 있던 지란은 거친 아저씨의 헛기침에 얼굴을 붉히며 서둘러 떨어졌다.

　"다 왔는데요."

　"아, 네."

　민망함에 고개를 조금 숙인 두 사람은 선착장에 멈추는 배에서 내려 엄마가 계실 곳으로 움직였다. 작은 섬이라 얼마 걷지 않아도 집들이 한눈에 다 들어왔다. 열 채도 되지 않는 듯 띄엄띄엄 자리하고 있는 집들을 지나치며 가장 꼭대기에 있는 집으로 향하는 지란의 발걸음이 무겁기만 했다. 긴 숨을 들이마시며 눈에 익은 대문을 살짝 밀고 안으로 들어가던 지란은 홀로 멍하니 대청마루에 앉아 있는 엄마를 발견하고는 눈시울을 붉히고 말았다. 애란은 무슨 생각을 하는지 사람이 다가가는데도 모르는 듯 눈동자가 풀려 있었다.

　"엄, 엄마."

　울컥 치미는 뜨거움에 목이 메어 목소리가 갈라져 나왔다.

　"엄마!"

　성큼 애란에게로 다가선 지란이 차가운 바닷바람을 맞으며 앉아 있는 엄마의 어깨를 감싸 안았다.

　"이렇게 아파할 거면 왜 나왔어요?"

　"지, 지란아……."

　그제야 놓은 정신이 돌아왔는지 애란이 흐리멍덩한 눈동자로 지란을 쳐다보며 쩍쩍 갈라진 입술을 움직였다.

"이런 모습 싫은데…… 떠났으면 행복한 모습만 보여야
지…… 왜……."

꺽꺽거리며 서럽게 우는 지란을 감싸 안은 애란이 본능적으
로 그녀의 등을 토닥거려 주었다.

"울지 마, 우리 딸."

"엄마……."

"며칠 되지 않아서 이렇게 아플 뿐이야. 시간이 지나면……
다 괜찮아질 거야."

괜찮지 않을 거면서…… 그 모진 세월을 견뎌 내며 아버지
곁에 머문 사람이면서……. 뚝뚝 떨어지는 지란의 뜨거운 눈물
이 애란의 옷을 조금씩 적셨다.

"돌아가요."

"아니."

"엄마……."

"이젠 그만 놓고 싶어."

"엄만 절대로 놓지 못해요."

"삼십 년 전에 잘라 버렸어야 했는데…… 이제라도 해야
지."

"우리 때문이라면 그러지 않아도 돼요."

"나 때문에 네가 다쳤어. 네가!"

"엄마……."

당신을
사랑
합니다

"항상 숨죽이며 살아왔었어. 설아가 팔려가듯 정략결혼을 했을 때도 난 말리지도 못했어. 그저 이 가슴을 때리며 삭였을 뿐. 이런 결과를 바라고자 그 긴 세월을 버틴 건 아닌데…… 내 어리석음으로 너희들에게 상처 준 걸 생각하면…… 이대로 죽고 싶을 뿐이다."

이미 반은 죽었으면서. 이런 멍한 눈빛을 한 채 홀로 아픔을 견디는 그 자체만으로도 이미 반은 죽었으면서. 껴안은 두 팔에 힘을 주고 지란이 고개를 숙이며 속삭였다.

"죽어 가잖아요. 엄마의 눈빛이 죽어 가잖아. 이러면 나 행복해질 수 없어요. 겨우 내 행복을 찾았는데…… 이런 엄마를 두고 나 갈 수 없어요. 그러니까 날 위해서라도 버텨 줄래요?"

마지막까지 자신의 이기심을 욕하며 말을 내뱉은 지란은 애란의 몸이 부르르 떨리는 걸 몸으로 느끼며 어금니를 꽉 깨물었다.

"부탁해요, 엄마."

"지란아……."

"돌아가면 당당해져요. 엄마를 위해서, 나를 위해서, 설아를 위해서 우리 모두 당당해져요. 그리고 아버지가 지난 세월 어떤 잘못을 하고 사셨는지 깨닫게 해 줘요. 네?"

아버지라는 지란의 호칭에 애란의 어깨가 움찔거렸다.

"지란아……."

놀란 눈으로 쳐다보는 엄마와 시선을 맞춘 지란이 맑게 웃으며 말했다.

"조금씩 앞으로 나가요. 서로의 손을 잡고 그렇게 해요. 이젠 나도 두렵지 않으니까 엄마 손을 놓지 않을게요."

완전히 변한 딸아이의 환한 미소에 애란은 굵은 눈물을 하염없이 흘리고 말았다.

"아, 흑흑흑!"

두 손바닥에 얼굴을 묻고 서럽게 우는 애란을 가슴에 품은 지란은 지난 세월 엄마가 감내해 왔던 그 아픔이 고스란히 가슴속으로 스며들어 오는 것 같아 명치끝이 묵직하게 아파 왔다.

"돌아가요!"

또 다른 나직한 목소리가 대문 쪽에서 들려오자, 급하게 숨을 들이마신 애란이 고개를 번쩍 들었다.

"지난 세월 견딘 것이 아까우니까 그만 돌아가죠."

"설, 설아야⋯⋯."

아프면서도 아프지 않은 척 덤덤한 표정을 지으며 대문 앞에 서 있는 설아를 바라보던 지란이 콧잔등을 찡그리며 타박했다.

"엄마한테 말 품새하고는."

"당당하게 내 결혼식 때도 앉아 있던 사람이 이렇게 무너지면 안 되죠. 지난 시간들이 아까워서라도 이렇게 물러서면 안 되죠. 그러니 얼른 정신 차리고 돌아갈 준비해요."

매몰찬 설아의 말에도 애란은 그저 고마워 쉼 없이 눈물을 흘릴 뿐이었다.

"설아야⋯⋯."

"울지 마요."

"난⋯⋯."

딸아이의 말에 더 많은 눈물이 뺨을 타고 흘러내리고 말았다. 그런 엄마를 가만히 쳐다보고 있던 설아가 무거운 발걸음으로 다가와 손수 눈물을 닦아 주었다.

"당당하게 엄마 자리에 서 있어요. 지난 세월 그렇게 한 것처럼."

"고, 고맙다."

"나 또한 언니처럼 행복을 찾기 위해서 노력할 거니까 내 걱정 또한 하지 말고요. 언니 말처럼 이젠 달라지기로 했어요. 나를 위해서라도 그렇게 할 거예요. 그러니까 엄마도 그렇게 해요. 어깨를 펴고, 숙였던 고개를 들어요. 그리고 당당하게 무진의 사모님 소리를 들어요. 엄만 그럴 자격이 충분하니까."

그 어떤 말보다 설아의 그 말에 애란은 머뭇거림을 버릴 수 있었다. 아무리 악한 사람이라 해도 그에 대한 사랑으로 지금까지 버텨 온 그녀였다. 사람들이 손가락질해도, 두 딸아이를 도구로 사용해도 애란은 그에게 향하던 사랑을 접을 수가 없었다. 어떤 나쁜 짓을 해도 심장을 울렁거리는 사랑 때문에 애란은 지난 세월 숨죽이며 그 곁에 머무른 것이었다. 돈을 보고,

권력을 가지고 싶어서 숨 막히는 그 집으로 들어간 것이 아니었다. 따뜻한 눈길 한번 주지 않은 그였지만, 자신의 사랑으로 차가운 그의 심장을 녹여 주고 싶었기에 망설임 없이 들어간 그녀였다. 친딸인 설아와 친딸보다 더 사랑한 지란이 내민 두 손을 잡은 애란은 오랜만에 활짝 웃을 수 있었다. 그런 엄마의 미소에 지란의 입가에도 잔잔한 미소가 드리워졌다.

"사랑해, 엄마!"

"고마워, 지란아."

포옹하는 언니와 엄마를 빤히 바라보던 설아는 자신에게 눈짓으로 너도 어서 끼어들라는 눈빛을 보내는 시하 때문에 이마에 주름을 잡았다.

"설아야!"

지란의 부름에 설아는 못이기는 척 다가가 그 옛날 안아 보았던 엄마를 가슴에 안았다. 그리고 많이 마른 엄마의 앙상한 몸을 느끼며 그제야 참았던 눈물을 떨어뜨리고 말았다.

"울지 마, 설아야!"

"눈에 이물질이 들어가서 그래요."

"후후후!"

세 사람이 서로 부둥켜안고 우는 모습을 대문 앞에서 말없이 바라보고 있던 시하는 옆에 서 있는 태준에게로 몸을 돌리고 서글서글하게 웃으며 인사를 했다.

"이렇게 다시 만나서 너무 좋네요."

시하의 인사와 악수에 태준 또한 사심 없이 환하게 웃으며 고개를 끄덕였다.

"동서지간이 돼서 저도 좋습니다."

"언제 날 잡아서 술이나 한 잔 해요."

"그래요."

"이제 안면도 익혔으니 말 놓으셔도 되는데요."

씩 웃으며 아랫사람으로써의 예를 갖추는 시하가 마음에 쏙 든 태준이 호탕하게 웃으며 말했다.

"그럼 그럴까?"

"그럼 저도 이제부터 형님이라고 부르겠습니다."

"아하하, 그 호칭 정말 듣기 좋다."

푼수처럼 허허거리며 웃는 두 남자 때문에 지란과 설아는 고개를 절레절레 흔들었고, 이런 순간이 올 줄 몰랐던 애란은 벌게진 눈을 연방 비비며 행복한 미소를 지었다.

'나, 돌아가면 달라질 거예요. 날 위해서, 내 아이들을 위해서라도 변할 거예요. 그러니 기태 씨, 기대하고 있어요.'

환하게 웃으며 하늘을 한번 쳐다본 애란은 따뜻한 두 아이의 손을 꼭 잡으며 그 긴 세월 서러웠던 감정들을 씻어내 버렸다.

아기를 가졌단 사실이 엊그제 같은데…… 벌써 만삭이 되고 이젠 가 진통까지 오자, 지란의 낯빛이 새하얗게 변했다.

"아, 아앗! 이건 정말 아니거든. 정말 아니거든."

연방 아니거든 을 외치는 지란이 웃겨 설아는 피식 웃고 말았다.

"아니거든 은 그만 외치고 마사지나 해."

작년에 먼저 애를 낳은 경험이 있는지라 설아는 그저 여유롭기만 했다. 그런 설아와 반대로 태준은 지란보다 더 푸르죽죽하게 변해 있었다. 자신이 애를 낳는지 연방 온몸을 사시나무 떨듯이 떨어대며 안절부절못하는 태준 때문에 간호사도 더이상 참지 못하고 그에게 핀잔을 주었다.

"자꾸 이러시면 나가시라고 할 거예요, 선생님."

소아과와 산부인과는 서로 밀접한 관계가 있는지라 제법 친분이 있는 간호사였다. 그런 이정명 수간호사의 엄포에 태준이 우왕좌왕거리던 동작을 멈추고는 식은땀을 쓱 닦았다.

"아, 미안해."

보호자가 이렇게 불안해하면 의사나 간호사가 얼마나 신경이 쓰이는지 잘 알고 있었다. 그렇기에 마음을 다스리기 위해서 크게 심호흡을 한번 한 태준이 땀으로 범벅이 된 지란의 얼굴을 닦아 주며 그녀의 손을 꼭 움켜잡았다.

"금방 낳을 테니까 안심해. 알았지?"

"후흡! 알았어."

"들이마시고 내쉬고 해. 우리가 배운 라마즈호흡법을 생각해 봐. 응?"

"아파 죽겠는데 호흡은 무슨."

다시 진통이 밀려오는지 배를 비틀며 고통을 호소하는 지란 때문에 태준의 눈에 핏발이 잔뜩 서고 말았다.

"괜, 괜찮아?"

"아, 아악! 아프잖아. 이건 정말 아니거든."

"간호사, 아직……."

"선생님!"

아직 멀었지, 라고 물으려고 했는데 따갑게 쏘아보는 이정명 수간호사의 눈빛에 태준은 머쓱하게 웃으며 입을 다물었다.

"아직 자궁문이 10%도 열리지 않았거든요. 그러니까 제발 진정 좀 하세요. 선생님이 누구보다 잘 아시잖아요."

오자마자 어찌나 유난을 떨어대는지 제일 고참인 수간호사
의 말은 살벌하기만 했다. 다른 간호사는 태준의 위치 때문에
뭐라고 말을 하지 못하고 냉가슴 앓듯 자신의 답답한 가슴을
때렸지만, 이정명 간호사는 하고 싶은 말을 다 하고 있었다.

"난 그저……."

"누구보다 보호자가 그렇게 안절부절못하면 우리 쪽이 얼마
나 힘든지 잘 아시는 선생님께서 이러시면 안 되죠. 제발 체통
을 좀 지키세요, 선생님."

가까이 다가온 그녀가 귓가에 속삭이자, 태준이 미안함에 고
개를 주억거렸다.

"미안해."

"알면 좀 진정하세요. 누가 보면 선생님이 애 낳는 줄 알겠
어요."

타박하는 이정명 수간호사에게 눈을 흘긴 태준이 목소리를
낮추며 소곤거렸다.

"지금 심정으로는 내가 낳고 싶다."

그의 말에 어이가 없는 표정으로 눈동자를 굴리던 수간호사
가 자신의 이마를 탁 치며 고개를 절레절레 흔들었다. 그런 두
사람의 모습을 지켜보고 있던 설아가 지란의 손을 놓으며 땀을
닦아 주었다.

"설아야, 애 언제 나오니?"

"천장에서 별이 보이면 나와."

무뚝뚝한 동생의 말에 지란은 터진 입술을 꾹 깨물며 신음을 내뱉었다.

"아!"

"별 보여?"

"아니."

"그럼 아직 멀었네."

냉정한 설아의 말에 지란이 입을 삐죽거리며 토라졌다. 그 모습에 설아가 피식 웃으며 한마디를 더 추가했다.

"아직 삐질 정신 있는 거 보니 멀었네. 난 나가 있을 테니까 나중에 애 나오면 불러."

"야!"

"어허, 엄연히 다른 산모도 있는데 소리 지르지 말고."

"하지만 정말 아프단 말이야."

"그럼 애 낳을 때 아프지 안 아플까. 하여튼 엄살도 정도껏 부려야 봐 주지."

타박하는 동생이 미워 눈가에 눈물을 글썽이자, 그 모습을 본 태준이 얼른 그녀의 눈물을 닦아 주며 달랬다.

"에이, 처제가 당신만 아들을 낳으니까 샘나서 그래. 그러니까 우리 자기 화 풀고 정신 집중! 알았지?"

"몰라."

기가 찬 두 사람의 실태에 어금니를 꽉 깨문 설아가 분만실을 박차고 나오자, 대기실에 앉아 있던 모두의 시선이 그녀에게 쏠렸다.

"처형은 어때?"

걱정스러운 표정을 지으며 다가온 시하를 쓱 쳐다본 설아가 오른쪽 입가를 비틀며 투덜거렸다.

"가 봐. 아주 가관이야."

설아의 핀잔에 시하가 눈짓으로 윤하를 가리키며 말했다.

"그 정도는 아니던데?"

"직접 눈으로 봐. 아주 기가 차서 말이 안 나올 거야."

"설아야!"

말조심하라는 시하의 눈짓에도 설아는 픽 웃으며 더 신랄하게 쏘아댔다.

"자기만 애 낳는 줄 알아. 형부는 또 어떻고. 어휴, 내가 정말……."

"그만 해."

"애 낳으면 부르라고 했으니까 기다리면 될 거야."

"멀었대?"

"아마도."

설아의 그 말에 다들 쫑긋 세웠던 귀를 내리며 의자에 몸을 묻었다.

"엄마는 몸도 아프신데 그만 들어가 보세요."

설아의 말에 빙그레 웃은 애란이 고개를 저으며 말했다.

당신을
사랑
합니다

"괜찮아."

"수술한 지 얼마나 됐다고 그러세요. 쓸데없는 고집 부리지 말고 들어가서 쉬세요. 언니 건강 체질이라 애 잘 낳고 호호거리며 나올 거예요."

"하지만……."

몇 시간 앉아 있으면서 얼굴이 파리하게 변했는데도 고집을 부리는 애란 때문에 설아의 얼굴에 냉기가 풀풀 날렸다.

"엄마!"

잔뜩 굳어진 설아의 부름에 애란이 긴장한 채 고개를 들었다.

"하지만 애 낳는 건 보고 가야지."

"엄마가 자리 지킨다고 애가 빨리 나오는 것도 아니고요. 우리도 있고 사장어른도 계시니까 그만 들어가 보세요."

설아의 딱딱 끊기는 말에도 애란이 버티자, 더 이상 보고 있을 수가 없었는지 윤하가 웃으며 거들었다.

"그러세요, 사부인."

"죄송해서 어찌 그래요."

"지란이 성격으로 애 잘 낳을 테니까 걱정하지 마시고 얼른 몸이나 추스르세요. 수술한 지 얼마 안 돼서 너무 오래 차가운 데 앉아 계시면 안 돼요. 제가 그 생각을 했어야 하는데……."

미안한 표정을 지으며 자신의 손을 꼭 잡아 주는 윤하 때문에 더 이상 버틸 수가 없어 애란이 고개를 끄덕이며 자리에서 일어났다.

"시하 씨가 좀 태워 드려."

"당연하지."

"아니야. 택시 타고 가면 돼."

"그런 소리는 하지도 말고 유 서방 차 타고 가요."

애란은 알았다는 말을 하고는 시하와 함께 대기실을 나갔다. 이제 남은 사람은 윤하와 설아 둘뿐이라 어색한 침묵이 맴돌았다.

"애기는 잘 크고 있지요?"

사근하진 않지만, 그 속에 담긴 애정을 느꼈기에 설아가 부드럽게 웃으며 대답했다.

"네. 딸아이라 그런지 제법 귀엽습니다."

"아, 난 아들만 키워서 그런지 귀여운 맛은 없었는데……."

그러면서 분만실을 쓱 쳐다본 윤하가 아쉬운 표정을 지으며 말을 이었다.

"좀 아쉬워요."

"홋, 다음에 딸 낳으면 되지요."

"딸 낳으란 보장도 없으니 큰일이네. 그냥 딸 낳을 때까지 애를 낳으라고 할까요? 내 한마디면 우리 지란이 물불 안 가리고 애 낳을 텐데."

농담인 것 같으면서도 농담 같지 않은 윤하의 말에 설아가 흠칫 놀라자, 윤하가 손사래를 치며 웃었다.

당신을 사랑 합니다

"농담이에요."

"아!"

"내가 농담하니까 이상한가 보다. 그래요?"

"아닙니다."

"처음에는 나처럼 사돈댁 색시도 차갑게 보였는데…… 말을 섞어 보니 그렇지도 않네요."

후후, 웃으며 첫인상과 달리 포근함으로 다가오는 윤하를 말없이 바라보던 설아가 미소를 지으며 고개를 조금 숙였다.

"감사합니다."

"홋, 그 말투만 바꾸면 딱이겠는데……. 내가 너무 주제넘지요?"

"아닙니다, 사장어른."

"앞으로 자주 얼굴 보며 살아요. 사돈지간에 정 쌓으면 좋잖아요. 그렇죠?"

"네, 자주 놀러 가겠습니다."

"후후후!"

포근하게 웃으며 분만실로 시선을 돌리던 윤하는 문을 열고 나오는 수간호사를 발견하고는 눈썹을 까닥거리며 물었다.

"어떻게 됐나?"

"축하드립니다, 원장님. 건강한 왕자님을 출산하셨습니다."

"아, 산모는?"

"건강하세요."

"내 아들 별난 걸 오늘에서야 확인했네. 정말 수고했어."

수고했다 말하며 악수를 하자, 이정명의 얼굴에 홍조가 살짝 드리워졌다가 사라졌다.

"제 할일을 했을 뿐이에요."

"훗, 입에 발린 거짓말도 잘 하고. 이젠 능구렁이가 다 됐어, 이정명?"

"호호호, 원장님도 참."

함께한 세월이 길어서 그런지 제법 친근한 두 사람인 듯했다.

"태어나자마자 얼마나 뽀송뽀송한지…… 나중에 따라오는 여자들 때문에 골머리 썩겠던데요?"

정명의 농담에 윤하가 씩 웃으며 자신만만하게 말했다.

"할머니 보면 도망갈걸?"

"호호호, 원장님."

"그럼 손주 얼굴이나 한번 보러 가야겠다."

"네, 들어가 보세요."

"정말 수고했어."

"네."

정명을 뒤로한 채 윤하는 옆에 서 있는 설아에게 시선을 보내며 말했다.

"사돈댁 색시도 봐야죠?"

"아, 네."

당신을
사랑
합니다

"들어갑시다."

그녀와 함께 분만실 안으로 들어간 두 사람은 마침 씻고 나오는 아기를 바로 볼 수 있었다.

"와, 우리 손자 멋지네."

간호사가 건네는 아이를 소중하게 안은 윤하가 아직은 제대로 눈도 뜨지 못한 채 꼼지락거리는 아이를 보며 감격스러워했다. 얼마나 사랑스러운지 절로 눈물이 핑 돌 정도였다.

"흐흠, 태준이를 안을 때랑 느낌이 다르네."

감격스러워하는 윤하를 가만히 바라보고 있던 설아는 일 년 전 자신이 낳은 민지를 안아 드는 어머님이 생각나 콧잔등이 시큰거려 왔다.

"어머, 내 정신 좀 봐. 사돈댁 색시도 한번 안아 볼래요?"

"전 괜찮으니까 조금 더 안아 보세요."

"훗, 그래도 될까요?"

"네."

"많은 신생아들을 봤었는데…… 이 느낌은 정말 말로 표현을 할 수가 없네요."

금방이라도 눈물을 흘릴 듯 감격에 겨워 하는 윤하 때문에 설아의 마음도 훈훈하게 물들었다.

"어머니!"

언제 다가왔는지 태준이 뿌루퉁한 얼굴로 다가와 윤하의 품 안에 있는 아기를 받기 위해서 팔을 쭉 뻗으며 말했다.

"저도 씻은 모습은 못 봤는데…… 너무하세요."

어이가 없는 아들의 말에 윤하가 미간을 모으며 태준을 쳐다보았다.

"그래서 그 입이 그렇게 튀어나온 거냐?"

"당연하죠. 어서 주세요, 지란이한테 데려다줘야 해요."

기가 차서 숨을 훅 들이마신 윤하가 손자를 한 번 더 내려다보고는 조심스럽게 태준에게 아이를 건네주었다.

"아무리 자식이 태어났어도 그렇지. 너무한 거 아니냐?"

"나중에 많이 보세요, 어머니."

그 말과 함께 쌩하니 휴식실로 들어가 버리는 아들 때문에 윤하가 멍하니 서 있었다.

"죄송합니다, 사장어른."

"사돈댁 색시가 사과할 일이 아니에요."

"하지만……."

분명 철없는 언니가 형부를 재촉했을 것이고, 또 철없는 형부는 자신의 아이가 사장어른께 먼저 가 있자 질투를 했을 것이다. 그걸 잘 알기에 설아는 찌푸려지는 얼굴을 다스리며 고개를 조금 숙이며 사과했다.

"아기도 봤으니 그만 나갈까요, 사장어른?"

설아의 말에 윤하가 허탈하게 웃으며 고개를 끄덕였다.

"그러는 게 좋겠네요."

"저녁도 못 드셨잖아요. 제가 잘 아는 한식집이 있는데 같이 식사라도 하시면 어떨까요?"

조심스러운 설아의 물음에 윤하는 흔쾌히 승낙을 했고, 두 사람이 분만실을 나오자 마침 시하가 애란을 데려다주고 돌아와 있었다.

"처형은?"

"아들."

짧은 설아의 말에 시하가 빙그레 웃었다.

"와, 보고 싶다."

"나중에. 시하 씨, 그보다 우리 밥 먹으러 가자."

"조카는 보고 가야지."

"됐어."

"왜?"

"둘이 깨가 쏟아지도록 애를 본다고 유별스럽게 굴 거니까 우린 잠시 빠지는 게 좋을 것 같아."

설아의 말에 시하가 윤하를 의식해서 눈살을 찌푸리자, 윤하가 동조하듯 한마디 했다.

"맞아요."

"그렇죠, 사장어른?"

"얼마나 어이가 없던지 정말……."

"아직 두 사람의 실체를 다 보지 못하셔서 그래요. 아주 말도 못합니다."

설아의 고자질에 시하가 그러지 말라고 그녀의 옷깃을 잡아

챘지만, 완전히 불이 붙은 설아는 신나서 종알거렸다. 그런 설
아와 맞장구를 치며 지란과 태준의 이런저런 욕을 하는 윤하
때문에 시하는 당황스러우면서도 설아가 이렇게 사돈댁과 허
물없이 지내는 게 좋기만 했다.

당신을
사랑
합니다

"언니, 왔어?"

"응. 엄마는?"

"회장님과 함께 들어오신다고 하던데?"

설아의 회장님이라는 소리에 지란이 콧잔등을 찡그리며 타박했다.

"그 호칭 좀 이제 고쳐라."

"입에 붙어서 그런지 쉽지가 않네. 시간이 조금 더 지나면 고쳐지겠지 뭐."

그러면서 쑥스러워하는 설아의 모습에 지란의 입가에 예쁜 미소가 걸렸다.

"분가하니까 어때?"

"귀찮은 면도 있고, 다시 신혼으로 돌아간 듯한 느낌도 있고. 나름 괜찮아."

첫째인 민지를 낳고, 바로 둘째를 낳으라는 성화를 무시하며
버티던 설아는 둘째를 낳지 않으려면 분가하라는 시어머니의
명령에 어쩔 수 없이 나오게 되었다. 하지만 그것도 잠시였다.
분가하자마자 애가 덜컥 들어서는 바람에 시어머니의 입 꼬리
는 귀에 걸렸고, 설아는 한창 회사를 넓히는 과정이라 울상을
지었다. 생긴 애는 무조건 낳아야 한다는 게 설아의 신조라 다
시 본가로 들어가고 싶었지만, 둘이 오순도순 살아 보고 나중
에 들어오라는 어머님의 말에 지금은 세 식구가 깨소금 냄새
풀풀 내며 살아가고 있었다.

"너무 무리하지 말고."

"그나마 지금은 덜 바빠."

작은 회사로 출발한 동생이 지금은 중소기업 정도의 규모로
키운 것이 대견하고 자랑스럽기만 했다.

"근데 8개월치고는 배가 별로 안 부르네?"

"애도 좀 작대."

"이런, 많이 먹어라."

"그래야지."

이렇게 서로 편한 마음으로 친정에 찾아오게 될 줄은 꿈에
도 생각하지 못한 자매였다. 힘든 세월을 이곳에서 보낸 두 사
람인지라 이곳만 오면 가슴이 답답하고, 숨이 막힐 줄 알았는
데…… 세월이 약이고, 사람의 말 한마디가 상처를 치료한다는

당신을
사랑
합니다

옛말이 맞다고 느끼는 두 사람이었다. 많이 달라진 엄마도 그렇고, 세월 앞에 장사 없다고, 예전보다 성미가 많이 누그러진 부친 때문에 설아도 가끔 기태 앞에서 웃기도 했다. 바쁘게 오가는 아주머니들과 함께 손을 맞추며 음식 준비를 하던 설아는 당기는 배 때문에 살짝 미간을 찡그리며 몸을 돌렸다.

"언니, 나 잠시만 쉴게."

"아, 그래. 위층에 올라가서 좀 쉬어."

"그래야겠어. 이상하게 배가 묵직하네."

"매부 불러 줄까?"

"그 정도는 아니니까 걱정하지 말고. 한 시간만 누워 있다가 내려올게."

"아, 잠시만."

그래도 혼자 올라가는 게 불안했는지 얼른 지란이 수건에 손을 닦고는 팔을 잡아 주었다.

"그 정도는 아니라니까 그러네."

"에이, 그래도."

살갑게 언니 역할을 하는 지란 때문에 설아는 피식 웃으며 함께 위층으로 올라갔다. 두 사람을 위해서 각각의 신혼 방을 마련해 놓은 엄마의 센스에 처음에는 얼마나 웃었던지. 그런데 몇 년이 지난 지금은 아주 잘 활용하고 있었다.

"혹시라도 몸이 안 좋으면 불러. 알았지?"

"그렇게 할 테니까 그만 내려가 봐."

"알았어."

괜히 자기 아들 생일 때문에 동생이 무리하는 건 아닌가 싶어 걱정이 된 지란이 창백한 얼굴로 눈을 감고 있는 동생을 조금 더 바라보다가 천천히 그곳을 나왔다.

"휴우!"

일곱 번째 생일잔치는 크게 해야 한다는 부친의 강압에 어쩔 수 없이 친정에서 하게 됐지만, 지금도 지란은 별로 마음에 들지 않았다. 뭐 대단한 것도 아니고, 그냥 간단하게 정민이 선물이나 하나 사 주면 될 것을……. 무슨 대단한 생일이라고 이리도 유난을 떨어대는지 정말. 피곤한 듯 한숨을 내쉰 지란이 터벅터벅 계단을 내려서는데 밖에서 놀던 남자들과 아이들이 들어왔다.

"매부!"

"네, 처형."

"설아가 몸이 좀 무거운 것 같은데 곁에 좀 있어 줘."

"아, 네."

편한 사이라 지란이 말을 놓자, 다가온 태준이 그녀의 옆구리를 꾹 찌르며 타박했다.

"말 또 놓는다."

"아, 맞다."

"하여튼."

"편해서 그렇잖아."

"그래도 어른들 계실 때는 조심해."

"알았어. 너무 그렇게 깐깐하게 그러지 좀 마."

"어이구!"

"야, 서정민."

"왜요, 엄마."

"가서 좀 씻고 와."

"더 놀고 싶은데……."

"안 돼. 이제 시간 다 되어 가니까 옷 갈아입어야지."

"우리 민지도 가서 씻고 오세요, 이모가 예쁜 드레스 사 놨으니까."

자신의 아들에게는 엄했던 눈빛이 민지에게는 한없이 부드러워지는 걸 본 정민이 툭 입을 내밀며 툴툴거렸다.

"엄마는 민지만 좋아해. 엄마 싫어!"

퉁퉁거리는 아들의 뺨을 살짝 잡아당긴 지란이 눈초리를 접으며 속삭였다.

"그래도 넌 내 아들이잖아. 됐지?"

그 한마디에 배시시 웃는 아들 때문에 지란의 가슴이 따뜻하게 물들고 말았다.

"자, 씻고 오세요!"

연년생이고 같은 학교에 한 명은 유치원, 한 명은 1학년을 다니는지라 친하지 않을 수가 없었다. 토닥거리며 올라가는 두 아이의 귀여운 모습에 지란의 눈길이 떨어지지 않았다.

"오셨습니까?"

"그래."

부른 배로 정중하게 허리를 숙이는 설아의 인사를 받으며 안으로 들어오던 기태가 헛기침을 몇 번 하더니 모기만 한 소리로 중얼거렸다.

"몸, 몸도 무거운데 그런 인사는 이제 하지 말거라."

그 말을 하며 안으로 들어가는 부친 때문에 설아의 입가에 미소가 걸렸다.

"오셨어요?"

현관에서 마중하는 지란을 쓱 쳐다본 기태가 한쪽 입가를 샐룩거리며 타박했다.

"넌 몸도 가벼우면서 나오지도 않고…… 흐흠, 몸도 무거운 애를 시킨 것이냐?"

쑥스러운지 귓불을 살짝 붉히는 부친을 빤히 쳐다보던 지란이 씩 웃으며 말했다.

"자기가 나간다고 한 거예요. 제가 뭐 등 떠밀었겠어요?"

"흐흠, 그래도."

"정 불편하시면 아버지께서 온다는 전화를 하지 않으면 되잖아요. 그럼 우리도 이렇게 힘들게 서서 마중하지 않아도 되고요."

지란의 말에 기태는 물론이고 태준까지 미간을 찡그리며 지란의 옆구리를 아프게 쿡쿡 찔렀다.

"그만 해, 여보!"

"난 모두를 위해서 현실적으로 얘기한 것뿐이라구."

뭐가 문제냐는 듯 지란이 태평스레 말하자, 애란이 옆에서 웃으며 지란을 거들었다.

"그러는 게 좋을 것 같아요. 어차피 당신 퇴근 시간은 제가 잘 알고 있으니까요."

"하지만……."

뭐가 불만인지 입가를 샐룩거리는 기태를 완전히 무시한 세 사람이 안으로 쏙 들어가 버리자, 홀로 남은 기태는 당황한 표정을 지으며 서 있었다.

"흐흠!"

어색한 기침과 함께 그들을 따라 들어가자, 파티 분위기가 물씬 풍기는 집 안을 볼 수 있었다. 여기저기 달려 있는 풍선과 장식에 기태의 이마에 주름이 하나둘씩 생겨났다.

"이런 걸 애들이 좋아하나?"

기태의 물음에 애란이 웃으며 고개를 끄덕였다.

"이게 대세라네요."

"아!"

못마땅함이 얼굴 가득 스치고 지나갔지만, 아이들이 좋아한다는 말에 기태는 고개를 끄덕였다. 그리고 옹기종기 모여서 얘기를 나누는 아주머니들을 둘러보았고, 그 속에서 같이 수다를 떨며 웃는 큰 딸아이를 찾을 수 있었다.

'웃는 모습이 예쁘군.'

한 번도 저렇게 편하게 웃는 걸 보지 못한 그였다. 어쩔 수 없이 서태준과의 결혼을 허락했지만 아쉬움과 안타까움에 그를 받아들일 수가 없었던 그였다. 그래서 일 년은 참으로 냉랭하게 사위를 대했었는데…… 자신이 어떤 식으로 대하든 태준은 아랑곳하지 않고 자신에게 정중하면서도 따뜻하게 대해 주었고, 장인으로서의 예우도 갖춰 주었다. 그렇게 시간이 흐르자, 서서히 사위인 태준의 예쁨이 가슴에, 머리에 들어오게 되었고, 지금은 둘째 사위보다 그를 더 편하게 대하고 있었다. 방긋방긋 웃으며 얘기꽃을 피우는 지란과 옆에서 자신의 재킷을 들고 있는 애란을 번갈아 쳐다보던 기태가 찡그린 얼굴을 펴며 작게 중얼거렸다.

"행복해 보이는군."

기태의 말을 들은 애란이 눈가에 주름을 잡으며 미소를 지었다.

"행복은 스스로 노력하는 이들에게 오는 것 같아요. 바보처럼 가만히 있는다고 행복해지는 건 아닌 걸 전 깨달았거든요."

의미심장한 애란의 말에 기태는 지난 세월 자신이 이들에게 준 상처가 떠올라 가슴이 무겁게 내려앉고 말았다.

"흐흠, 옷 갈아입고 나오지."

"그러세요."

많이 달라진 모습. 예전에는 아무런 말도 없이 따라 들어와 옷을 받아 주고, 갈아입을 옷을 건네던 애란이었지만 이젠 아니었다. 남편인 기태가 스스로 할 수 있는 일들은 그가 하도록 내버려 두었고, 그 시간을 이용해 애란은 자신의 삶을 개척하고 있었다. 간단하게 옷을 갈아입고 나온 기태는 태준의 안내로 소파 가장 자리에 앉았다.

"어머님, 오늘 하루 고생하셨어요."

살가운 태준의 인사에 애란이 웃으며 고개를 저었다.

"내가 뭘 했다고."

"에이, 감독하는 게 얼마나 힘든데요. 고생하셨습니다, 어머님."

방긋방긋 웃으며 고생했다고 말해 주는 사위의 마음 씀씀이에 애란이 살포시 웃으며 고개를 끄덕였다.

"그리 말해 주니 고맙네."

"와, 지란이가 어머님 반만큼만 차분했으면……."

괜한 너스레를 떤 태준이 살짝 지란의 눈치를 살피더니 바짝 애란에게 다가와 귓가에 나직하게 속삭였다.

"사실 말이지만, 정민이가 지란이를 많이 닮았잖아요. 그래서 더 유난스러운 것 같아요. 그렇죠, 어머님?"

혹여 지란이가 들을까 봐 눈치를 보며 귓가에 속삭이는 태준 때문에 애란이 소리 내어 호호 웃고 말았다. 그 소리에 부엌에서 눈을 치켜뜬 지란이 부리나케 달려 나오며 소리를 높였다.

"또 내 욕했지?"

"무슨 소리."

"아니긴. 엄마가 저렇게 웃는 일은 내 욕했을 때뿐이거든?
빨리 불어."

"이 사람이 정말. 아니라고 했잖아."

손사래를 치며 후다닥 위층으로 뛰어 올라간 태준은 정민이
를 방패로 삼아 다시 아래층으로 내려왔다. 바쁘게 움직인 사
람들의 작품이 거실 한가운데 완성되었고, 모든 식구들이 한자
리에 모였다. 지란과 태준 그리고 2세인 서정민. 설아와 시하
의 딸인 유민지 그리고 아직 태어나지 않은 2세.

"흐흠, 난 살 것도 없고 해서……."

그러면서 가장 큰 상자를 내미는 할아버지 때문에 정민의
두 눈이 커다랗게 변했다.

"와!"

"흐흠!"

좋아서 어쩔 줄 몰라 하는 정민이 기습적으로 뛰어가 기태
의 뺨에 뽀뽀를 해 주자, 놀란 기태가 얼굴을 확 붉혔다.

"감사합니다, 할아버지."

"흐흠!"

어색하게 헛기침을 해대는 기태가 시선을 조금 돌려 정민보
다는 작지만, 예쁘게 포장된 선물을 민지에게 내밀었다.

당신을
사랑
합니다

"흐흠, 생일은 아니지만…… 옛다."

아직은 자신의 감정을 표현하기 낯설어 하는 기태를 대신해 애란이 부드럽게 웃으며 그에게 선물을 받아 민지에게 건넸다.

"할아버지께서 정민만 주면 네가 섭섭해 할 거라고 해서 같이 샀다."

"네?"

"자, 열어 봐."

좋아서 얼굴이 빨개진 민지가 정민과 앞 다투어 포장을 뜯고는 입을 쩍 벌렸다.

"할아버지……."

감동하는 민지가 폴짝 뛰어 다가와 기태의 뺨에 뽀뽀를 하자, 처음보다 그의 얼굴이 더 붉어졌다.

"많이 갖고 싶었는데…… 잘 쓸게요, 할아버지."

"흐흠."

"그럴 때는 그냥 오냐, 라고 하시면 돼요."

옆에서 그의 옷깃을 잡아챈 애란이 가르쳐 주자, 기태가 목까지 벌게진 얼굴로 연방 헛기침을 하더니 오냐, 라고 말했고 그 어색한 말에 모두의 웃음소리가 집 안을 들썩거리게 만들었다.

'정말 잘됐어요. 정말…….'

초를 불고, 케이크를 나누어 먹고, 서로 일상적인 얘기를 하는 사람들을 둘러보던 지란은 후끈 달아오른 눈시울 때문에 얼른 눈을 깜박거렸다. 그런 아내를 본 태준이 옆으로 다가와 지란의 허리를 감싸 안아 품안으로 당기며 귓가에 속삭였다.

"내 아내가 너라서 너무 행복하다, 민지란. 사랑해!"

"태준아!"

"앞으로 이렇게만 살자. 응?"

"그래. 이렇게만 살자."

― '당신을 사랑합니다' The End ―

작가 후기

2009년을 이 글로 시작해서 그런지 참으로 가슴이 따뜻했습니다.

인터넷 연재 시 시작부터 이런저런 일들로 연중을 두 번이나 한 글이지만, 계속 마음 한구석에 남아 있어 꼭 완결해야겠다 생각하고 있었거든요.

그래서 어떤 일이 있어도 꼭 완결하겠단 결심을 다지며 2009년을 이 글로 문을 열었습니다.

연재 때는 지란이 두 번의 자살 시도를 하는 설정이었습니다. 하지만 시국이 시국인 만큼 너무 극단적이다, 라는 말들에 조금 방향을 전환했습니다.

완전히 방향을 틀 생각도 했었지만, 처음 글을 잡은 길이 있기에 그럴 수는 없겠더라고요.

그래서 어느 정도 선에게 마무리를 지었습니다. ^^

전 태준이의 사랑이 참 좋습니다.

유약한 면도 있고, 우유부단함도 가득한 그이지만 지란을 향한 사랑만큼은 한없이 깊기에 참으로 좋습니다.

강압적이지 않은 모습, 지란을 위해서 조금씩 용기를 내는 모습들을 보면서 가슴이 많이 따뜻했습니다.

상처 가득한 지란을 감싸 줄 수 있는 건 태준과 같은 부드러움이라고 전 생각하고 있거든요.

그래서 가급적이면 한없이 부드러운 남자로 그리고 싶었는데…….

아직은 제가 미숙하고, 글이 미흡하여 태준의 매력을 잘 발산했는지 잘 모르겠고, 그래서 걱정도 많이 됩니다.

그 걱정을 뒤로한 채 이렇게 후기를 적고 있지만 말이지요. ^^

매 작품마다 조금씩이라도 나아진 모습으로 찾아뵐 수 있도록 언제나 노력하는 작가의 길을 걷겠습니다.

그리고 지면을 빌어 몇 분에게 감사의 인사를 전하고 싶습니다.

곁에서 언제나 힘이 되어 주고 있는 신랑에게 고맙다는 말 전합니다. 힘든 터널을 아직 벗어나진 않았지만, 빛이 보이는 곳까지 나왔기에 조금만 더 힘내란 말도 함께 전하고 싶네요.

사랑해.

글을 쓰게 됨으로써 많은 분들을 알게 되었고, 만날 수 있는 행운이 저에게 찾아와 전 언제나 행운이라고 말합니다.

힘들 때 투정부릴 수 있는 포근 언니가 있어 얼마나 좋은지……. 내 마음 알지? 든든한 조언자 역할을 곁에서 해 주는 언니가 있어서 불안한 마음을 없앴을 수 있었어. 정말 고마워!

내 말벗이자, 친언니보다 더 친언니 같은 연수기 언니! 같은 대구에 있으면서도 극과 극에 사는지라 잘 만나진 못하지만, 언니 때문에 나 입에 거미줄 안 치고 사는 거 알지? 사랑하고, 고마워.

그리고 우리의 분위기 메이커 블랙 언니! 언니를 만나서 너무 행복하고, 즐거워! ^_^

온라인상에서는 활발하고, 명랑하지만 실제로 만나면 말이 많이 없는 량 언니!

맏언니로서 아주 모범을 보여 주고 있는 레인 언니!

모두가 있기에 전 행복합니다. 정말 가슴 벅차도록 행복하고 행복합니다.

많이 부족한 제 글을 보느라 애쓴 경란 씨께도 감사 인사 전하고 싶어요. 이리도 꼼꼼하게 봐 주시다니……. 감동의 물결

이 제 가슴을 칩니다. ^^

　　예쁜 책으로 만들어 주신 뿔미디어에도 감사 인사를 전합니
다.

　　제목처럼 모두를 사랑합니다.

봄비가 내리는 오늘
최기억 올림